白銀の王と黒き御子

神狼と僕は永遠を誓う

茶柱一号

JN054411

white heart

講談社X文庫

目次

イラストレーション／古藤嗣己《ことうしき》

白銀《はくぎん》の王と黒き御子《みこ》

神狼《しんろう》と僕は永遠を誓う

幕間

ロマネーシャの地下聖堂が狂ったようにその姿を見せる植物に蹂躙《じゅうりん》されていく。

それは僕の『絶望《いのり》』が引き起こしてしまった贖罪《しょくざい》の光景のはず、だけどその植物からは生命の輝きを何も感じなかった……。

ああ、そうかこれは豊穣《ほうじょう》の力ではない。償わなければいけないはずなのに、真摯《しんし》に祈らなければいけないはずなのに……、僕はそれを心から願うことが出来なかった。

地の鳴動は次第に強くなる。それはもしかしたらロマネーシャという国全体を鳴動させているのかもしれない。

植物の根が、枝葉が、花と実が地下聖堂の壁を容易《たやす》く突き破り、あらゆる方向からその姿を見せ始める。

その時聞こえたひときわ大きな音、それは僕の真上の天井が植物の根の侵襲によって崩れ落ちる音だった。

逃げなければ、だけど体は動かない。僕は目を閉じ、その場で身を伏せる。

脳裏に浮かぶのはあの人のことだけ。白銀の毛並みが美しい僕の狼《おおかみ》……。

そして不意に僕の体は浮遊感に包まれ、そこで僕の意識は途切れてしまった。

十三章

突如巻き起こった禍々《まがまが》しい風、我の手からまるで滑り落ちていくかのように消えたコウキ。地の底に落ちるように。理不尽な力にその手が、指先が引き剥《は》がされた瞬間、己の身もまた肩から引きちぎられるような痛みを感じた。

実際には傷一つついてなどない。それなのに喪失感と痛みははっきりと存在していた。

我が『御子《みこ》』、我が半身、我が愛する者を失うという恐怖と焦燥が身を引き裂く。

「コウ、キ……」

一瞬のうちに風はやみ、そこには腕を伸ばしたままの我と、同じ姿勢のままのリコリスが残る。互いに顔を見合わせる。今起きた出来事を現実だと確認するように視線をぶつけ合った。すぐにリコリスの頬《ほお》からさっと血の気が失《う》せていき、ただでさえ白い肌が陶器の人形のような色に変わる。

「御子様……!!　私が、私が気づくのが遅かったから……っ！」

我よりもその手の魔術に詳しい美しき樹人が引きつった表情のまま首を振る。やはり魔術なのか。何者かの術が仕掛けられていて、それによりコウキは奪われたのか。頭は不思議と冷静に回る。同時に灼熱《しゃくねつ》の怒りが爆《は》ぜる。

我は全身の毛を逆立てながら咆哮《ほうこう》を上げていた。コウキ、コウキ、とその名を呼んでいたつもりだったが実際には言葉になっていなかったのだろう。それはただ滅茶苦茶《めちゃくちゃ》に放たれる獣の咆哮そのものだったはずだ。

すぐ近くの騎士がその場にへたり込んでまるで命乞《いのちご》いをするような顔をしていた。ひっと怯《おび》えるような悲鳴が聞こえた。何人かが逃げ出す気配すら感じる。血染めの狼王として臣下にさえ恐れられていた我だが、こうも露骨に恐怖されるのは初めてだった。

己は今どんな顔をしているのだろう。

目の前でリコリスが地面に這《は》いつくばる。白い手袋を放り捨ててコウキが消えた地面を素手で撫《な》で、何かしている。その表情はあまりに悲痛でありながら、絶対に諦《あきら》めはしないという覚悟がにじみ出ている。樹人の持つ力で魔力や術の痕跡《こんせき》を探ろうとしているのか。

真後ろの建物から駆けつけてきたライナスの大声が我の吠《ほ》える声にぶつかる。痛いほどの力で肩を摑《つか》まれ、そのまま羽交い締めにされて耳元で怒声を上げられた。

「お前っ!! 何やってるんだ、どうしたエドガー!! 落ち着け!!」

息が途切れる、喉奥《のどおく》で掠《かす》れた風音が立つ。振り返った先で見慣れた顔が見慣れぬ表情をしている。この豪胆な獅子《しし》の獣人、我の兄ともいえるその顔にわずかながら恐怖があった。

「……奪われた、コウキが、今、ここから消えた……！」

「はっ？　コウキが⁉　お前と一緒にいたのが消えたってのか⁉」

その質問に答えたのはリコリスだった。上げられた顔からはさっきまでの悲壮な表情は消えているが今度は冷徹な処刑人のような目付きで淡々と事実を告げる。

「かすかに尻尾《しっぽ》が摑めました、これは転送魔術です。そもそも御子様を異界よりこの世界へと導いたのも同じ技法、これはその応用……すなわち下手人は神聖王国の神官かその周辺人物。素人《しろうと》が容易に真似《まね》できるものではございません」

口調こそ落ち着いていたがリコリスの声はかすかに語尾が震えている。怒りと忸怩《じくじ》たる思いが必死に押し込められた声だった。我の声もまた同じように震えているのだろう。

「コウキは無事なのか……っ」

「この術自体で体に危害が及ぶことはないでしょう、ですが連れ去られたその先でもご無事でいらっしゃるのかどうかは私には分かりません！」

リコリスがついに感情を露《あらわ》に叫ぶ。その一言に再び我の全身の毛並みが針山のように逆立つ。未《いま》だに我を羽交い締めにしたままのライナスの腕に力が籠《こ》もるのが伝わる。暴走だけはしてくれるなと我を諌《いさ》めるように。

「おいお花畑っ、お前も落ち着け！　ロマネーシャの奴《やつ》が犯人だってんならコウキが転送された先もかなりの確率でロマネーシャ領内、この王都近くだろ⁉　今すぐ捜すぞ、草の根分けてでもな！　そのためにもエドガー、まずは落ち着け、お前が指揮を執って捜索部隊を動かさなきゃなんねぇだろうが！」

「分かっている……っ」

「よしっ、俺は今すぐ動かせる騎士をここへ全員集める。お前はお花畑と相談して捜索の方向性を決めろ！」

我に向かってそう叫びながら、ライナスはすぐさま背後の部下に集合号令の伝令を命じる。同時に、地図を用意しろ、騎士でなくても現地人でも誰でもいいからとにかく土地勘のある者を集めてこい、ロマネーシャの教会の中枢にいた者を呼び出してこい、と矢継ぎ早にいくつもの命令を飛ばし始める。

「……嫌だ」

「はぁ⁉　嫌だぁ⁉　何言ってやがんだ、こんな時に！」

「我は、捜しに行く。コウキが待っている、我を呼んでいる‼　部隊指揮はお前に一任する！」

「馬鹿《ばか》言ってんじゃねえよ、土地勘のない場所で一人の足で捜してなんになる‼　それにこの地域がまだ安全じゃねえと分かった以上、お前も一人にゃ出来ねえんだよ！」

ライナスが言うことは間違っていない。一から十まで正論だった。だが我には妙な確信があった。どこかでコウキが恐怖と孤独に襲われている。そして我を待っていると本能が告げる。己が行かねば。あの子を手繰り寄せてやらねばと。

ここで立ち止まっている場合などではないと！

「……頼む。どうか頼む、行かせてくれライナス……!!」

「急にしおらしくなるんじゃねえよ!!　……ああもう！　分かった、行け！　あとは任されてやるからどこにでも行け!!」


羽交い締めから解放された我は無意識にほぼ真北へと駆けだす。行き先の当てがあるわけではない。自分の中にあったのはただの直感。だが全身の感覚がざわめいていた。奪われたお前の体の半分はこっちだと。すぐに行く、無事でいてくれと胸の中で何度も叫ぶ。

それと同時に悔やんだ。因縁の地に安易にコウキを連れてきたこと、あの時手を放してしまったこと。後悔がじりじりと頭の奥を焼く。

コウキにとってあまりに辛《つら》い過去がある場所だというだけではない。聖女と呼ばれ祀《まつ》り上げられたコウキに対して執着する勢力や、コウキを逆恨みする人間が未だにいる可能性のある場所だとしっかり理解しているはずだった。

それでも、我は今この腕からコウキを失ってしまった……。

「頼む、愛《いと》しき者よ……どうか無事でいてくれ……」

駆ける道すがら、巡回中なのであろう数人の騎士とすれ違う。「国王陛下、どこへ?」と声をかけられたような気がしたがそれに返事をする余裕すらなく無視して走り続ける。

さびれたロマネーシャの街並みに残る民が不審な目で我を見るのを感じた。

気づけば我は神狼《しんろう》としての姿を捨て、四肢で地を蹴《け》って風を切っていた。自分が無意識に獣の姿に変化していたことに驚くが、この方が速いと頷《うなず》く。道の角、身を翻し、ぐっと背と四肢に力を込めて跳び上がった。民家の屋根に飛び乗り、道を無視して真北を目指す。

砂埃《すなぼこり》色の景色の先に見えたのは教会群の白い尖《とが》った屋根。あそこか、と脳裏に確信が走る。ロマネーシャ国教の信仰の最高峰として民に認識されていた国一番の規模を誇る大聖堂はもっと東にある。北にあるあの教会群は一般の信者は立ち入れない教会関係者向けの施設だと聞いた覚えがある。神官が潜むならあの場所の可能性は高い。そして、何かあるという根拠のない自信が我にはあった。

我が四つ目の屋根を蹴って跳んだ、その瞬間、喉の奥から胸の中、腹の奥にまで一気に不快感と共に重たい何かが満ちる。

『何、っだ、これは』

体内に冷え切った鉛を詰め込まれればこのように感じるかもしれない。胃からせり上がる吐き気が喉を突く。足元から異常な寒気が走り、思わず我は着地に失敗して、塀の上の植木鉢やベランダの柵《さく》を派手に巻き込みながら民家の庭へと転げ落ちる。

別にこの程度の高さから落ちたところでこの頑丈な体にとってはどうということはなく、分厚い毛皮のおかげで怪我《けが》すらないが、我はそのまま起き上がれずにうずくまる。ぐらぐらと視界が揺れる。頭が痛い。こんなことは初めてだ。

……いや。初めて、なのか？

我はこの感覚を知っているのではないか？　ゆるりと頭を振る。これは……、これは絶望感、なのか。暗闇《くらやみ》の底に心が沈みゆく時の冷たい苦悶《くもん》。コウキと出会う前の我が常に抱えていたあの苦しさと切なさに似たもの。

あの感覚を何倍にも煮詰めたらこうなるのではという深い深い絶望の念。

だがこれは我のものではない。それなら、誰の絶望だ。我に共鳴するこれは、まさか。

息を吐く。歯を食いしばり、前脚の爪《つめ》を地に突き立てて身を起こす。これがコウキの身に何かが起きたことを示す異変だとしたら、こんなところで転がっている場合ではない……!!

唸《うな》り声を上げながら必死に塀をよじ登り、再び屋根の上へ。そして北へと跳ぶ。

だが、我が駆けだすのと同時に教会群の中央から鈍い音が響いた。建物が軋《きし》み崩落するような大きな音が籠もった状態で地を揺らす。大きな音はこの先の方角からだったが、次第にその不気味な音は教会群を中心に広がり始め、その範囲を凄《すさ》まじい速度で広げる。

めきりめきりと地の底を歪《ゆが》ませるような音はあっという間に我の足元の街並みをも覆い、遥《はる》か彼方《かなた》まで広がってゆく。

音だけではない。実際に揺れているのだ。大地そのものがかすかに蠢《うごめ》くように、波打つように。大気がざわめき、用水路の静かに流れる水面が乱れる。そして、カタカタと瓦《かわら》屋根《やね》が鳴る。

『地震……？　だが……？』

そうとしか思えない現象。だがそうとは思えない感覚。嫌な予感と背筋に寒気が募る。

何かが起きようとしている。否、もう起きているのか？

早く。いずれにせよ早くコウキを見つけなければ。コウキの傍《そば》に我は行かなければ。

再び屋根を跳ぼうと顔を上げた、我が見たのは緑の色彩。我の全身を打ったのは轟音《ごうおん》。

教会群の中から溢《あふ》れ出す、木、木、木……ねじくれた幹が建物を貫き粉砕し、天高く背を伸ばす。レンガ造りの建物が崩れ落ちる砂煙、その中からまた幹が飛び出す。

塔に吊《つ》り下げられていた大鐘が落ちてあたりに金属音が反響する。あり得ない速度で成長する大量の樹木が景色を侵食してゆく光景。絡まり合う幹と伸びる枝。それは、まるで街そのものを食い荒らすかのように。

この世は広く、古今あらゆる魔術や秘術が存在するが、こんな現象を起こせるのは恐らくこの世に一人だけだ。生命の大樹に加護を受けた豊穣の御子——コウキ。

『コウキ、お前なのか……っ‼』

行かなければ。我は身震いする体を叱咤《しった》して跳ぶ。だが教会群を瞬く間に覆い尽くした緑は舗装された石畳を砕き、大通りを越えて住宅街へとなだれ込み、我のいる場所までもがあっという間に四方を緑に覆われる。進もうにもその先を絡み合う幹が邪魔をする。回り込むかと進路を変えるがその先もまた緑にふさがれ、我はその場で焦って右往左往するしかない始末。

樹木は伸びきった枝の先に丸いつぼみを膨らませ、弾《はじ》けるように寒々しい灰色の花が狂い咲く。花弁は開くと同時に腐るように色あせながら散り、そこに奇妙に歪んだ白い果実が実った。

この間、ほんの数秒。信じがたい速度であちこちに無数に実り続ける白い果実。これが「豊穣」の力なのか？　……いや、とてもそうとは思えない。

腐り落ちた花から生まれた、甘く熟れた香りも爽《さわ》やかな香りもない無臭の実。恐る恐るその一つに前脚を伸ばす。果実は爪を立てた瞬間、握りつぶされた砂の塊のようにぼろりと崩れて落ちた。

その間も地面は揺れ続ける。地震などではない、異常繁殖した根がこの街の下を這い回っているのだ。木々は暴走して街を破壊し、実った果実は虚《うつ》ろに乾いている。コウキは何をしたのだ？　この荒廃した地に豊穣をもたらそうとでもしたのか？　コウキはなぜそんなことをした。コウキの身に何があったのだ。分からない。とにかく行くしかない、我の唯一を何があっても見つけねばならない。

禍々しい果実が無数にぶら下がる薄暗い森と化したロマネーシャ王都近郊。木々がひしめき合う中に崩れた建物がときおり覗《のぞ》いてまるで古代遺跡のようにすら見える。我はねじ曲がった幹の上を走り、跳び、枝を渡り、茂みを掻《か》き分け突き抜け進む。

胸騒ぎが示す方向へと。

脚に絡まった蔓《つる》を強引に引きちぎれば、鋭い痛みが走った。前脚の毛並みに赤がにじむ。

『棘《とげ》か……！』

振り払った植物に逆立つような鋭い棘があった。周囲を注視してみればそれはあちらこちらに存在している。

この異変の中心部に近づくほどに増えていっているように見えるそれはコウキの拒絶と絶望を表しているようで、いっそう焦った我は再び駆けだす。木々の間を抜けるたびに突き刺す痛みを受ける羽目になったが、赤くまだらに染まってゆく毛皮を気にする余裕などなかった。

がりがりと、がりがりとつま先で木を削る。

教会群の中心、コウキがいたかもしれない場所、異変が起きたその始まりの場所の上まで辿《たど》り着いたはいいが、周辺をどれだけ捜してもコウキの姿は影も形もなく、匂《にお》いを辿ろうにも周辺の木々全《すべ》てからコウキの匂いがしてまったく判別がつかない。

緑の暴走は地を割って始まったのだとすればコウキは地下にいた可能性が高い。そう見当をつけて中心地を掘り進む。木の根を食いちぎり、爪で引き裂き。やがて現れた地面と土には大量のレンガが混じっている。

やはり地下に何か建造物があったのだ、コウキはここにいる。

必死に地を掘るうちに爪が折れたが、それでも無我夢中で掘り続けていると、背後から何者かが近づいてくる気配があった。それは我の名を呼んでいた。そこでようやく、ライナスの声だと気がついて顔を上げる。

掘り進んだ穴の中にいた我をライナスの黒い影が見下ろしていた。その輪郭は斜陽を赤く背負っている。いつの間にか日が傾いていたのか。

鉄のようでもあり生々しくもある香りが鼻先をかすめる。ここまで来る間にライナスも棘に行く手を阻まれたのだろう、掌《てのひら》から血が滴っており、剣の柄《え》も赤く汚れている。

「エドガー!!　ここなのか?」

『ライナス!!　手伝えっ!!　コウキはこの下だ、きっとここだ!!』

我のすぐ傍まで滑り降りてきたライナスは俺の顔を見てぎょっとしたように表情を変えた。

「お前っ……」

ああ、手脚だけでなく我の顔も血まみれなのか。神狼の姿に戻って剣を握って道を切り開くより、獣の姿のまま体をねじ込んで進んだ方が速いと、道中の茨《いばら》のような蔓の防壁を体当たりで突破し続けたものだから全身傷だらけなのだろう。

だが今はそんなことはどうでもいい。手伝え、ともう一度叫ぶとライナスは唸るように言う。

「地下にいるのか⁉」

『確証はない。だが……！』

「ん、地下室かっ、これは……」

大剣を叩《たた》きつけて一気に崩した方が速いだろうが、そんなことをしたら地下室そのものが崩落しかねない。コウキの身の安全を考えればそんなことは出来ないとライナスもすぐに気がついたようだ。我らならば土砂に埋まったところで自力で這い出られるが、普通の人間は落ちてきた岩やレンガが一つ頭に当たっただけで死にかねないのだ。

地道に掘り進むしかないと察し、ライナスも防壁のように地下に張り巡らされた樹木の根を摑んでは引きちぎり始めた。ライナスを追っていたらしいリアンが追いつき、それに続くようにリコリスも現れ、皆、祈るような顔で作業を続ける。後ろに控える騎士たちが救護班を連れてくるために進路を確保しようと茨を切り開いている。

コウキ待っていろ、すぐに助けてやる。

もう何度、胸の中でそう叫んだか分からない。

やがて太い丸太ほどもあった大きな根が引き剝がされ、その下から曲がった鉄の梯子《はしご》が現れた。その奥に真っ暗な空間が見え、我はそれを確認した瞬間に身をねじ込んで中へと飛び込む。

『コウキ!!　コウキッ!!　返事をしてくれっ、コウキッ!!』

だが真っ暗闇の中で己の声が反響を繰り返すばかりで応答はない。かび臭さとそれとは別の数多《あまた》の匂いしか感じられず、コウキの匂いは相変わらず分からない。

手探りで床を這うがない。何もない。誰もいない……。

そのうちに後方から松明《たいまつ》がさし入れられ、内部を照らした。

地下室の最奥では信仰の対象であったのであろう女神像が傾いている。床に描かれた何らかの陣と、そこに置かれた祭具のようなもの。部屋の内部に残る大勢の人間の体臭。中央にぽつんと落ちている布製の人形。周囲の壁は木の根に破壊されて一部が崩れている。

この空間が潰《つぶ》れずに残っていたこと自体がほとんど奇跡のような状態。無人の空間ががらんと広がる。

『コウキ……なぜ、いない……!!』

頭から血の気が引く。胸を殴りつけるように心臓が跳ね続ける。ここだという確信があったのに。呼び合う感覚が確かにここを指し示していたというのに！

『どうしてだ、どうしてなのだ……コウキ!!』

十四章

　一度戻れとライナスに促され、本陣となっている役所跡へと帰還した。自分でもどうやって歩いてどう戻ったのか覚えていない。ただただ喪失感に溺《おぼ》れるままに必死で呼吸を続ける。

　あの後、地下室を精査したリコリスが靴を片方持ってきた。見覚えのあるそれはコウキの足から脱げ落ちたものに違いない。我はそれを見つめながら言葉を失う。

「陛下、あなたが感じられたことは間違ってはいませんでした。このお靴は地下室の瓦礫《がれき》に交ざって落ちていました。御子《みこ》様は確かにあの場にいらっしゃったのです」

　リコリスの手元で靴が二つ揃《そろ》う。もう片方は転送の罠《わな》を受けた時の衝撃で馬車の下に転がっていたらしい。

「ならばどこへ消えたというのだ……！」

「分かりません……。今、コウキ様の行方について手がかりを持っておられるであろう方をお呼びしております。同時に騎士団による捜索も続けておりますのでどうか、しばしご辛抱を」

消えた人間を捜せるということは、何らかの呪術《じゅじゅつ》や魔術に長じる者を呼んだのだろう。確かに、コウキを連れ去った者が魔術を使ったのであるとすれば、そちらの方面に明るい者に頼るのが一番早い。だが理屈とは別に体は今すぐにでも駆けだせとばかりに震え続けていた。

もはや当ても体を動かすような直感もないが、それでも自らコウキを捜しに行きたかった。だがこれ以上取り乱した姿を見せるな、お前は王なのだと、騎士団の統率がとれなくなると、ライナスにも重々言われた。

その言葉が正しいのは分かっている。だからこそ、今は待つしかないのかと歯を食いしばる。


その日の深夜になって、リコリスが招いた人物が到着したと報告が入った。その者は、占星術師のアメリア。その名は噂《うわさ》に聞いたことがある。

遠見の術を使い、目に見えるもの、そうでないものすら星を通して見通すと囁《ささや》かれる伝説の術師だ。だが我がその話を聞いたのは幼少の頃であり、その時すでに怪しげな老婆であるとも聞いていた。そもそもアメリアという人物は噂やおとぎ話ではなく実在していたのか、そして存命だったのかという驚きが同時にわく。

我の前へと現れたのは片手に杖《つえ》を携えた腰の曲がった小さな姿。頭から深く幾重にもローブをかぶり、垂れたフードに遮られてその顔も表情も見えず、種族も分からない。水を掻《か》き分けて進むようなゆるりとした足取りとシルエットからして、かろうじて老いた人物だと分かるだけだ。ゆっくりとアメリアが我の前に進み出ると部屋に薬草のような香りが漂った。

「……あんたが今代の神狼《しんろう》、か。懐かしいものだね」

掠《かす》れた声はわずかに女性らしい丸みを帯びた響き。やはり老婆なのか。こちらからはその顔は見えないが向こうからは見えているのだろうか。

しかし、その発言から察するに我より昔の神狼を見たことがあるのか。一体何年生きているのだ？　どういう種族なのだ？　と疑問はいくつも浮かんだが、今必要なのはそんな情報ではない。目の前の人物が本当に伝説の占星術師アメリアであろうとそうでなかろうと、アメリアという人物がどういう人間だろうと今はどうでもいい。

この老婆がコウキを捜し当てられる可能性がある、重要なのはそれだけだ。

我はアメリアの前に片膝《かたひざ》をついて、一礼する。

「アメリア殿、ご足労を感謝する」

「おや、バルデュロイの王が隠居のばばあの前で膝を折るかね」

「突然呼びつけ、こちらの都合で助力を請う以上、礼を尽くすのは当然のことだ」

「助力ね、ああ、馬車の中で聞いているよ」

　この事態が起きてすぐにアメリアに連絡をとったのはリコリスから依頼を受けたある樹人であるらしい。樹人には樹人の繋《つな》がりが、そして魔術に長《た》けた種族同士の繋がりがあるのだろう。そうしていきなり呼び出されたアメリアは八頭立ての最速の馬車に乗せられて隠居していた谷底の村からここまで運ばれてきたらしい。

「……最近は星占いが出来ていなかったのさ。世が荒れて、その影響で空もかすんでいてね。だがここ最近は再び月と星が美しく巡り始めた。神狼、あんたも無関係じゃあないだろうさ」

「そうだろうか……」

「白日たる神狼よ、美しい夜を捜しているんだね」

　その言葉に思い浮かぶのは、あの黒い双眸《そうぼう》と髪の色。我は懇願するようにその言葉に深く頷《うなず》く。

「いいよ、力を貸そう」

　ひひ、と小さな笑い声がこぼれる。短い杖の上で重なる皺《しわ》だらけの手首で金色の鎖飾りがしゃらりと鳴った。

「なあに、あんたのためじゃないよ、世捨て人のあたしにゃ国も王もどうでもいいんだ。

けれどあんたを助けておいた方が今後も星の巡りを愛《め》でられそうなんでね」

アメリアは我に、今後もこの世界を正しく維持しろ、それを期待して協力してやると言っているのだ。そのためには御子であるコウキは不可欠であるということも、すでにこの老女の知るところなのだろう。


星を読むというアメリアの術は役所跡の屋上にて行われる。そうはいっても実際に何が行われているのかは我には分からない。静寂を乱す存在は全《すべ》て邪魔だとアメリアが言うので、術の進行の補佐役として指名されたリコリスだけが付き添い、その他の者は全員階下で待っていろと言われたのに従っている。

ライナスとリアンは未《いま》だに捜索に出たままだ。我のもとには現場での炊事を担当する騎士から食事が運ばれてきたが食べる気分ではなかった。つい苛《いら》立《だ》つような口調で拒否してしまったのだが、配膳車《はいぜんしゃ》を押してきた若い騎士が急にその両目にじわりと涙を浮かべたのに気づき、思わずぎょっとしてしまう。

「こっ国王陛下！　どうか直言と無礼をお許しください。陛下がどれだけ御子様を思っていたのか、大切にされていたのか、我々全員が理解しておりますっ！　御子様のおかげで陛下は変わられた。御子様ご自身の、私のような下っ端にも優しく分け隔てなく接してくださるお人柄を誰しもが慕っております。そんな御子様がどんな状況なのかも分からずに自分だけのうのうと食事をとるなどと、という心情でいらっしゃるのでしょう⁉　ですがっ！　だからこそ召し上がってください。御子様の居場所が分かった時、そこに誰よりも早く駆けつけるのは陛下です。これはっ、この食事は、そのための力です‼」

目の前の騎士はぼろぼろと涙をこぼしながらも大声を上げた。穏やかな声でそっと我を躾《しつ》けた母とも、厳しい正論で我を導き諫《いさ》めてきたリンデンとも違う、思いの丈をぶつけるような叫ぶような真情の吐露、我はそれを前に反論できずに固まる。泣き声交じりのままそれは続いた。

「陛下はっ、御子様と過ごすようになられてっ、雰囲気が変わられました。以前の陛下ももちろん尊敬しておりました。ですが、御子様といらっしゃる陛下は本当に穏やかで、幸せそうで……！　あのエドガー様が随分と可愛《かわい》らしくなられたと、恋は人を変えるのだと密かに皆言っております！　俺もそう思います‼」

「我が、か、可愛く……っ⁉」

「御子様を愛しておられるのでしょう！　愛する人のため、一口でもいいのでお召し上がりください！　冷静に考えるための頭にも、走るための足にも食事は必要です！」

「わ、分かった、食べる、食べるから落ち着け……！」

その剣幕に圧《お》された我がカトラリーを取ると、配膳係はようやく満足げな笑顔になってぺこりと深く一礼すると部屋を出ていった。一体なんだったのだと脱力するが、配膳係の言う通りではある。コウキのためにも飢えて弱っている場合ではないと我は口を開ける。

食事があらかた終わる頃、今度は緊急だという伝令が飛んできた。即座に入れと告げると年配の騎士が焦った様子で部屋に駆け込んでくる。

「来客です！」

「客だと？　コウキの件ではないのか」

「はい。いらっしゃったのはガルムンバ帝国の皇帝陛下です！」

は、と思わずマヌケに裏返った声を上げてしまう。ガルムンバ帝国といえば大陸東南に位置する同盟国家。皇帝のゼンは我とは旧知の間柄だが、バルデュロイ統治下のロマネーシャ領に何をしに来たというのだ。

「ガルムンバ皇帝は国外周遊中だったそうなのですが、自由都市領東端の街で高速で移動するバルデュロイの馬車を見つけて何事かと気になり……、あの……、お一人で馬を駆って追ってこられたそうです」

仮にも皇帝が単独で越境とは……。相も変わらず破天荒な奴《やつ》だと我は真顔になる。占星術師アメリアを護送する馬車を騎馬でこっそりと尾行してこんなところまで来たというのか。その後は緑に食い荒らされたこの街を見て回り、ついに我のところにまで来たということか。

「まったくあの男は……」

とにかく、互いの身分を考えれば国賓だ。お前の相手をしている場合ではないと無視するわけにもゆくまい。通してくれと命じて我はため息をついた。

＊　＊　＊

その大柄な影が執務机の前にずんと立ちふさがると手元が暗くなった。

「さぁて、何があったんだ？　話してくれるか、神狼殿！」

両手を腰に置きながら放たれる声。その大きさも重さも体軀《たいく》に負けぬ迫力がある。要するにうるさい。頭の上で自然と耳がへたりと倒れそうになるが、負けたようで悔しいので意識的にピンと立てながら我は苛立ち交じりの言葉を返す。

「ゼン、貴君のことだ。事の成り行きはすでに騎士あたりから強引に聞き出しているのだろう」

バレたか、と言いたげに豪快に笑う。片手でがしがしと掻かれる頭。そこには赤銅色の髪と艶《つや》のない角が二本生えている。その体軀にふさわしい立派な二本角のせいでただでさ

え巨大な体軀がいっそう際立って見える。旅装束なのか軽装の革鎧《かわよろい》姿。

そこから垣間《かいまみ》見える筋骨隆々たる体軀は鬼人という種族の特徴でもあるが、その中でもこいつは群を抜いて屈強なのが一目で分かる。要するに暑苦しい。

「この大騒ぎは豊穣《ほうじょう》の御子殿が関係していると聞いたが」

「ああ、恐らく植物の暴走は御子――コウキが起こした現象だ。なぜこうなったのかは分からん。コウキ自身の行方も分からなくなった」

「分からんではない、早々に見つけろ！　御子殿をいつうちに見せに来てくれるのかと俺はずっと楽しみに待っていたのだぞ！」

「分かっている!!」

感情のままに机に拳《こぶし》を打ちつける。大きな音と共に机が軋《きし》むが眼前の鬼人は我の動揺を微動だにせず見つめる。

先日の弟バイスの目覚めと豊穣の御子という存在の発表と同時に、同盟国ガルムンバにも当然一報を入れた。弟と御子を伴っていずれそちらにも顔を出すと。執務が落ち着いたら視察と……それと旅行を兼ねて行くつもりだったのだ。旅先でまた新しいものを見て、コウキとバイスはどんな顔を見せてくれるのだろうと我も楽しみにしていたのだ！

「ふうむ、神狼殿はそういう複雑な顔も出来たのだな」

「……どういう意味だ」

「気づいていないのならまあいい、気にしなさるな！　とにかく御子殿の行方についても、ロマネーシャのこの有り様の対応についても、我らガルムンバで協力できることがあればなんでも言え。とりあえず御子殿が遠方に連れ去られてしまうといかん、国境と各地要所に検問だけは早急に敷くぞ。南側は自由都市同盟に顔が利く俺に任せておけ、神狼殿は北一帯に号令を出せ」

「コウキはロマネーシャ領外まで出ていると⁉」

「分からん！　だが打てる手は全部打つ！　それで当たりゃあ儲《もう》けもんだろう！」

そう言ってガルムンバの皇帝はにやりと人の悪そうな笑みを浮かべた。


占星術師アメリアがリコリスに手を引かれて屋内に戻ってきたのは明け方近くだった。随分と憔悴《しょうすい》しているようで、深いため息と共に用意された椅子《いす》に身を沈ませる。茶と食事をとリコリスが提案するのに対し、茶だけを所望して老婆は口を開く。

「駄目だね」

開口一番のその言葉に我は思わず身を乗り出してしまう。

「どういう意味だっ！」

「ああもう、うるさいねぇ、駄目なもんは駄目だ。あたしにだって全てが見通せるわけじゃあないんだよ。豊穣の御子はもう駄目だという意味じゃあないよ、居場所が正確には摑《つか》めないという意味さ」

「正確には、ということはほぼ特定できたということか！」

我の返答に老婆はゆるりと片腕を上げる。ローブの先から覗《のぞ》く枯れ枝のような指先が我の後ろを指さす。

「あちらだ。西南西かね、かなり遠いよ。あたしの問いに星が生命の大樹と森の気配を強く返してきた、恐らく森林の内部だ。人里ではないね」

「森の中だと……あの地下室につい先刻までいたはずなのだ、それがどうしてそんな遠方にいるのだ！」

「さあね。あたしは星を読むしか取り柄がないんだ、どうやって移動したかは知りやしないよ。神狼、あんたはとりあえず一度国に戻んな。どのみち捜しに行く先はあんたの国のさらに西だよ」

「一度帰還して捜索の態勢を整えろということか。だがそこから西は……バルデュロイもその全貌《ぜんぼう》を把握しきれていない広大な森だ、未踏の地も多い。あの場所から人を一人捜し出すなど……っ」

「あんたがそんなんでどうすんだい！」

アメリアがその短い杖でごつんと我の膝を叩《たた》いた。同時に後ろでリコリスもそうですと鋭く頷く。紅茶色の前髪の下のその顔は妙に強張《こわば》っていて、いつもの余裕や優雅さが消えていた。

リコリスも主《あるじ》であり信仰の対象でもあるコウキを失ってかなり精神的に追い詰められている。しかし、リコリスはコウキを御子だからと盲目的に慕っているわけではない。コウキのこの世界での過去を知り、そしてそれでも豊穣の御子としてこの世界を愛そうとするコウキという個に心酔しているのだ。我もそれは同じ、だからこそリコリスの気持ちが分かってしまう。そんなリコリスだが、悲痛な表情と同時に何かの覚悟を決めたようにも見えるのは気のせいなのか。

「エドガー様、早急に王都へと戻りましょう。私の職分を越えた言ではありますが、ロマネーシャのこの事態の収拾にはライナス様と騎士をこのまま残して……、我々だけでもすぐに出発を！」

「リコリス、急にどうしたのだ」

「手立てがあります、御子様の位置を探る方法が。……私か、リンデンになら、きっと……！」

翡翠《ひすい》の色の視線が胸元へと落ちる。一瞬その表情に暗い影がさすが、リコリスはすぐに顔を上げて凛《りん》とこちらを見た。それを見てアメリアが小さく呟《つぶや》く。

「紅の花の娘、あんたは……」

「アメリア様、今一度お力をお貸し願えますか。古《いにしえ》の術師たるあなた様に導いていただければ必ず上手《うま》くいきます」

「あれをやる気なのかい」

「ええ！」

返答は短かった。だが迷いのない、断ち切るような勢いを持った声だった。戦闘用以外の魔術に詳しくはない我には二人が何について話しているのか理解できなかったが、何らかの方法を用いてコウキへの手がかりを摑んでくれようとしているのだ。

ならば我はそれにすがるしかない。

この一幕を腕を組み、仁王立ちで黙って見ていたガルムンバ皇帝はうむと深く頷き、我の肩にぽんと手を置く……置いたつもりなのだろうが、その馬鹿力《ばかぢから》ゆえにどんと叩かれたような衝撃があった。

「目途が立ったのだろう、捜しに行くなら早く行ってやれ！」

「すまない、ライナスを置いてゆく。後を頼む」

「おお、あの豪嵐の荒獅子殿か！　ふはは、あの男がいるなら俺は要《い》らんぐらいだな！こっちは任せて安心して行け、急げ急げ！　御子殿の無事も心配だが神狼殿も心配だ！」

「どういう意味だ」

「さっき言ったろうが、そういう複雑な顔も出来るのかとな。以前の、感情など知らないとでも言わんばかりにすました顔のお前さんとはまるで違うのだ。今のお前さんは落ち込んでいるようにも焦っているようにも弱気になっているようにも見える。それはそれで面白い。だがその目の奥には憎悪がぐつぐつ煮えたぎっているのだ、気づいているか、自身の腹の底に渦巻いているものに」

憎悪。ゼンにそう指摘され、我は一瞬言葉を失う。

そんなことはない。もはや狂狼《きょうろう》として狂いかけていた苦患《くげん》の日々は終わったのだ、我はコウキと巡り合い己を取り戻したのだ。民とコウキと己のため、幸福なる明日を見据えて歩むようになったのだ、そう言ってやりたかったがそんな反論の言葉がむなしく脳裏をすり抜ける。

確かにある。指摘されるまで自分でも見て見ぬふりをしていた黒い奔流が全身を引き裂くように暴れ回っていた。

我からコウキを奪うとは。

許せぬ許せぬ許せぬ許せぬ、誰であろうと関係ない、全て許せぬ。

皆殺しにしてやろうか、この地の何もかもを。

そう頭の中で己のもう一つの本性が吠《ほ》え猛《たけ》っていた。ぶるりと背筋が震える。駄目だ。我もまた追い詰められている。薄氷一枚で取り繕っているだけなのだ、真っ当な王としての己を。自分で自分が怖かった。

今この瞬間もコウキがどこかで苦しんでいる、怯《おび》えているのかと思うと、我は、我は……！

「神狼殿!!」

その太い怒声に我に返る。落ち着け、と己に釘《くぎ》を刺す。

「……っ、大丈夫だ、我は！　必ずコウキを取り戻す!!」

我とリコリス、そしてアメリアと護衛の騎士を乗せた馬車は来た道を引き返すように疾走する。だがその速さは行きとは段違い。騎士団の所有する中でも最も速い大型の軍馬を八頭使っている。異常繁殖した木々の根や幹が街道を破壊していたので街を出るまでは移動に苦労したが、被害が及ばなかった丘陵地帯に入って馬車は一気に加速し、最高速に達して車体が跳ねる。

日が昇り始めた枯れた麦畑を抜け、あっという間に森林地帯へ差し掛かった。

「悪路に入ります！　速度を維持するため今以上に揺れます！　ご容赦を！」

車外から御者として手綱を握るシモンが叫ぶ。その焦った声に対して我が了承したと返答するよりも早くリコリスが窓から叫んだ。

「構いません！　全速力でお願いいたします！」

　そう言いながらリコリスはアメリアの体をしっかりと抱き寄せる。

「アメリア様、安全確保のため、お体に触れる無礼をお許しください。ご不快かと存じますがどうかご辛抱を」

「ひひっ、構いやしないよ、ばばあの身を気遣ってくれるとはいい子だねぇ。器量もいいし度胸もある。礼儀も出来てる。あたしの玄孫《やしゃご》の孫の嫁に欲しいくらいだ」

　油断すれば頭をぶつけ、口を開けば舌を噛《か》みそうな揺れの中でアメリアは存外余裕がありそうに言葉を紡ぐ。不思議な老婆だと改めて思う。やはりその顔はフードに覆われほとんど見えないが、アメリアがわずかに顔を上げた瞬間、布越しに視線が合った気がした。

「神狼、あんたのことだよ」

「何がだ」

「あたしの玄孫の孫さ。あたしが王妃としてバルデュロイ王家に名を連ねていたのはもう二百年……いや三百年……とにかくかなり昔のことさ。さて、当時は何と名乗っていたか……それももう忘れちまったね」

「我の、先祖、なのか⁉」

「過去の亡霊みたいに言うんじゃないよ、まったく！　先祖じゃなくておばあちゃまと言いな！　しかしあんたにゃもう御子という存在がいるからねぇ、まあ、あたしの玄孫の孫はもう一人いたね」

ひひ、と再び含み笑いをこぼす。

バルデュロイ王家のしかも王妃だったというアメリア。どういうことなのだ……。いや、今はそんなことを考えている場合ではない。

コウキ、どうか……どうか無事でいてくれ。


すっかり夜が明け、太陽が真上に輝く頃に見慣れた街と王城が見えた。馬車は街に近づいてやっと速度を落とし、城へと向かう。

城の庭に待ち構えていたのはリンデンと数人の文官だった。ロマネーシャでの出来事はすでに伝令により情報が届いていたのだろう。リンデンは血相を変えて我に摑みかかり、何か言おうと口を開けたがそのまま思いとどまる。

あなたがいてどうして、と叫びたかったのだろうが、それを我に言ったところでどうにもならないと気づいて衝動を押しとどめたのだろう。

「すまなかった」

「いえ……私こそ。エドガー様に当たるべきではありませんでしたね」

「コウキを捜しに行く。そのために戻ったのだ」

「居場所が分かったのですか⁉」

背後にはリコリスに手を取られながら馬車からゆっくりと降りてくる老婆の姿がある。

「占星術師のアメリアだ。彼女の助力にてコウキの大まかな位置は判明している。これからさらにその居場所を詰めるとリコリスが言うのだが……リンデン、どうした」

リンデンはその小さな老婆をじっと見つめ、固まる。

「ああ……あなた様は……！　レファ……いえ、アメリア様……」

狼狽《ろうばい》する樹人に対し、老婆は小さく頷いた。

「ああ、あたしは夜空を愛するただの世捨て人のアメリアさ」

リンデンの反応を見るに、先ほどの話は真実なのだろう。正直からかわれただけなのかと思っていたが……。リンデンは知っていたのだろう、遥《はる》か過去、王妃としてこの城にいたある女が今は別の名を名乗り、占星術師として星と遊《すさ》びながら世界のどこかに隠れ住んでいる、と。


「リンデン、私が呼びました。アメリア様に連絡をつけることが出来る樹人の居場所を父から聞いていましたので」

「そうだったのですか」

「御子様の居場所なのですが、現在地よりさらに西、深い森の中です。……私が生命の大樹と一つになり、アメリア様に情報を届けてさらなる精緻《せいち》な遠見をお願いしようと思います」

リコリスが淡々とそう語るとリンデンはしばし黙り込んだ。

「本気なのですか」

「ええ」

「……では私も助力を。あなた一人で全ての術を成り立たせるのは難しいでしょう」

「リンデン！　それは駄目。あなたはこの国に必要な……っ！」

リコリスが首を振る。髪と紅の花が揺れて乱れる。だがリンデンはじっとリコリスを見つめたまま表情を変えず、それからゆっくりと我を見た。

「このままコウキ様が見つからなければ、その『国』もこの『世界』も消えてなくなりますよ。そうなれば私の身を惜しむ意味などありません」

身を惜しむ？　どういう意味だと我が問おうとしたその時、背後から呼びかけられた。

「兄様！」

振り向く先には騎士の肩を借りた弟が、それでも己の脚と杖を使ってしっかりと歩いてこちらに歩み寄る姿があった。眠りから覚めた頃よりも遥かに顔色も良くなり、その目にはすでに潑溂《はつらつ》とした光が宿っている。

「バイス！」

「お戻りになったのですね、話は聞いております！　コウキさんを、捜しに行かれるのでしょう？」

「無論だ」

「……ご一緒したい思いはあります、私も恩人を捜しに行きたいです。ですが、見ての通り私は足手まといになるだけ……。ならば兄様が自由に動けるよう、留守を預かります。名代として未熟ではありましょうが力を尽くします！　ですので、どうか行ってください！」

「すまん、お前にも心労をかける」

目覚めて以来、体の機能を回復させるための訓練と同時進行で、政《まつりごと》についても必死で学んでいたバイスだ。眠っていた時間を取り戻そうとするかのようにその様子は鬼気迫るものがあった。我は自分が優れた王だとは思っていない、つい先日まで狂狼として暴れ回っていただけの我よりも、バイスには遥かに王としての資質があると確信している。そんな弟に国を任せることに不安はなかった。

だが、頷き合う我らの前でリンデンとリコリスは揃って片膝をつき、唐突に最敬礼をしてきた。

「エドガー様、お伝えしたいことがあります」

「どうしたリンデン、何をしている？」

「今日まで私を宰相として重用してくださり感謝の言葉もありません。これにてお別れとなりますので、最後のご挨拶《あいさつ》をさせていただきたく存じます」

「……どういう意味だ」

「国王陛下。このお城に、あなた様に、御子様にお仕えできて私は果報者でした。この先も祖国バルデュロイに永き繁栄があるようお祈りいたします」

「リコリス！　お前たち、どうしたのだ！」

声を荒らげる我の前で、二人の樹人は再び深く頭を下げる。まるでこれからいなくなるかのようなその言葉に、隣のバイスも顔色を蒼白《そうはく》にしていた。


リンデン曰《いわ》く、樹人の長の一族であるリンデンとリコリスの血族には門外不出の秘術が受け継がれている。それは生命の大樹と己が一つになることで、大樹の智《ち》を受け取る術。

生命の大樹はこの世界そのもの。世界の全《すべ》てであり本質。

そこに触れるということは、全知に触れるということ。

「コウキ様の居場所もきっと分かります。私たちが得た情報をアメリア様が神託としてあなたに伝えてくださるでしょう」

リンデンは力強くそう言った。

「ですが生命の大樹と一つになるには、今の姿を捨てて本来の姿に還《かえ》らねばなりません」

そう言いながらリコリスは髪を飾る赤い花にそっと触れる。

「私は花に還ります。リンデンは樹《き》の姿に還ります。もう人として在ることは出来ません。こうして言葉を交わすのもこれで最後となります。ゆえに、ご挨拶《あいさつ》を」

何を言っているのか分からない。頭が理解を拒否する。……その発言を額面通りに受け取るのならば、大樹からコウキの居場所を聞き出す過程で二人は植物に姿を変えてしまうということか。二度と樹人の姿には戻れず、そのままになるということなのか。

「……駄目だ、リンデン!!　そんなことは許可できないっ！」

「エドガー様。先ほどリコリスにも言いましたが、ここで私を惜しんでコウキ様を見つけられなかったら世界は終わりです。コウキ様を失ってしまえばあなたが、あなたの手で終わらせてしまうでしょう。狂狼とはそういうものだと誰よりあなたが知っているはず」

「しかし！　他にも方法は……！」

「時間がありません。歩行も困難なコウキ様が一人森の奥で快適に過ごしているとでもお思いですか？　魔獣のうろつく森に安全な場所がありますか？　捜索隊を組んで人海戦術で地道に捜している場合ですか？」

「だが……お前とリコリスはっ」

「そんな死ぬみたいに言わないでくださいよ、本来の姿に戻るだけです。これまでのように仕事は出来なくなりますが、私はどんな姿になっても私です。暇な時にでも会いに来てください」

ふふ、とリンデンとリコリスは揃《そろ》って微笑《ほほえ》む。

「だが、どうしてだ……。お前たちが豊穣《ほうじょう》の御子《みこ》を強く信仰する一族であることは知っている。だが、それでも己の人としての命を賭《と》してまでどうしてそんなことが出来るのだ……!!!」

我の心からの叫びに二人は少しだけ見つめ合い、穏やかな笑みを返してくる。

「豊穣の御子……それは、確かに我らが信仰の対象です。ですから、それも一つの理由にはなるでしょう。ですが、私はコウキ様自身を気に入っているんです。異世界から拉致《らち》され、ロマネーシャでひどい扱いを受け、それでもあの方はこの世界を愛そうとしている。強く気高く、そして私の友を、神狼を私たちと同じ一人の人にしてくださった」

「私もリンデンと同じ思いです。あの方にとってこの世界もここで生きる私たちも憎まれて当たり前の存在。それなのにコウキ様は、いつも私に笑いかけてくださるんですよ。今日もこの花が素敵ですねと。異端者であるこの私を自分となんら変わらない一人の人として見てくださる、思慮深くお優しい方なのです。私は一人の人間としてコウキ様が好きです」

「リコリス、それは……」

「ええ、もちろん陛下のそれとは違います。ですから、私はたとえコウキ様が豊穣の御子ではなくとも今と同じ決断をしたでしょう」

「そういうことです。陛下、この国のこと、世界のこと、そしてコウキ様のこと、どうかよろしくお願いします。私の知る『エドガー』に戻った今のあなたなら大丈夫です」

もう二人に我の言葉は必要ないのだろう、伝えるべきことは伝えたとそんな面持ちで揃って大樹の方へと歩き出す。

「アメリア様、よろしくお願いいたします」

「……………本当にやるのかい。若く良《い》い娘が、もったいないねえ」

「そうおっしゃらず。先ほど器量良しと言ってくださったではありませんか。それも嬉《うれ》しかったのですが本当の私はもっと綺麗《きれい》なのですよ。これからはその姿をどうか愛《め》でてやってください」

ふん、とアメリアはその言葉を受け流すが、それでも仕事は請け合うつもりなのだろう。二人の樹人と共に歩き出す。

立ちすくむ我の横でバイスが駆けだそうとしてよろめき、地面に転げながら叫ぶ。

「……リコリスさん‼」

「バイス様！　危のうございます！」

「平気ですっ、私のことはどうでもいいんです！　それよりあなたが、あ……ああ

「……っ!!」

ただうめく。バイスはリコリスを真《ま》っ直《す》ぐに見つめたまま、荒く呼吸を乱す。そういえばバイスは以前、リコリスのことを気にしていた……そうか、そういうことだったのか。その苦悶《くもん》の顔が言葉よりもはっきりと全てを物語る。

止めたいのだろう。リコリスを花の姿になど変えてしまいたくはないのだろう。だが世界とコウキを救うため、という二人の強い意志を知ってしまった……。我と同じように何も言えずにバイスは地に這《は》いつくばったまま震える。

敏《さと》いリコリスもすぐにバイスの胸の内を察したのだろう。そっと歩み寄り、倒れた体を優しく抱き起こしながら、バイスの耳元で何かを囁《ささや》き、最後に頬《ほお》にキスをした。

バイスにだけ聞かせたつもりだったのだろう。だが我には聞こえてしまった。

『ありがと。私も……』

赤き花は、仕える主人へ向けるものではないその等身大の言葉でバイスの想《おも》いに返事をしたのだった。

儀式は生命の大樹のもとにて行われる。そのあまりの巨大さに丸みを持った幹には見えない茶色の壁のような樹皮、その一角である少し開けた場所、しっとりと水を含んだ濃緑

の苔《こけ》がむしたその広場に着くと、アメリアは歩みを止める。

まずは緑の葉を髪に絡ませるリンデンが大樹に手を触れ、それに続いて弾《はじ》けた花火のような花に側頭部を飾られたリコリスが手を伸ばす。そうして二人は言葉もなく目を閉じ、じっと佇《たたず》む。その足元に薄く白い霧が立ち込めれば魔力の気配、森の匂《にお》いがいっそう強く香る。そして、二人の真後ろでアメリアが静かに何かを唱え始める。何らかの詠唱なのか、抑揚のない掠《かす》れた歌が静かに緑の景色に染み入る。

我とバイスはその光景を黙って見守る。見届けるのは辛《つら》いだろう、お前は城に戻っていて構わないと傍らの弟に言おうとしたが、その横顔を見てとっさに思いとどまった。

昔のまま、幼い弟のままだと思っていたバイスは我の想像より遥《はる》かに大人になっていた。想い人を最後まで己の目で見守ろうという覚悟を決めた男の顔でじっとそこに立っている。右手で杖《つえ》をつき、左手で爪《つめ》が食い込むほどに強く握りこぶしを作りながら。

霧は深まる。白く、何もかもを溶かして隠すように。やがて視界の全てを覆った霧の向こうからアメリアの歌声のような詠唱だけが聞こえる。

「リンデン……リコリス……」

世界にその身を捧《ささ》げた二人の樹人のその名を噛《か》みしめる。

最初に見え始めたのは赤い色彩だった。凛《りん》と真っ直ぐに伸びた茎の上にあの花火のごとき花が開いていた。我の足元にも、バイスの足元にも。その先にも、何本も何本も地を埋めるように赤い花がひしめく。我とバイスは共に驚き、一歩下がる。何百という数の花、まさかこの全てがリコリスなのか。

真緑から深紅へと変わった地の色、その鮮やかな絨毯《じゅうたん》の先に一本の若木が立っていた。生前の奴《やつ》の立ち姿を思わせるなだらかな幹、その上には若緑の葉がひらひらと折り重なるように茂り、囁くように揺れていた。一人の男が炎の海に立つようなその光景はまるで一枚の絵画のようだった。

我は目を閉じ、木々に覆われ見えぬ空を仰ぐ。死ぬわけではない、本来の姿に戻るだけだと言ったリンデンの穏やかな顔を思い出す。本当の私はもっと綺麗なのだと言ったリコリスの姿が瞼《まぶた》の裏に蘇《よみがえ》る。

バイスはその場にそっとひざまずくと、自分の一番近くに咲いていた一輪に指先で触れる。傷つけるのを恐れるような慎重さで。それから背中を震わせ、嗚咽《おえつ》した。その花弁にキスと一滴の涙を贈りながら。

「神狼、これが秘術だよ。……二人が樹人としての命をかけて大樹より導き出した神託だ、余すことなく受け取りな」

アメリアが手を差し出す。我がその手に触れた途端、意識の中に膨大な何かが流れ込んできた。頭部を揺らすその衝撃に思わずうめく。

緑の景色、景色、景色。あらゆる景色、入ってきた全てが森の光景。だが我はそこからはっきりと求めるものを拾い上げる。

茂みに沈む小さな姿があった。

朽ちかけた祠《ほこら》のようなものの前にうずくまるようにして座っている片方だけが少し痩《や》せた裸足《はだし》の足、丸まった背中、乱れた黒い髪。

コウキだった。居場所も分かる、不思議なことにはっきりと知覚できる！

「……くっうっ、今のは！」

「見えたかね」

「ああ、見た、我が半身を！　はっきりと捕らえた！　ああ、アメリア、リンデン、リコリス！　そして大樹よ!!　協力を感謝するっ!!」

我は遠吠《とおぼ》えを上げるように声の限りに叫ぶ。音を聞く耳をなくした二人をも揺らすように。

「居場所が分かったのですね！　兄様っ、行ってください！　それがリンデンとリコリスさんの願いです。後のことは私が！」

ああ、と叫ぶのと同時に我は駆けだしていた。胸の奥で心臓が暴れる。肺腑《はいふ》の中で呼吸が嵐《あらし》になる。波打つ衝動。駆けだす脚は四本。白銀の矢となって放たれるように獣の姿で疾駆する。城門へと迫るその時、我に並走する黒ずんだ茶色の影が現れる。我に追いつこうと獣の姿で駆けてきたのはシモンだった。その顎《あご》に肩紐《かたひも》のついた布の鞄《かばん》を咥《くわ》えている。シモンは身をひねってそれを我の方へと放り投げてきたのでとっさに咥えて受け取る。

『携帯食料と着替え、他には簡易的な医療道具です！　僭越《せんえつ》ながらご用意させていただきました！』

我は走りながら肩紐を頭に通し、鞄を背中側に跳ね上げて載せる。

『シモン！　恩に着る！』

『道中お気をつけて！』

待っていろ、コウキ、必ず間に合ってみせる！　決して無駄にはしない、何もかも‼

十五章

それは足元から奈落《ならく》に落ちるようなあの召喚の術とは真逆で、どこかに引っ張り上げられるような感覚だったように思う。

記憶の最後にあるのは地に落ちたボロボロの人形と少女の泣き顔、無数に並ぶ疑心と怒りに満ちた顔と、その全《すべ》てを覆い隠した木の根が暴れる光景、そして荒れ狂う植物。

僕はその事態を前にいっそう震えた。これは何だ、また何かの魔法のような出来事なのか。そして訳も分からぬ僕を引き上げたのは誰だったのだろう。何だったのだろう。何も分からない。そして、視界は白に染まった。思わず顔を伏せて目を閉じ、恐らくそこで意識を失ったのだ。

「……あれは、僕が……」

僕がやったのか？　一人、呟《つぶや》くけれど返答などあるわけもない。

豊穣《ほうじょう》の御子《みこ》などと呼ばれているが、その役割は世界の行く末の裁定者だ。心の充実により、神狼《しんろう》を支え世界に実りをもたらす者。心の荒廃により、神狼を狂わせ世界に終わりをもたらす者。それが僕の役割であったはず。

　もしかすると豊穣の御子という存在自体が生命の大樹に由来しているのかもしれないが、それにしても植物を操るだとか、実際に繁殖させる力があるなどとは聞いていない。バイス君の時のことも自分では何も理解が出来ていないのだ。だから確信は持てない。あの植物の暴走が自分のせいなのかどうか。

　けれども僕は確かにあの場で祈った。ロマネーシャの教会の人間は醜悪であったが、それでもあの国の全ての民が飢えて苦しめばいいとは思えない。特にあの少女のような子供はまさに被害者と言って間違いはないはずだ。

　乾いた大地。本来ならば黄金色にそよいでいたはずの枯れ果てた麦畑。雑草すら根を張らぬ遥《はる》かなる平原。あの悲惨な景色の原因が少なからず僕にもあるのならば、そこに緑を取り戻してあげなければと絶望の中にありながらも祈った。

　僕の祈りに反応してあの緑は芽吹いたのか？

　だけどどうなのだろう。僕は……。

　本当に心から救いたいと思い、あの国のために祈ったのだろうか……。

　次から次にわき上がる疑問と不安。だけどそれにばかり気をとられているわけにはいかないのも事実。

足元は落ち葉が折り重なった地面であることが、裸足なので分かる。見上げる頭上は黒一色。夜なのだろう。だが見えているのは夜空ではなく暗い森の影。闇《やみ》の中、目を凝らして見れば、周囲は木々が鬱蒼《うっそう》と茂っているばかりだった。豊かな森だと感じられる。だがどこか妙に肌にまとわりつくような重たい気配がある森だった。

ここはどこなのだろう。少なくともあの地下聖堂ではない。僕は一瞬のうちにあの地下から引っ張り上げられるようにこの森へと移動して……。そして、今が夜だということはしばらく気を失って眠っていたのだろう。かすかに頭が痛む。泣いてしまったせいか目も痛い。素足をちくりと枯れ葉が刺すことに気がつけばそこに靴はなく、肌を撫《な》でる風に少し寒さを感じた。

ロマネーシャはここまで寒かっただろうか……。

ここがロマネーシャではないとすれば転移してしまったのも僕の力なのか、そうではないのか。もう何も分からない。

「エドガー様……」

背中側の樹《き》に寄りかかり、膝《ひざ》を抱えながら顔を埋《うず》める。思わず口からこぼれたのはあの人の名前だった。

きっと助けに来てくれると、あの地下では信じていた。けれどもここはどこなのだ。救助に来てもらえるような場所なのか。捜してもらえていたとして、彼らが見つけられる場所なのか。見つけてもらうまで僕は生きて持《も》ち堪《こた》えられるのか。

真っ暗な中で一人、考えれば考えるほど恐怖が増してくる。

遠く、何か獣が吠《ほ》える声がした。ぎゃうぎゃうとわめく声にびくりと身をすくめる。確かこの世界の森には魔獣という危険な野生生物がいると聞いた。魔獣がどんなものなのかは分からないが、それが野犬レベルのものであったにしろ、ろくに走ることも出来ない僕は出会ってしまった時点で終わりだ。

出来るだけ身を隠すように木の根元に小さく縮こまり、胸の中で再びあの白銀の王の名を呼んだ。怖い。早く、早く朝になってほしい。せめて視界がひらければここがどこか分かるかもしれないのに。なんとかしてあの巨大な生命の大樹を見つけるのだ、あとはとにかくそちらに向かって進めばいい。大丈夫、落ち着けと己に必死に言い聞かせながら朝を待った。

じっと時間が過ぎるのを待つのは苦痛だった。余計なことばかりが思考となって巡る。何度も何度も頭の中で蘇《よみがえ》る木々の暴走の光景。

……やはりどう考えてもあれは豊穣をもたらす力などではない。あまりに暴力的に、怒り狂うような、悲しみに悶《もだ》えるようなうねりかたで樹は繁殖していた。

やはり僕は、ロマネーシャの地に恵みをもたらしたいなどと思っていなかったのかもしれない……。ただ目の前にいる僕を非難する人々を排除してしまいたい、このロマネーシャの惨状が僕の罪の証《あかし》なのだとしたら、いっそ何もかもを破壊して消してしまいたいとそう考えなかったのかと問われれば、それを否定することは僕には出来ない。

……現にこうして自分だけ、どこかに逃げ出しているのがその証拠なのだろうか？　もし本当にそうなのだとしたら……、僕のせいであの国が滅ぶようなことになっていたら、僕はなんというとんでもないことを……。やはり、僕は豊穣の御子なんていうご立派なものにはどうしたってなれないのかもしれない。

世界を、この世界を愛して幸せになることなんて……。

それに僕は、僕は……。自分のことばかり……。何より先に自分のことを、そしてエドガー様に助けてもらうことを願う愚かな人間。やはり僕はあの人の隣にいる価値などない人間だ……。そう思った途端にまた涙が溢《あふ》れた。

それでもやはり、償わなければ。もし、僕の持つ力が惨劇をもたらしてしまっているのであれば、あの場所に戻って、今度こそ……！

闇の中で思い浮かぶことはこんなことばかり。寝るなんてとても出来ず、あたりが明るくなるまで僕はこの問答を繰り返し続けるしかなかった。

ようやく木々の合間から朝日の茜色《あかねいろ》がこぼれはじめる。絶望的な心持ちのままゆっくりと顔を上げて周りを見渡す。やはり、そこは森としか言いようのない場所で、唯一、向かい側に朽ちかけた小さな祠《ほこら》のようなものがあるだけの場所だった。それ以外に人工物は見当たらない。

体を起こし、杖《つえ》代わりになりそうな木の枝を探すが都合の良い大きさの物が見当たらなかったのでとりあえず、祠のところまで片足だけでひょこひょこと進む。立《た》ち眩《くら》みがしたが、なんとか到達できた。

祠は中に小さなお地蔵様でもしまっておけそうな木製の小さな家の形で、触れたら崩れてしまうのではないかというほどに朽ちて苔生《こけむ》していた。慎重に扉を開いてみると中はカラだった。よく見ると祠の内部の底が抜けていた。昔はここに何かが祀《まつ》ってあったのかもしれないが、祠の下を覗《のぞ》きこんでもそれらしきものは見当たらなかった。

結局、祠にも帰還の手がかりになる情報はない。だがこれは完全に人工物だ。ここは人が入ってこられる場所なのだと推測できた。それなら救助が来る可能性も……いや、この祠の荒れ様を見るに、数十年以上誰も訪れていない場所だとも考えられる。そんなところまで僕を捜しにわざわざ来てくれるだろうか。

……。

これだけ荒れているということは、このあたりに人が住んでいる様子も感じられない首を振って落ち込む気分を振り払い、立ち上がる。もしも救助が来なかったら、自分で戻ればいい。待っているばかり、迷惑をかけるばかりではいけない。

そこらの樹を手すり代わりに使って片足で歩き、まずは杖を探す。しばらく茂みを探って回り、やっと使えそうな一振りを見つけた。少し汚れていたがこの際贅沢《ぜいたく》は言えない。

杖をついて歩き出すが、道なき道を歩くのはかなり大変だった。それでもなんとか移動し、自分でも登れそうな枝ぶりの樹を探す。生命の大樹を見つけるためには森の木の上から遠くを見渡すしかない。

一度目、これなら登れるのではと低い位置から枝が生えている樹に挑む。だが二メートルほど上がったあたりで足場にしていた枝が折れた。背中から落下したが下が茂みだったおかげで軽い打撲と擦《す》り傷で済んだ。

二度目の挑戦、別の樹によじ登る。幼少期から都会で育ったので木登りの経験はない。だが二本の樹が斜めに身を寄せ合うように寄りかかっていたおかげでなんとか上手によじ登れ、樹冠を掻《か》き分《わ》けるとついに視界が開けた。

自分の腕力を褒めてやりたいが視界の先にあるのは青空とのんびりと流れる雲、そして絶望だった。

ない。どこまでも広がる森と遥か彼方《かなた》にかすむ稜線《りょうせん》しか見えない。前後左右、どちらを見ても生命の大樹が見えない。

「嘘《うそ》だ……」

応《こた》える者は誰もいないのに自然と声が漏れてしまう。あんな大きな樹が見えないということがあるだろうか。だが何度確認してもそれらしきものは影も形もない。

樹から滑り降り、へたり込む。見えないということは物すごく遠いということ。異世界とはいえこの場所も物理法則は地球とさほど変わらず、天体ではあるのだろうから、きっと星は球状で……それは地上からの見通し距離に限界があるということだ。

重力に違和感を覚えないこの星が地球と同程度の直径ならば、大樹が千メートルくらいあったにしろ……多分、県を三つくらい跨《また》ぐ程度、百キロメートル以上の距離が開いてしまえばもう視認は無理だ。

バルデュロイから少なくとも百キロは離れている現在地点。しかも東西南北どっちに歩いていけば近づけるのかすら分からない。これは……これはもう、無理だ。

片脚だろうと裸足《はだし》だろうと自分で歩いて帰ってやる、などという浅はかな決意は容易《たやす》く折れた。体中から血の気が引く。その場に茫然《ぼうぜん》と座りこんだまま、僕はそこで初めて死を意識した。水も食料もない。飢え死にするのが先か、野生の獣に襲われるのが先か。もう駄目だという現実が息苦しく胸に詰まる。

こんなところで死んでいる場合ではないのに。救えなかった……いや、もしかしたらそれより悪い状態にしてしまったあの国を、ロマネーシャをそのままにしておいて、逃げて死んで終わりなどというわけにはいかないのに……。

僕は三度、転移を経験した。故郷の地球から世界を越えてロマネーシャへ。ロマネーシャの市街から神官の術で地下聖堂へ。地下聖堂からこの森へと。ただ最初の二つは人為的なものだ。だが最後の一回は何かが違う。……ならば祈るしかない、それに賭《か》けるしか僕にはなすすべがない。四度目があるかもしれない。誰かが僕を呼び寄せてくれるかもしれないと。

それでもやはり脳裏に浮かんでしまうのは、あの人が来てくれるのではないか、という淡い期待。場所が場所だけに望みは薄いだろうけれど……。

だけどあの白銀の狼《おおかみ》であれば……そんな根拠のない希望が僕の心の支えになった。

とにかく他力本願であろうと救出を待つしかないのだと認識を改める。それまで生き延びるのが己の使命だと自分を叱咤《しった》し、杖を握って立ち上がった。水を探さなければいけない。もうこうなったら水溜《みずた》まりでもなんでもいい。とにかく水分を探すのだ。それと出来れば食べるものと眠れそうな場所を。生きるのだ。生き延びるのだ。

蒸留だとか、そういう方法は使えない。何せ水を溜める器すら持っていないのだから、水源を探すしかない。けれども夕暮れになるまで必死に不自由な足で歩き続け、やっとのことで見つけたのは水面が藻で覆われた泥水の沼だった。両手で掬《すく》い上げた水は茶色く濁っている。

……これを飲んでしまうと別の原因で死ぬ気がした。お腹《なか》が痛くなる程度で済むのだろうか。さすがに駄目だと判断し、別の水源はないかと探したが結局見つけられずに僕は沼へと戻った。喉《のど》は、痛いほど渇いている。もうとっくに夜になっていた。この沼の水を飲まなければ明日はもう脱水で動けなくなる予感がした。

煮沸は出来ないがせめて布で濾過《ろか》だけでもするべきだろうと衣服を脱ごうとしたものの、昨晩の夜の森の冷え込みを思い出してためらう。ここで服を濡《ぬ》らしてしまったら濡れた恰好《かっこう》で一晩過ごすことになる。それこそ体調を崩すのではないか。

悩んだ結果、明日の朝になって気温が上がってきたら上着で濾過して飲もうと決めた。そ沼の近くの岩陰で一晩をじっと過ごし、翌朝、掬い上げた水を上着の布越しにする。その泥臭さに思わず顔を歪《ゆが》めたが、それでも必死に飲み込んだ。

幸い泥水で腹を壊すことはなく、今後もこれを飲んでいこうと決める。正直げんなりしたが、それでも脱水で死ぬよりはましだ。あとは食べ物が少しでもあれば……と周囲を探索したが、いくつか見つけた木の実やキノコも知識がないので無毒かどうか分からず、食べられなかった。深刻な飢え、腹に入ってくるのは泥水のみ。糖分が不足しているせいなのか頭がぼんやりと鈍る。

唯一良かったのは、眠るのに都合の良い場所を確保できたことだ。近くにしっかりとした岩石の洞窟《どうくつ》があった。その中は無風で、角度的に雨も入らなそうだ。岩場の上に落ち葉を敷いたら仮宿にちょうど良かった。ここでなんとか生き延びて……、そう考えつつ僕は洞窟の中に横たわりながら五度目の夜を迎える。空腹で眩暈《めまい》がしてろくに眠れなかった。

明け方、食べるのをためらっていた木の実についに衝動的に手を伸ばし、貪《むさぼ》るように噛《か》み砕《くだ》いた。苦かったが飲み込んだ。

しかし、数時間後に胃痛と吐き気に襲われて吐き戻した。毒があったのだろう。腹の底が痙攣《けいれん》する。喉が焼けるようなその苦しみの中、もういっそ死んでしまいたいと一瞬だけ思った。だがここで死んだら、それこそなんの贖罪《しょくざい》も出来ずに終わってしまう、それに脳裏をよぎるのはやはり白銀の狼で……僕はそれを思い出しては首を振り、泥水を強引に喉に流し込み指を突っ込んでわざと吐き、胃を洗浄した。

死ぬわけには。ああ。でも、苦しい。…………助けて。死にたくない。

だが僕はすでにやってしまっていた重大な失態に未《いま》だ気づいていなかった。泥水とはいえ近くに水場があり、過ごしやすい洞窟がある。この便利な場所に森の魔獣がまったく棲《す》み着いていないどころか、魔獣がまったく通りがかりもしない理由。それはこの一帯が、あるとんでもない生物の縄張りであったということだ。

もうほとんどまともに思考することの出来なくなっていた僕は、今日も日が昇ると芋虫が這《は》うようにして沼まで泥水を飲みに行き、なんとかそれを濾過して嚥下《えんか》すると洞窟の奥へと戻る。そして丸まって眠る。ひたすら救助の気配を待ちながら、もう今日が何日目なのかも分からない。

しかし霞《かすみ》がかっていた意識は一瞬にして現実へと叩《たた》き戻される。轟音《ごうおん》。周囲の空気をつんざく絶叫のような叫びが両耳を貫いて頭を揺らした。

「な、に……!?」

吠えたける金切り声、そして洞窟の中にまで吹き込む叩きつけるような爆風。僕は混乱しながら必死に這いずって洞窟の最奥にまで逃げ込んで身をすくめる。魔獣なのだろうか、この声は……!!　同時に洞窟内に重たく満ちる、髪が焼けるような嫌な臭い。体が勝手にガタガタと震える。何が起きているのだと顔を上げると、目が合った。

洞窟を覗きこむ、斜めに傾いた爬《は》虫類《ちゅうるい》の顔。蛇かトカゲか何かの頭を何百倍にも大きくしたようなものがじっとこちらを見ていた。見ている……、だけどその眼窩《がんか》に眼球はない。そこにはただ黒いどろどろしたものがドプリと嫌な音を立てて溜まっていて、ときおりこぼれて滴っていた。

その中身は……腐っている……!?

「ひっ……!!」

この世のものとも思えないそれは、どことなくおとぎ話に出てくるドラゴンのようでもあった。爬虫類の頭に長い首、胴に鉤爪《かぎつめ》のついた腕と脚、全身が錆《さ》びたような赤茶色の鱗《うろこ》に覆われている。だが鱗の下に、太い筋肉の束や頑健な骨があるようには見えない。どこもかしこも中には黒いどろどろが詰まっているのか、全体的にぶよりとたるんだシルエットを晒《さら》す。

どぷん、と全身を震わせながらそれは一歩を踏み出し洞窟へと身をねじ込んでくる。僕はただただ声もなく、とにかく少しでも奥へ逃げようと体を縮こまらせ、岩の間に身をねじ込む。来ないで。来ないで、怖い、迫ってくる竜のようなこの生物は一体なんなのだ⁉

再びの絶叫。全身を震わせるその大音量《まち》、ぶよぶよの竜は狂乱したように頭を振り回し、眼窩や口内から黒い粘液を撒き散らす。

「あっ、あああ……‼」

これが魔獣なのか。これが、こんなものがまともな生物なのか⁉ こんなことなら魔獣についてもっとリンデンさんかリコリスさんに話を聞いておくべきだった。生きながらに腐っている生物。そこまで恐ろしい生物だとは思ってもみなかった……。

そして目の前の魔獣は激怒している。そこでようやく、ここがこの魔獣の縄張りだったのだと気がついた。だから他になんの生き物もいなかったのだ、皆、こいつを恐れて逃げ出していたのだ。

魔獣――いや、腐った竜はもちろん侵入者である僕を殺そうとしているのだろう。頭と首を限界まで突っ込み、だが巨大な体はさすがに入れずに入り口の岩壁に引っかかり、僕に喰《く》らい付くことが出来ずに大暴れしている。ぎぎい、ぎぎい、と鉄が擦れ合うような威嚇音が竜の喉から響く。

どうしよう、とにかくこの洞窟の奥にいれば攻撃されずに済む、あいつの牙《きば》はここまでは届かない……。ひたすらここでじっと耐え抜き、あいつがどこかに行ってしまうのを待つしかない。それからどこかに逃げなければ……今の僕に逃げる体力などあるのかどうか、もう自分でも分からないが……。

僕がそう覚悟を決めた途端、竜はぐちゃりと音を立てて大顎《おおあご》を開いた。真っ暗なその奥にぼうっと明かりが灯《とも》る。炎が小さく渦巻く。火球はみるみる大きさを増し、竜の顔が熱された空気の向こうでゆらりと揺らめく。

「嘘……火、が……!!」

生き物の喉奥で火が燃える、その光景に僕は驚愕《きょうがく》したがすぐに現実を理解する。燃えているのではない、恣意的《しいてき》に炎を生成している。火を噴くつもりなのだ。まさにおとぎ話のドラゴンのごとく口から火炎を放射するという、目の前の竜はそういう生き物なのだ！

「あ……」

牙の届かぬ僕を殺すために。

死ぬ。焼き殺される。数秒後にこの洞窟内は火炎で満たされる。嘘、そんな、ここは避難場所ではない、逃げ場のない死の袋小路《ふくろこうじ》だ……ったというのか……。

「い、嫌だっ!!　たすけっ、たすけてぇ!!　エドガー様!!!」

まるで僕の悲鳴に反応するように竜は波打つ仕草でその身をすくめた。炎の塊を喉奥に押し込めたまま。だが次の瞬間、重たい衝撃音と共にその頭部は横薙《よこな》ぎに吹っ飛んだ。

怒りの鳴き声。グルルルと喉奥で低く唸《うな》り上げる、そしてそれはどこか聞き覚えのある獣の声。

『コウキ……コウキ……ここなのか!!　コウキッ!!』

胸を打つその声。一瞬幻聴なのかと思った。自分に都合の良い妄想を聞いているのかとすら思った。けれど、違った。ずっと想《おも》い続けていたその姿が、巨大な白銀の狼の雄姿が洞窟の入り口に逆光をまとって立った。荒れた毛並みが憤怒《ふんぬ》に逆立ち、その体軀《たいく》はいっそう大きく見える。

竜を体当たりで吹っ飛ばしたのは彼だったのだ。

「こ、ここ、です、僕はここですっ。エドガー様っ!!」

声の限りに叫ぶ。互いに視線が交わった。それと同時にエドガー様は地を蹴《け》って僕のもとに飛び込んできたかと思うと再会を喜ぶ余裕すらない様子で限界まで身を伏せた。

『コウキ!!　あの目障りなものが目を覚ます前に場所を変えるぞ、乗れっ！　そして我にしがみつけ！』

「はいっ!!」

僕を乗せたエドガー様は、しがみつけと言ったものの摑《つか》まる力すらほとんど残っていなかった僕が振り落とされないように気を遣ってくれたのだろう、滑らかに柔らかに走る。まるで猫のように足音すらなく。一気に洞窟を脱出すると、しばらく茂みを掻き分けて進んだ。そして現れた岩場を滑り降り、少し開けた場所でやっと速度を落とし始め、やがて足を止める。あの腐ったような竜からは逃げおおせたという事実にようやく思考が落ち着いた。

『……コウキ……無事か……いや、無事ではないな……』

苦しげに紡がれる低い声。草の上にそっと下ろされた僕は、その白い毛並みを両腕の全部を使って撫で、大顎の下から抱きついた。

『すまない、我が不甲斐《ふがい》ないばかりに辛《つら》い目に遭わせた』

「……大丈夫です。何一つエドガー様のせいじゃないんですから謝らないでください」

『守ると誓ったのだ。それなのに我はまたお前を……』

「確かに辛かった……ですけど、エドガー様のことを思っていれば耐えることも出来ました。そして、あなたにもう一度会えた……。これ以上、僕が望むことはありません。助けてくれて、こんな場所まで来てくれて、僕を見つけてくれて、守ってくれて……本当にありがとうございます……！」

一言一言、言葉を紡ぐたびに涙が落ちた。それは抱きついた体の毛並みの中に落ちて消える。

『随分やつれてしまっているな。それに顔色も悪い。鞄《かばん》の中に食料があるはずだ、食べられるようなら食べてくれ』

頷《うなず》き、エドガー様の首にかかっている肩掛け紐《ひも》を外す。ベルトで閉じられた大きな布鞄を開けようとするが、手が震えて上手《うま》くいかない。

『……周囲に危険な気配はもうない。それに、我が傍《そば》にいる。怯《おび》える必要もない、ゆっくりでいい』

僕をその大きな胸元に包み込むようにしてエドガー様もその場に伏せる。そのぬくもりと力強い命の鼓動を感じて、エドガー様の言葉に頷くとまた涙の雫《しずく》が落ちた。

やっとのことで鞄を開け、まずは水筒を取り出して口に含む。水ではなくほのかに草の香りがする飲み物だった。滋養のある薬草を煮出したお茶だろうか。まともな飲料のありがたみが身に沁《し》みて、ようやく手の震えが治まってくる。

続いて紙袋を取り出す。食料はこれだろうかと思いつつ開けてみると、中にはドライフルーツのようなものが入ったしっとりとした焼き菓子が入っていて、そっと齧《かじ》るとアルコールが香った。日持ちのするパウンドケーキのようなものなのだろう。その甘味とコクが飢えた体にはあまりに強烈な刺激だった。衝動的に貪りたくなるがゆっくりと、よく嚙んで、大事に味わう。

エドガー様にもその食料を差し出すが自分は構わないから好きなだけ食べろと僕が飲み、食べる姿をどこか悲しげな瞳《ひとみ》で見つめてくる。

その視線を感じつつ、咀嚼《そしゃく》しながら鞄の中を覗く。食料も水もまだたくさんある。着替えに救急キットのようなもの、折りたたまれたブランケットとタオル、どれもありがたかったが、靴まで入っていたのには驚いた。裸足の足の裏はここ数日の移動ですでに傷だらけ、正直もう痛みで立つのも辛かった。けれど足にしっかりと包帯を巻いて靴を履けば少しは歩けるだろう。

食料を一袋分だけ食べ、心も体も随分と落ち着いた僕は、エドガー様の大きな体に身を寄せたまま尋ねる。

「エドガー様、ここはどこなのでしょう?」

『バルデュロイの西側一帯には広大な森が広がっている。その中央付近だ』

バルデュロイの西という言葉に驚愕する。ロマネーシャからはほぼ大陸を横断するほどの距離を移動していることになるではないか。

「僕はどうして……」

『お前はロマネーシャで転移の術で拉致《らち》された、そこまでは分かっているのか?』

「はい、神官の仕業だったようです。それで地下室みたいなところへ移動して……そのあと植物を暴走させてしまったのは……、きっと僕です」

『そう、なのだろうな』

「そこから覚えていないんです。気づいたらこの森に転がって眠っていました」

『恐らくこれに関してはロマネーシャの人間の仕業ではないな、奴《やつ》らにもお前をこんなところに飛ばして行方不明にする利点はない。コウキ、お前が自力で転移したという可能性は……』

「ない、とは言い切れないです。僕自身、豊穣の御子の力についてよく分かっていないんです。……ただ今回は違うような気がします。誰かに引っ張り上げられて、ここに降ろされたような感覚があって」

『真相はよく分からんな。まあいい、とにかく帰るぞ。しばらく休んだらまた我の背に乗ってくれ。鞄の紐を手綱代わりにすれば少しは楽だろう。帰りも数日かかる長い道のりになるがもうしばらく頑張ってくれるか』

「もちろんです、僕のために何日も走ってくださったのですね……。それにしてもどうして僕の居場所が分かったのですか？」

そう尋ねると、エドガー様は頭の中で返答を探すようにどことなく視線を泳がせる。

『我が見つけたのではない、生命の大樹がお前の位置を教えてくれたのだ』

「え、大樹にはそんなことも出来るのですか、驚きました……。あの、本当に、本当にありがとうございます、エドガー様」

『礼など不要だ。そもそもお前が奪われたこと自体、我の失態だ。そのせいでお前をこんな目に遭わせた……！　己が情けない、不甲斐ない！　本当にすまなかった……』

「あなたが謝ることなんて何もないです！　こんなに遠くまで……何日も何日も走って、そして僕を迎えに来てくれたじゃないですか、感謝しかありません！」

嬉《うれ》しい気持ちを全身で伝えようと再び抱き着き、だがそこでふとまずいことに気がついてとっさに身を離す。

『どうした、コウキ』

「あ、あの、僕……！」

服は何度も藻の混じった泥水を濾過したせいで妙な色に染まり、鼻をつくにおいを放っている。当然僕自身ももう何日も風呂《ふろ》に入ってもいなければ下着すら替えていない。

「……汚かったですよね、ごめんなさい……！」

『構わん、気にもならん。我も似たような状態だ』

穏やかにそう言うエドガー様の毛並みもまた、乱れ汚れていた。特に足元などは泥跳ねで茶色に染まっている。無事に帰れたらまた綺麗《きれい》にブラッシングしてあげよう、と目を細める。少し薄汚れてしまっている白銀の体、その中にはよく見ると赤い色の汚れも混じっている。どれもかすり傷程度には見えるが、怪我《けが》をしているのか。鞄の救急キットを取り出しつつ尋ねる。

「あの、お怪我を」

『大事ない。もう傷口も閉じているから治療の必要もない』

「そうなのですか。……ここに来るまでに負った傷ですよね。僕のせいで……」

『気にするな、それにさっきお前が治してくれたからな』

「え？」

『お前の涙が我の体に落ちただろう』

「あ、そうか……、涙にも治癒の力が……」

『全身の疲労も小さな痛みも一瞬で全て消し飛んだぞ。すごいな、お前は』

獣の顔がわずかに笑んだように見えた。つられて僕も少し笑った。

「治癒も、植物に影響する力も、世界の行く末を決める役割も……なんだか自分のことなのに不思議だらけです。豊穣の御子の力、これからもこの世界のため、正しいと思うことに使っていきたいとは思っているのですが……」

『お前の思うままに使えばいい。この世界を救わなければなどということは忘れていい。使いたくなければそれもいい。お前の心の赴くままに全てを決めれば良い』

「はい。そのためにも自分で自分の力をもっと知らなければなりませんね。そしてこの世界のこともっと……。帰ったらもう一度勉強します。きっとリンデンさんが過去の豊穣の御子の資料や記録を持っていらっしゃるでしょうし……」

そう言った途端、エドガー様の体がぴくりと動いた気がした。どうしたのだとその顔を見上げると、なんでもないとばかりにやんわりと視線を外された。それからエドガー様は黙ったまま森を眺め、鼻先をぴくりと動かした。

『……コウキ、すまない。ゆっくりと休ませてやりたいのだがここはあまり良い場所ではない。少し、移動したいのだが乗れそうか？』

「はい、大丈夫です。もしかしてさっきの竜のような獣ですか？」

『ああ、気配が近づいてきている。あれとは関《かか》わらん方が良い』

「魔獣って怖いものなんですね……。まさか腐っても動いてるなんて……」

『……あれは魔獣ではない。本来なら神獣と呼ばれるべきものだ。あれもまた生命の大樹から生み出されたこの森の守り手のようなものだったはず。だが長年に亘《わた》って大地の気の淀《よど》みを吸い続けて神格ごと腐り落ちてしまったのだろうな。ああなってはもはや手の打ちようがない』

神獣、その名から察するに森の守護神のようなものだったのか、あの竜は。そして、大地の淀み……。それは御子である僕が現れずに神狼であるエドガー様が狂いかけていたせいで世界に出ていた影響の一つなのか。それを吸い上げていたということは……。

「もしかしてあの竜、森を守ろうとして自分の体に悪いものを吸い続けてああなってしまったのですか⁉」

エドガー様は頷いた。

『……いっそ幕を引いてやるのも、神狼である我の務めかもしれんな』

やはりそうなのだ。あの地下聖堂での四方八方からの罵声《ばせい》が脳裏にフラッシュバックする。僕のせいだ。僕がちゃんと務めを果たしてこなかったから生命の大樹と世界は弱り切っていて、それをなんとかしようとあの竜は頑張ってくれていたのだ、その結果があの有り様で……。

『コウキ。あの竜、やはりこのまま放置するのは忍びない。体内より腐り果て、もう正常な意識も残ってはいまい。苦痛に満ちた生を長引かせるよりは、終わらせてやりたい。ゆえに、ここで一戦交える。その前にお前を離れた安全な場所に運びたいのだが、背に乗ってくれるか』

「待ってください‼　それは……殺してしまうということですか？」

『ああ。あの状態のまま放置しておく方がもはや酷だ。哀れなことにすでに神獣ではないものに成り果ててしまっている』

「ですが！　あの竜は森を守ろうとして……」

『だからこそだ。我は神獣の尊厳を重んじてやりたい』

「でも……っ」

『お前がどうしてもそれを望まないというのならやめるが、このまま放っておくことがあの神獣にとって良いことだと思えるか？　守るべきものを見失い、その身は腐り果てて、本能……いやそれすらも残っていない苦しみと痛みに支配されたただ生きているだけのものだ。残酷なようだがな』

僕はエドガー様に答えを返すことが、出来なかった。

そして僕は、一度だけ大きくゆっくりと頷いた。


結局、少し離れた大きな倒木がある場所まで僕は運ばれた。すぐに戻るからここで待っていてくれと言い残し、エドガー様は二本の脚で踵《きびす》を返した。今の状態の竜を相手にするのであればエドガー様の武器である剣を用いた方が戦いやすいらしいのだ。

ただ、神獣だったものは衝動だけに動かされる存在、自分が戦えばそれは一方的な殺戮《さつりく》になるとエドガー様は僕に告げた。そして、だからこそお前には見せたくないと。

森に消えるその後ろ姿を見送りながら、僕は胸の奥で跳ねる心臓を両手で押さえ続けた。

この心臓の鼓動は一体僕に何を伝えようとしているのだろうか。エドガー様を心配しているのか、それともこれから消えゆく命に対する哀れみなのか、僕には分からない。

それは恐らくほんの二、三十分だったのだろうが、何時間にも思えるような、まともに呼吸の出来ない時間。その果てに戻ってきたのはまた毛皮に少し泥汚れを増やしたエドガー様だった。しっかりとした足取り、まずは無事であったことに安堵《あんど》する。

「終わったぞ」

「……お怪我は？」

「かすり傷一つない。少し汚れてしまったがな」

「神獣はどう……いえ、遺骸《いがい》はどうされたんですか？」

「そのまま自然に還《かえ》す。本来なら神獣は死ぬと体内で熟成させた魔力を地に返し、森に活力を与えるのだ。だがあれにはもうその魔力すら残っていなかった。肉は獣が食らい、命となって巡るはずだったがそれも残っていない。死骸は地に溶け風化するのみだ」

「お墓を作ったりはしないのですね」

「そうだな……」

「出来ればその場に僕を連れていってくれませんか？　この森を守ろうと奮闘した神獣に手を合わせておきたくて……」

エドガー様は少し不思議そうに首を傾《かし》げた。自分の故郷にあった死者を弔う仕草なのだと説明すると、意図は分かってくれたようだが、あまり気の乗らない顔をした。

エドガー様は僕が殺生を好まない気質なのも、そういう場面に慣れていない環境で育ったのも察してくれていたので、とどめを刺す自らの姿だけでなく、竜の死骸も見せないように配慮してくれていたのだろう。その心遣いをむげにする願いではあったが、あの竜があれほどひどい姿になってしまったのは僕にも責任の一端がある。それは自らが望んだものでなかったとしても、このままただここを去ることは僕には出来なかった。

死者に対して何が出来るというわけではないがせめて冥福《めいふく》を祈るくらいはしたい。堕《お》ちた神獣を介錯《かいしゃく》するのが神狼の務めであるというのなら、その最期を自分の目で見て受け止めるのは神狼の御子である僕の役目だ。

再び白銀の背に乗って向かった先は僕が泥水をすっていた沼の近くだった。水辺のほとりはあちこちの下草が抉れてはじけ飛び、周囲の植物は一部が焼け焦げ、その光景はここで腐り落ちた竜との激しい戦いがあったことを窺《うかが》わせる。

その惨状の中央に一塊の岩のようにあの竜は崩れ落ちていた。赤銅色の鱗の隙間《すきま》、両の眼窩、口腔《こうこう》、あちらこちらから黒いコールタールのようなねっとりとした黒い粘液がこぼれ、もう動く気配はない。

僕は言葉を見つけられぬままその顔の前に立ち、震える手を合わせた。その隣では、神狼の姿に戻ったエドガー様が、僕に倣って手を合わせてくれる。

僕がもっと早く御子としてその責務を果たしていれば。きちんと自らの力を扱うことが出来ていれば。この竜は今も美しい緑の森の中をその守り手である神獣として悠然と歩んでいたのだろう。

間に合わなくて、何も出来なくて、ごめんなさい。

無能で役立たずな御子でごめんなさい、僕は、僕は……っ!!

胸の中に溢れる熱い衝動に全身が粟立《あわだ》ち、ざわざわと足元から何かが溢れ出そうになって体の中で暴れる。

「あ、ああっ⁉」

まずい、これは同じだ、ロマネーシャで植物を暴走させた時と……同じ。体の奥底から得体の知れない力が溢れ出てくる……。

いや、だけど何かが何かが違う。そうだこれは波際の庭でバイス君を蘇らせようと試みた時、自らの無力を嘆く僕に森の木々が囁《ささや》いたあの時と同じなのだ。

周囲の木々が身を揺らすように一斉にざわめく、その万雷の拍手のような音に煽《あお》られて僕の中を暴れ回る御子の力がいっそうその勢いを増す。ああっ、でもあの時とも違う！バイス君を治癒した時に感じた力の比ではない。これは大きさだけでいえばロマネーシャで感じた力の大きさと同じ……どうして、どうしてだ。

僕はまたあんなことを、今度はこの森を破壊してしまう……っ!!

「コウキ!!　どうしたコウキ、落ち着け!!」

鼓膜を叩く大声。僕を現実に引き戻そうとする、あの人の低音。

「エドガー様、だ、駄目です、離れて、危ないですから離れてっ!!　力が溢れてどうにも出来ないんです!!　僕はまたやってしまう!!」

叫ぶ僕の声を途切れさせたのは、強い圧迫感。伸びてきた被毛に包まれた両腕。捕まえるように強く抱きしめられ、包み込まれ、視界の全てが彼の白銀の毛並みで埋まる。

エドガー様が僕を苦しいほどの力で抱え込んでいた。そして僕を落ち着かせるようにゆっくりと優しく耳元で囁く。

「大丈夫だ」

その低い声をじっと聴きながら僕は必死に呼吸を整える。抑えろ、落ち着け、と何度も頭の中でひたすらに繰り返して自ら呟く。

「お前は一人ではない、我が共にいる」

「ううっ……エドガー様、僕……、は」

「自らの力を抑えきれないのだな」

「はいっ、ごめん、なさい」

「謝るな。落ち着け。それは悪い力ではない。抑えなくていい。己の中に芽吹いたなら咲かせてしまえ。今この時に芽吹いたそれが悪《あ》しきものであるはずがない」

「でも、でも……！」

「あの神獣のためにお前は心を乱したのだろう。あの神獣のことを哀れに思ったのだろう。救ってやりたかったと」

「だって、それは僕のせいで‼」

「違う。もとよりこの世界は終焉《しゅうえん》に向かっていた、その流れに沿って緩やかな滅びの道を歩んでいた。その定めを変えられる可能性としてお前が来てくれた、それだけだ。お前は何も悪くない。お前がこの世界のため、自らを責めることもなければ犠牲になる必要もない」

優しい静かな声色だった。僕を慰めようと、僕の罪悪感をごまかそうとして言っているのではなく、淡々と事実を述べている。

「神獣も己で行く末を選んだだけだ。淀みを吸い続ければ最後にはどうなるか分かっていて、それでもやめることはなかった。神獣として森を守ろうと己に出来ることに精一杯務めた。今のお前と同じだ。御子として頑張ろうとしてくれているお前とな」

「同じ……」

「だから心のままに祈ってやればいい。芽吹き、溢れる力を恐れるな。お前の気持ちはよく分かる、我も自分で自分が怖かった。持て余すほどの力と衝動、それを抑えきれずに我

は多くの者を傷つけ続けてきた。もう何年も、ずっと、ずっとだ」

祈り。ロマネーシャに召喚されてから何度も何度も聞かされた言葉だった。祈れ。祈れ祈れ祈れ。誰もが僕にそう言った。だけど、僕はただ空虚に祈るような素振りをするしかなかった。

バルデュロイに来てからは自らが幸せになり、この世界を少しでも思ってくれれば良いと言われた。だけどそれも正直言ってよく分かってはいなかった。

だがようやく僕は理解したのかもしれない。祈ること、願うこと。自分の中に芽生えた気持ちを昇華させるその行為。

祈り。そうか。ああ……ようやくその意味が分かる。

その行為の本質が見えた気がする。

「……エドガー様……いいのですか?」

こくりと頷く神狼の青い瞳を見つめ返す。

「僕は、僕が思うままに祈って……願ってもいいのですか?」

「ああ」

それならば僕は願い、祈ろう。

僕と同じように、いや、僕より遥かに強い想いでこの世界を救おうと奮闘した戦友のために。

僕の中から光が溢れる。春の陽光のような暖かさをもって。

『豊穣の御子』と『神狼』を中心に包み込み、まさに芽吹くように。

周囲に存在する全ての草木が一斉に新芽を吹き出し、新緑の葉を茂らせた。薫風《くんぷう》と光が踊る中、朽ちた竜の大きな体はまるで崩れ落ちる砂の城のように下草の中へと消えていった。錆色《さびいろ》の鱗も黒ずんだ骨も何もかも、静かに崩れて大地へと還り、そこから無数の花が咲き乱れる。

あの竜の鱗の色を太陽に透かしたような、淡く赤みがかった橙《だいだい》色《いろ》の花弁――アネモネのような花が群れて甘く香った。


周囲の様子も落ち着き、全てが終わると、エドガー様はやっと僕を抱きしめていた腕の力を緩め、どこか安堵したような顔で僕の顔を覗きこむ。

「……豊穣をもたらす力が浄化へ転じたか。豊穣、治癒、浄化、これでコウキは御子として全ての力を扱えるようになったのだな。それに、美しい墓所を与えられて神獣も報われたことだろう」

僕はそっと頷きながらエドガー様に体重を預けた。一気に襲い掛かってきた疲労に耐えきれなかったのだ。甘えさせてもらおう。きっとこの人は受け止めてくれる。

エドガー様は無言で僕の腰に手を回し自らのもとへと引き寄せ、僕を包み込む。言葉を交わす必要はなかった。僕たちはそれだけで今この時は全てが通じ合えている、そう思えた。

しばらくそうしてエドガー様に身を寄せていると、花畑の真ん中が、がさがさと揺れた。風の仕業かと思ったが、それにしては不自然ではないかと僕がそれを見つめると、エドガー様もまた同じように不思議そうにそれを眺めた。

そして花の合間からぴょこんと顔を出したのは、小さな赤銅色の頭。

「え⁉」「む⁉」

僕とエドガー様の声が重なる。

こちらを見るのは小さな棘《とげ》のついたトカゲのような顔、というか全体的にトカゲのようなフォルムの生物。満月のような柔らかな色の両眼がぱちりとまばたきをする。

「竜の……赤ちゃん⁉」

「そうか、こういうことだったのか」

「え、何がですか」

「神獣は世界中に何頭か存在するが、同じ竜でありながらその全てが外見も体格も形状も違う。同じ役割を持つが違う生き物なのだ。つまりこの竜も世界に一頭だけの生き物、一頭だけでどうやって子を作って種を繋《つな》いでいるのかは誰にも分からなかったのだ。そうか、寿命を迎えては一度死に、転生して赤子の姿で生まれ直していたのか」

「……不思議な生き物なのですね……」

「コウキ、お前があの竜を蝕《むしば》んでいた穢《けが》れを浄化したから、こうして正常に転生できたのだろう。そうでなければこの神獣はここで途絶えていたはずだ」

そうか、僕の祈りは届いたのか……。

良かった、と呟くとまた涙が一粒こぼれた。幼い竜は口を開けてぷわっとあくびをし、ぷるぷると体を振った。ああ、とても可愛《かわい》い。その仕草はまるで子犬のようで愛嬌《あいきょう》たっぷりだったが、あれは野生の生き物であり、この森の守護者なのだから人間がうかつに触れていいものではないのだろう。名残《なごり》惜《お》しいが、今後あの小さな竜が神獣として健やかに成長してゆくのを祈りながら、僕らはその場を静かに離れた。


「あ、あの、エドガー様」

「駄目だコウキ、振り返るな」

「来てますって！　ついてきてます！」

「分かっている……！」

僕を抱きかかえたエドガー様がその場を立ち去ろうとすると、後ろから落ち葉と下草を掻き分けながらガサガサと足音がついてきた。明らかに僕らを追尾してずんずんと迫ってくるのはあの小さな竜。小さいといっても柴犬《しばいぬ》くらいの大きさはある、生まれたばかりだけれど足取りもしっかりしていた。

元気なのは良いことだが、どうしてついてくるの？

エドガー様が足を止めると背後の足音もぴたりと止まった。今度はちょっとスピードを上げて小走りすると、向こうも短い脚で一生懸命駆けてついてくる！

「あの、あんまり走らせるのも可哀想《かわいそう》じゃないですか？　一応赤ちゃんですよね……？」

「……なぜついてくるのだ、あれは」

「それは分かりませんが……」

「……全速力で一気に振り切るか」

そんな相談をする僕らの背中にちくりと刺さる小さな声。

『ぴぎーぃ』

「鳴いてますよ！　待ってって言ってるんじゃないですか？　寂しいのかもしれないですし……」

「いや、連れていくわけにもゆくまい」

「そうなんですか？」

「神獣だぞ」

「神獣は連れていったら駄目なんですか？」

エドガー様は困惑顔でしばし黙り込む。人間が神獣を連れて歩いただとか、そういう記録は過去にないのかもしれない。

エドガー様はさりげなく歩く速度を上げ、そのままじわじわと加速、ついに駆け足になる。そもそもエドガー様とは歩幅の違う小さな竜は当然ぐんぐんと後方に遠ざかり、悲しげな短い声を上げる。

『ぴーぎ！』

思わず振り向くと後ろ足で立って前足を上げていた。ぼくはここにいるよ、置いていかないで、と言いたげな精一杯のアピールが僕の良心を締め付ける。そして、今行くよとばかりに再び駆けだすも、とてとてとした小さな足取りが木の根に引っかかってころんと勢いよく転がった。びっくりした顔のまま綺麗に一回転、ごつんと地面に頭をぶつけて最後に尻《しり》もちをついた小さな竜は悲しげにふるふると震え出す。

『ぴ……ぴぎっ……』

その哀れな表情にさすがのエドガー様も後ろ髪を引かれたのだろう、あからさまに歩く速度が落ちた。そしてその隙《すき》に小さな竜は一気に駆けて追いついてくる。

『ぴぎぃ！』

エドガー様の脚の間にすぽんと収まり、到着！　とばかりに得意そうな顔をしていた。

結局、あの生まれたての神獣を、そのまま連れてきてしまった。

今日はここで一泊しようと決めた野営地、暖を取るために作った焚《た》き火《び》の前ですやすやと眠る小さな竜。その四肢と尻尾《しっぽ》はなかなかに立派な太さ、全身は重厚な鱗に覆われていて、やはり僕がファンタジー小説で読んだドラゴンと称するに値する見た目をしていた。

「お城で飼えないでしょうか。せめて、大きくなるまで育ててあげるとか……。さっきは正気を失って暴れていただけで、本来なら凶暴な生き物ではないんですよね？　僕が責任をもってお世話をしますから、どうでしょうか？」

「いや、飼う、え……？　飼えるのか、それは……？　神……獣だぞ……？」

「飼えないんでしょうか？　ほら、お城では大きな狼で神狼のエドさんも暮らしてるみたいですし」

僕のあの時のこと覚えてますか？　という視線を受けて再びエドガー様は頭を抱えた。

「コウキの願いは叶《かな》えてやりたいが、さすがに神獣を連れて帰るのは……」

心の声なのだろうが言葉になってしまっている。しかし僕らが連れて帰らずとも勝手についてきてしまっているので追い払うのも可哀想だ。それに今のこの森で過ごしていれば、いずれ再誕する前と同じように淀みを吸い始め、最後にはまた腐り落ちてしまう。エドガー様も同じことを考えたのか少し困った顔のまま呟く。

「そうだな、この竜も浄化の力を持つコウキの傍に置いておけばもう淀みに呑《の》み込まれることもあるまい……世界が正しい状態を取り戻すまで、そうしておくというのも一つの手か……」

焚き火が爆《は》ぜる音に混じる、『ぴぎぃ』という小さな声。寝言だったが、まるでエドガー様の言葉に返事をするようなタイミングで放たれたせいで、僕とエドガー様は二人して顔を見合わせて笑ってしまった。

昨日までは一人で震えながら越えていた真っ暗な夜だったが、今日は赤々と燃える焚き火の明るさと熱のおかげでずっと安心できたし、何より寄り添う相手がいるというのが大きかった。二人でブランケットとそして何より暖かいエドガー様の毛皮にくるまり、小さな竜にも僕が着ていた上着をかけてあげて、皆で眠った。

十六章

適切な水分と食物の摂取、そのおかげで僕の体調はかなり回復した。足の裏などの小さな傷も治ってきているので自分で歩けるようにはなったのだが、依然として移動は獣の姿のエドガー様の背に乗った状態だ。片足がまともに動かない僕のペースに合わせて進むよりもその方が速くて合理的、エドガー様としても楽なのだろう。自分だけ楽をしているようで少しだけ申し訳なく思ってしまうが、こればかりはしょうがない。

霧が立ち込めた森の景色が白い風になって流れる。大きな狼《おおかみ》の軽やかな足取りが東へと向かう。首にかかっている鞄《かばん》の紐《ひも》を手綱代わりに使えと言われたのでそれを握って跨《また》がっているが、エドガー様に負担がかかっていないか少し心配だったので尋ねてみる。

「首、絞まっちゃって苦しくありませんか？」

『問題ない、というかお前の体重や腕力では我を絞め落とすことは出来んと思うぞ』

「確かにその通りだとは思いますけど……」

『むしろお前は大丈夫か？　霧が濃い、寒くはないか』

「ふふ、この子のおかげで平気です」

僕の前でぺたりと身を伏せ、白銀の毛並みに半分埋まるような恰好《かっこう》でその背中にしがみついているのは神獣である小さな竜。結局ずっとついてきてしまうのでこうして連れてきたわけだが、この子は襲われた時に見たように炎を生む力を持っているのだろう、とにかく体が温かい。まるでお湯を入れたばかりの湯たんぽのようなのだけれど、見た目は爬《は》虫類《ちゅうるい》で変温動物なのに常に熱を放っているものだから、自分の中での違和感がすごい。

この子が傍《そば》にいてくれるおかげで僕はお腹《なか》がぽかぽかである。逆にエドガー様はカイロがべったり貼《は》り付きっぱなしのようなものなので低温火傷《やけど》しないか心配なくらいだ。

『なるほど、役に立つな』

「さすがは神獣ですよね」

別に湯たんぽになるために神獣をやっているわけではないだろうが、えらいえらいとその頭を撫《な》でてあげると竜は嬉《うれ》しそうに目を細めた。

「そうだ、名前をつけてあげようかな」

『…………』

エドガー様が黙り込む。以前僕が野生の獣だと思っていたエドガー様に名前をつけた時のことを思い出しているのだろう。

確かに僕のネーミングセンスは独特だと家族や親友から言われたことはある。家で飼っていたゴールデンレトリーバーに名づける機会があったことを思い出す。雌でとても柔らかく可愛《かわい》かったのでふかふか花子という名前を提案したのにいつの間にかリアというあまり面白みのない名前になっていた。親友の娘の名前を奥さんと一緒に相談された時もいくつか案を出してみたのだが、それ以来その件については一切触れられることはなかった。

いや、あれはきっと僕の押しが弱かっただけのはず。だから、今度こそは素敵な名前をつけてみせて僕の名誉を挽回《ばんかい》せねば。神獣にふさわしい恰好良さで、そしてこの小さな竜の愛らしさを表現できる良い名前を……！

「全体的に茶色っぽい赤錆色《あかさびいろ》なので、炎竜錆丸《えんりゅうさびまる》というのはどうでしょう」

『それは名なのか……？　……刀剣の銘のようにも思えるが』

「では体が温かいので、ぬくもり君というのは」

『だ……っ⁉　う、うむ……』

「エドガー様、今もしかして、ダサい、と言おうとしました？　言おうとしましたよね？　でしたら、エドガー様も考えてくださいよ。この子は僕たちの子なんですから」

『なっ、何⁉』

立ち込めた霧で濡《ぬ》れた足場の悪い森の中を平気で駆けていたエドガー様だが、急に激しく動揺したように倒木の上から足を踏み外した。僕らを振り落としてしまわぬように即座に体勢を立て直してくれたが、ちょっとびっくりした。

『急に何を言う、コウキ！』

「エドガー様が腐敗してしまった生を終わらせてあげて、僕が浄化して生まれ直した子なんですから、僕らが親みたいなものじゃないかなと思いまして」

『そ……そう、なのか……⁉　そういう……ものなの……か？』

結局名前はまた落ち着いたら考えようということになった。


今日の野営地は霧深い窪地《くぼち》を抜けて少し明るい森へ入ったあたり。小さな池のほとりにすることになった。ここの池は僕がすすっていた泥水の沼と違い、驚くほどの透明度で池の底がそのまま見えるほどだった。水の底には砂利《じゃり》が堆積《たいせき》していて、その合間からきれいな水が静かに湧き出ている。

「こんなに綺麗《きれい》に澄んだ水なのに魚とかはいないみたいですね」

二本の脚で立ち上がる姿に戻ったエドガー様は両手を組んで伸びをする。城にいる時は王として威厳ある所作が求められていて、彼自身も人目のあるところでは自然とそれに応《こた》えているのだろう。こうして伸びやかに過ごす姿を見ることが出来て僕は少し嬉しくなる。

「綺麗すぎて暮らしにくいのだろう。餌《えさ》になる虫など見当たらず、隠れる場所もない」

なるほどと頷《うなず》いていると、僕と一緒に水面《みなも》を覗《のぞ》きこんでいた小さな竜がぺろりと舌を出して水を舐《な》め始めた。可愛いなぁとその姿を眺めていたのだが、前のめりになりすぎてしまったのかそのまま前転をするようにぽちゃんと池の中に落ちてしまった。慌てて助けようとしたが、竜は別に溺《おぼ》れることもなくすいすいと池を泳いで遊び始めた。全身を滑らかにくねらせて四肢ではなく尻尾《しっぽ》で水を掻《か》いて進む。その泳法はまるでワニのようだ。

「この子、泳げるんですね。楽しそうです」

「竜は元来水棲《すいせい》の生き物だと聞いたことがある。そういえば他国の海兵隊などには竜人種が多く在籍しているしな。自由に遊ばせておいても大丈夫だろう」

竜はそのまま池で泳がせておき、僕らは野営の準備をする。エドガー様が燃えそうな乾いた枝で焚《た》き火《び》の準備を始め、僕は一晩眠る予定の場所に落ち葉を集めておいた。

保存食の夕食を終え、眠る前に体を拭《ふ》こうと考えてタオルを取り出す。それを池の水に浸そうとしたところで僕は驚きに思わず声を上げる。

「うわっ、え、なんで⁉」

「どうしたコウキ」

水面を指さす。すぐに駆けつけてきたエドガー様もそれに触れて驚いたように少し表情を変えた。

「温かいな」

「お湯になっています……さっきまで確かに冷たい水だったのに」

水面で大きな円を描いたかと思えば、とぷんと潜って、ぷかりと浮かんでを繰り返し遊ぶ小さな竜。僕とエドガー様は揃《そろ》ってその姿を見つめる。体から熱を放つあの子がさっきからずっと泳いでいたせいで小さな池はまるごとお湯になってしまったというのか。

さすがは神獣といったところではあるものの、あの小さな体に詰まっていたエネルギー量には驚愕《きょうがく》するしかない。しかし魚のいない池で良かった。こんな急激な温度変化に晒《さら》されたら水棲生物はことごとく死んでしまいかねない。

「あ、そうだ、体を拭こうかと思っていたんですけれど、これなら入ってしまった方が良いかもしれません」

僕はそう言いつつお湯になった池をかき混ぜる。少々ぬるいがお風呂《ふろ》としてちゃんと使える温度だ。良い案だと思ってくれたのかエドガー様も頷く。

「エドガー様、良かったら先に入ってください。お疲れでしょう」

そう提案したのだが彼は青い双眸《そうぼう》でじっと僕を見つめる。ゆっくりと近づいてくる獣の鼻先に僕の胸の鼓動が少しずつ高まる。

「あ、あの」

「……お前がまだ疲弊していることも、本調子でないことも分かっている。だが、その……すまない、お前に触れたい。今……、どうしても。コウキが良ければ共に入ってはくれないか？」

耳元で囁《ささや》かれたその言葉を拒否する理由なんて何一つなかった。僕はその柔らかな毛皮と逞《たくま》しい胸元に抱き着いて応える。


久しぶりに浸《つ》かる湯は想像以上の心地《ここち》好さで僕の全身を迎えた。足先から肩までじんわりと熱が沁《し》みて、思わず全身から力が抜け、ため息がこぼれる。油断するとこのまま眠りに落ちてしまいそうだが、衣服を脱ぎ落として現れた神狼の姿に再び緊張が走る。

あたりはすでに薄暗いが、それでもよく目立つ白銀の毛並みに覆われた全身。改めてその逞しい輪郭を目にして、自分の中にふわりと昇る欲を感じた。思えば久しぶりだ、あの人と素肌で触れ合うのは。

じゃぶ、と彼の足先が水面を割る音。少しだけ恥ずかしくなって視線をそらしてしまった僕の真横へと寄り添ってくる大きな体。水の中でその毛並みがゆらりと柔らかくなびいている。

「温かいな」

「ええ、気持ちいいです。あの子、まだ赤ちゃんなのにこんなにすごい力があるなんて驚きました」

池の端で水面に映る月の明かりを不思議そうに前脚の爪《つめ》でつつく小さな竜。見えるのに触れられない光を今度は舌でぺろりと舐めた。

「ふふっ、月を摑《つか》もうとしてますよ。可愛いですね」

「きらめく朝露、澄んだせせらぎ、まばゆい日の光に瞬《また》く木漏れ日。積雪の銀世界に新月の漆黒。燃える紅葉や花吹雪。神獣はそういった自然の美しさを食物としている。あれは本能に従って月明かりを食っているのだぞ」

「え、あれがあの子の食事なんですか⁉」

「道中、お前が分け与えようとした保存食に見向きもしなかったろう」

「確かに……」

小さな竜は僕が差し出したパウンドケーキを見て首を傾《かし》げるばかりで食べようとしなかった。お腹が減っていないのかとも思ったが、そうではなかったのか。人間や獣人とは食べる物も消化器官の構造も何もかも違う生き物なのだ。

こくんと何かを飲み込むような喉《のど》の動き。池の水と一緒に月明かりを飲み下し、『ぴぎっ！』と満足そうに小さな声を上げる。

食事に夢中な小さな竜。その可愛らしい仕草を眺めてほっこりしていると、急にエドガー様がその狼の頭を僕の頬《ほお》に擦《こす》り付けてきたので思わず小さく声を上げてしまった。

「すまない、驚かせたな。我も目の前のものが可愛らしくてな。それが欲しくて我慢できなくなったようだ」

耳元でそう囁かれたかと思うと、耳朶《じだ》の端を舐め上げられ、そのまま甘く噛《か》まれた。

「あん……っ」

相手は獰猛《どうもう》にも見える獣の姿をした神狼、その大きな顎《あご》と鋭い歯列はその気になれば一瞬で僕の耳を食いちぎってしまえるのだろう。けれどもちくりと食い込む彼の牙《きば》は怖くなかった。その小さな痛みが、熱い吐息がただただ生々しい欲の感覚に変わって背筋を震わせる。

やがてその舌は首筋へと伝ってきて、ついに牙は僕の喉笛を捕らえる。僕はかすかに呼吸を乱しながらいつの間にか覆いかぶさる体に抱き着いていた。熱いのはこの湯なのか、それとも自分の体の奥底なのか、抱き着く毛皮なのか。

全《すべ》てが混然と溶けて、夜空の下、静かに一つになるような気持ちだった。

「エドガー様……っ、僕も、あなたを近くに感じられて、嬉しい……です」

「コウキ……」

そっと名前を呼び返される。強く抱きしめられ、全身が密着して互いの間から距離が消える。その途端に己の中から溢《あふ》れる気持ちがあった。

「寂しかった、怖かったです……。ロマネーシャの人たちに責められた時も、森の中でひとりぼっちになって帰《かえ》り路《みち》を見つけられなかった時も、朽ちた神獣に襲われた時も……ずっとずっと怖くて悲しくて、どうにかなりそうでした……。いい歳《とし》して情けないですよね……。だけどあなたに会いたかった、ずっと胸の中であなたの名前を呼んでいました。そうしたら本当にあなたが目の前に現れてくれたんです。エドガー様……ありがとうございます、大好きです……‼」

温かく濡れた胸に頬を擦り付ける。

「許してくれるのか、お前が連れ去られた時に何も出来なかった我を……」

「そもそも無理を言って僕が視察についていったんですからエドガー様に迷惑をかけてばかりなのは僕の方です！　だからそんな風に言わないでください」

両頬に手を添える。もう言葉は要らない、欲しいものは別にあると視線で訴える。ろくに恋愛経験のない、恋の駆け引きなど知らない自分だ。想《おも》いを視線で伝えるなどという器用な真似《まね》は出来やしないだろう。けれどもこの人には届くと思えた。根拠は何もないけれどただそう感じた。

エドガー様は僕に真《ま》っ直《す》ぐな視線とキスを返してくれた。触れ合う唇、人のものと形状の違う不思議な感触をしっとりと味わいながら、抱きしめ合う。彼の大柄な体軀《たいく》にしがみつく僕と、僕を容易に包み込む彼の腕。互いの間から距離がなくなる。心も、体も。

けれども僕はいつの間にやら随分と欲張りを覚えてしまっていたようだ。うずく体。ゼロ距離では我慢できなかった。来て欲しい。もっと、もっと中まで僕の奥まで暴きに来て欲しいとはっきりと頭の中で言葉になっていた。

それを口にしてしまったらエドガー様はどんな顔をするだろうか。

「会いたかったです……」

「コウキ、我もだ！」

「会えて、嬉しいです」

「ああ」

「傍に来てくれて、触れてくれて、嬉しいです。……愛しています。エドガー様」

エドガー様が僕を見つめながら頷く。もう言葉も出ないという顔で。

「でも、もっと。もっと触れて。来て、ください。僕の、もっと奥まで……！」

低く喉奥で唸《うな》るような声を聴いた。ヒトの声ではなく、獣の声だった。僕が胸の内をさらけ出したのに対して彼は本性を見せてくれた。苦しいほどに抱きしめられたまま、嚙まれた。首筋を後ろから、さっきの甘嚙みとは違う容赦のなさで硬い牙が押しつけられ肌に食い込む。その痛みは首から背筋を走って全身にぞくりと響き、僕は反射的に声を上げていた。裏返ったその声の甘さに自らが驚く。

「あっ、ああっ……!!」

熱い吐息と濡れた舌の感触。嚙まれたままうなじを味わうように舌でなぞられる。同時に彼の手は僕の体をずっとなぞっていった。肩から胸へと。

胸元ではかつて爪で付けられた傷痕《きずあと》の上を労《いたわ》るように指が這《は》う。そのままそこに押しつけられた掌《てのひら》が僕の心臓の鼓動を拾っている。

どんどんと加速する脈動を暴かれる興奮。恥ずかしいけれど、知って欲しい。

水面下で互いに裸の下半身を押しつけ合う。すでに力強く反り立っているエドガー様のものが僕の下腹部に熱く押し当てられる。僕のへその真上をぐりぐりと抉《えぐ》る先端。改めてその大きさに息を吞《の》む。中に入っている時にはこんなに奥底まで突き刺さっていたのかと驚愕したが、不思議と怖気《おじけ》づきはしなかった。むしろ歓喜があったようにさえ思う。

僕のそれも同じく興奮に頭を持ち上げていて、彼のものに寄り添うようにしている。水中で揺らめくその淫靡《いんび》な光景がなんだか嬉しくて、二本のものを一緒に握ってゆっくりとしごき上げる。僕の片手では全部は包み込めないが、それでも粘膜同士が擦れ合う生々しさと快楽が体の奥にじりじりと溜《た》まる。

そうしているとエドガー様の大きな手が僕の手を包むように添えられる。そしてぐっと力を入れて握られ、激しくしごき上げられた。その掌の中で互いのものも僕の手指も翻弄《ほんろう》される。突然の激しい快感に途切れ途切れの声を上げながら悶《もだ》えるが、その刹那《せつな》、向こう岸に横たわる小さな竜と視線が合った。

「あっ⁉ あ、だめっ」

「すまん、激しくしすぎたか？」

「いえっ、違います、その……あの子が見て……」

エドガー様も振り向く。だが彼は気にしないという表情で再び僕の方に向き直った。

「神獣はこの大地の自然そのものの一部だ、気にするな。こうして愛する生き物同士が交わる、それはただの自然の在り様。向こうは気になどすまい」

確かに竜はこちらを見てはいるが特に驚いている様子もないし、興味もなさそうだ。そうか、あの子にとっては僕たちの色事も、野の獣が繁殖の季節に盛っているのと同じ程度の当たり前の自然の営みの一つでしかないのか。

互いに別の世界で生まれて、まるで違う育ち方をして。種族も違って。見た目も立場も性格も何もかも違う。それに本当なら寄り添うのに不自然であろう男同士だ。僕とエドガー様はこんなにも違う。それなのに今、当たり前のように僕たちは番《つが》っているのか。運命より、奇跡より尊く、当たり前に。

荒れる水音の中で何度も何度も繰り返されるキスと、全身の愛撫《あいぶ》。やがてエドガー様の手は僕の両足を大きく広げさせ、その間に滑り込んできた。僕の体の一番奥へと繋《つな》がる入り口を指の腹で優しく撫でられる。それだけで腰が浮いてしまう。僕がその喜びに背を反らして反応すると、胸の先を舐められ、今度は全身の力が抜ける。それを見抜かれたよう

に指が中へとゆっくりと埋まり始めた。爪を立てないように慎重に、だが逃がさないという強さで腰を抱き寄せたまま。

「んっ、あ、きもち、いい」

中を撫でられる。押し広げられ、圧迫される。僕を射止めたままの瞳《ひとみ》は真剣だった。反応を、一挙一動を見られているのだと思うといっそう快感が燃え上がる。その時、エドガー様ははっきりと捕らえたのだろう。僕が思わず息を止め、瞳を見開いたその瞬間を。

体の奥底にあったその場所を。

「ここか」

「あう……っ!!」

一点を、押し上げられる。腰の奥でふわりと突き上がる感覚があった。達しかけた。あと、あとほんの一瞬長くそこをいじられていたら間違いなく絶頂に達していた。

「良さそうだな」

再びそこを捕らえられ、返事も出来ずに僕は必死で頷いた。いつもは彼のもので中を埋め尽くされ、それでこの良い場所もまとめて一緒に刺激されていたのだろう。だが今は指先でそこだけをピンポイントで押さえられている。否応《いやおう》なしに一点だけに意識が集中させられる。圧迫感はなく、ただ純粋な快感だけが昇ってきて全身が震える。

イキたい。このままそこを触ってと叫びそうになるが、堪えた。一緒が良かった。彼と一緒に気持ちよくなりたかった。だからその狼の頭を濡れた両腕で抱き寄せて、頭の上の耳へと素直に囁いた。

「欲しいです、挿《い》れて、くださいっ。エドガー様……！」

「我もお前が欲しい、コウキッ、愛している！　コウキ！」

引き抜かれる指、荒々しく告げられる言葉と共に抱き上げられ、向かい合ったまま彼の上に座るような恰好で捕まった。そのまま押し当てられる熱い感触、何度抱かれても貫かれる瞬間だけは体が強張《こわば》っていたような気がしたが、今はただ熱く溶けたままそれを迎え入れた。すでに限界だった僕はそのまま一瞬で達し、痙攣《けいれん》しながら彼にしがみつく。快感の波が何度も繰り返し襲ってくるのに、まだ中に彼がいる。腰を使われ、揺らされ、抜き差しされるたびに何度も絶頂にも等しい甘い痺《しび》れに襲われる。

白くかすむ意識の中、それでもなんとか顔を上げてエドガー様を見つめる。彼もまた切羽詰まった顔で僕を凝視していた。その獣の顎《あぎと》から感嘆の吐息が漏れる。彼も気持ちよくなってくれているのだと思うと、胸の中が熱くなって、なぜか涙が溢れた。


精も根も尽き果てるとはこういうことかと空を仰ぐ。

あのまま何度抱かれたのか分からない。獣人と自分との体力、精力の差に茫然《ぼうぜん》とする。

いつものことと言ってしまえばそれまでだが、ひたすら絶頂を繰り返し、中に注がれ続ける中でやはり意識が落ちたのか。だが、もう指の一本も動かせないというほどの疲労が嬉しくて、心地好くて堪《たま》らない。体は重いのに心だけがふわふわと甘く浮つく。

目を覚ませばもう深夜なのだろうか。あの後、僕の体を拭いて服を着せ、寝床の中へ連れてきてくれたのであろうエドガー様は、僕を抱きしめたまま眠っている。その全身の毛皮はまだかすかに水気を含んでしっとりとしていて不思議な感触だった。

頭の上から聞こえてくる細い寝息は枕元《まくらもと》で丸まっている小さな竜のものだ。背後の深い呼吸の音はエドガー様のもの。それ以外になんの音もない無風の夜。

その身に伸《の》しかかる王としての責務、神狼としての使命を今だけは忘れてくれているのだろうか、彼の穏やかな寝顔が愛おしくて、切ない。

このまま永遠が欲しいと思った。

彼と僕が出会って、手を取り合い、誰より深く繋がったこの世界の永遠を遠い星空に願う。すとんと胸の奥に納得が転がり落ちてきた。それを抱きしめながら僕は再び目を閉じる。世界に静寂の黒が満ちる。

そうか。これが僕の願いであり、祈りなのか。

十七章

朝の日差しが瞼《まぶた》の向こう側から僕を起こした。空気はまだ冷え切っているのだろう、ぼんやりと眺める森には朝靄《あさもや》が漂う。けれども傍らの白銀の想《おも》い人と、近くでまだ眠っている竜のおかげで寒さは感じない。エドガー様はすでに起きていたようで、両腕で僕を包み込んだままこちらの胸元に頭を埋《うず》めている。その獣の鼻先を擦《こす》り付《つ》けるように胸元の爪痕《つめあと》をなぞっていた。何度も、何度も、傷痕《きずあと》の上を往復する毛皮の滑らかな感触。すりすりと、労《いたわ》るように優しく。悔恨するように眉《まゆ》をひそめながら。

僕がもう気にしていないと言うものだからエドガー様ももう何も言えなくなったのだろうが、まだ気にしていたらしい。……今となっては、自分の体に彼が付けた痕が残っているというのも悪くない、などと密《ひそ》かに思っている傷なのだが。彼にとっては永遠に過ちの証《あかし》のままなのだろうか。

僕が目を覚ましていたのに気づいていなかったのだろう。おはようございますと小さく囁《ささや》いたら驚いたように顔を跳ね上げた。

「……コウキ、起きていたのか。いや、起こしてしまったか。すまない」

「いえ、自然に目が覚めただけですから。……この傷、まだ気になりますか」

「当然だ。これは我の愚かさと罪の証。それをお前に刻んでしまっているのだからな……。もしもあの日に戻れるのならば、我はあの時の自分を自分で殺してやりたいくらいだ」

　静かだが張り詰めたその声には殺気さえ感じられ、少しぞっとした。もはや僕の体よりもこの人の心の方が深く傷ついている。どうにかしてあげたいと考え、この生真面目《きまじめ》な狼《おおかみ》に必要なのは許しではなく贖罪《しょくざい》なのかもしれないと気づいた。

　僕がもういいのだと流してしまったから、エドガー様は償う機会を失ってしまったとも言える。

「……エドガー様、恥ずかしいので黙っていたのですが、実はこの傷は……」

「まだ痛むのか⁉」

「いえ、全然。ですがそうやって触られると……」

「痛いのか‼　す、すまない‼　そうとは知らずっ！」

「本当に痛くはないんです。ですが、実は触られるとちょっと感じちゃうんです」

「……え、……な……？」

「何かこう、ぞくぞくして、どきどきしてしまうので」

「⁉」

「ときどき撫《な》でてやってください」

最後は出来るだけ可愛《かわい》く頑張っておねだりしてみた。正直ちょっと恥ずかしくて後悔すらしている。我ながらアホみたいな作戦だとは思うが、こう言っておけば彼はこの傷を見ても悲しい気持ちにならずに僕の言葉を思い出してくれるかもしれない。そうすれば、今後は少しだけでも心安らかに贖罪に励んでくれることだろう。

ちなみに嘘《うそ》はついていない。エドガー様に触られるとぞくぞくしてしまうのも、胸が高鳴るのも全《すべ》て事実だ。まあ傷痕だけじゃなくて、体中そうなのだけれど。そしてエドガー様はというと、僕の決死のおねだりに対して今までに見たことのない鳩《はと》が豆鉄砲を食ったような顔を返してくれつつ、こくこくと高速で頷《うなず》いてくれた。


帰路を進む。それからの道のりに不都合はそうなかった。

僕が地を駆ける獣の姿になったエドガー様の背に乗せてもらうと、ぽわぽわと熱を放つ小さな竜もそこによじ登ってくる。置いていかないで、とでも言うように。僕たちが連れていっているというよりはこの子の意思でついてきている。懐いてくれているのだと思うと嬉《うれ》しかった。

持ってきてくれた非常食は携帯食にふさわしく栄養価が高いものだったのだろう、僕の疲弊もどんどんと回復して、今では鞄《かばん》の肩紐《かたひも》の手綱を握ってその背に揺られるのが楽しいくらいだ。

途中、魔獣なのであろう、真っ黒な猿のようなものの群れや、凶暴そうな大きな怪鳥に遭遇するというアクシデントもあったが、いずれもエドガー様がその俊足であっさりと引き離したので襲われることはなかった。

人里近い場所にて見かけたのであれば駆除や追い払うこともするらしいが、ここはまだ森の奥深く、もともと魔獣の縄張りでもあるのでそこで暴れるのも筋違いだし、いちいち相手にするまでもないという対応だったように思う。それに、僕と竜を危険に晒《さら》さないようにと配慮してくれたのかもしれない。

そうして何日か移動し続け、やがて森の様子が変わってきた。鬱蒼《うっそう》としていた濃緑の景色が明るい新緑に変わり、獣道に陽《ひ》が差す。深い森を抜けたのだろう。青空の向こうに大きな影が見えた。生命の大樹だった。その光景に思わず感嘆の声を上げると、耳を撫でる風の音の中にエドガー様の吐息の音が混じったそれは安堵《あんど》のため息のように聞こえた。僕を無事に連れ帰ることが出来て安心してくれたのだろうか。

ここまで来れば王都バレルナを囲む城壁ももう見えてくる頃だろう。天を突く大樹の影がどんどんと輪郭を明瞭《めいりょう》に現し、その泰然とした姿で僕らを出迎えてくれているように思えた。今日も元気にエドガー様の背中にしがみついている小さな竜もその大きな樹《き》を見上げている。

「神獣さん、あの樹のふもとが僕らの街ですよ」

『ぴぎい』

「あの大きな樹は生命の大樹といいます。あ、もしかしたら僕より君の方が詳しいのかな、この世界のことについては、神獣ですしね……」

『ぴぎゅ！』

自信満々、といったように竜は頷く。ああ、やはり釈迦《しゃか》に説法だったか。

「街で暮らすのは初めてですか？　人がたくさんいます。獣人さんも、他のいろいろな種族も、僕みたいな人間も。みんなに君を紹介しないといけないですね」

『ぴぎー』

「ちゃんとしたお名前も決めないと……リンデンさんにアドバイスをもらおうかな。神獣についても詳しそうですし、そういったことに関する書物をご存じかもしれませんね」

後半はエドガー様に向かっての言葉だった。だが彼は返事をくれず、無言のまま駆ける。

「エドガー様?」

『コウキ……我はお前に伝えねばならないことがある。だが今は気にするな、とにかく城に戻ったらまずはしっかりと体を休め、心を穏やかに体調を戻してくれ。話はその後だ』

その歯切れの悪い言葉の真意は気になりつつも彼の言うことに素直に頷いておく。けれどもかすかに胸に淀む嫌な予感はぬぐえなかった。

＊　＊　＊

王都の外周に沿うように走り、正面からの入国を避けて向かったのは城への直通の門。隠されていた場所なのだろう、数人の騎士さんに守られていたそこを通過したのは街中を駆けると目立つからに違いない。騎士さんたちは白銀の王と僕の帰還に大変驚いていた。僕が行方不明になっていたこと、それをエドガー様自らが単騎で捜索に出たこと、全てが秘されていたのかもしれない。

世界の行く末の鍵《かぎ》となる『豊穣《ほうじょう》の御子《みこ》』がどこかへ消えていたというのも一大事なのだろうし、人が入らないような深い森の中にまで一国の王が何日も出かけていたというのも騎士団としては本来なら見過ごせない事態なのだろう。

それでも王宮と接点の少ない騎士さんはともかく、城内で王族を護衛するような立場の騎士さんや、ロマネーシャ視察へ同行していた騎士さんたちはもちろん事態を把握していたらしく、エドガー様がのそりと城へ戻ると一気にあたりは大騒ぎになった。

ご無事で良かったと泣きそうな顔で訴えてくる侍従の皆さんたちに抱えられ運ばれ、僕は城の大きなお風呂《ふろ》で全身を洗われる。大変な道のりだったでしょう、何日も湯浴《ゆあ》みも出来ずにご不快な思いをされたでしょう、全てわたくしたちにお任せください、と皆は口々に言うが、相変わらず他人に体を洗われるのは緊張するばかりでリラックスできない。

けれど気持ちはありがたい。帰りを待っていてくれて嬉しいような、心配をかけてしまって申し訳ないような気持ちになった。

道中一度だけお風呂に入れたが、こうして石鹸《せっけん》で体を綺麗《きれい》に出来るのはやはり嬉しい。髪を拭《ふ》かれ、梳《と》かされながら、そうだまたエドガー様をブラッシングしてさしあげたいと考えた。

その後はいつもの御子の装束に着替えて、久しぶりの自室へ。さっそく駆けつけてきた医師の簡単な健康診断を受け、とりあえずは大丈夫そうだがまた後で精密な検査をすると言われる。まずはゆっくり眠りたいか、それとも食事にしたいかと尋ねられたが、食事をお願いしてみた。

しばらくして運ばれてきたのはあれもこれもと大量の食事。ずらりと並ぶ肉、魚、主食に野菜。色とりどりの皿やスープボウルの向こうには料理長だという初老の獣人さんが切なげな表情で立つ。その様相はまるで孫を心配するおじいちゃんのようだ。

「消化に良いようにやわらかく煮炊きしたものばかりです、どれでもどれだけでも召し上がってください！　ろくに食べる物もなくひもじい日々を送られたことでしょう、さぞお辛《つら》かったでしょう……！」

「えっええ、最初は……確かに。ですがエドガー様が保存食を持ってきてくださったので助かりました」

「あれは本来遠征に出る騎士に持たせるために作られたものでありまして、主に獣人向けの味付けと栄養価になっているものです。ですから、御子様のお口に合ったかどうか……」

「美味《おい》しかったですよ！　そのお味とありがたさにもう涙が出そうでした、本当に。それにいつもこのお城で出していただいているお食事、全て美味しいです。今日の料理もこんなにたくさん……本当にありがとうございます」

ぺこりと頭を下げて、フォークを手に取っていただきますをする。僕が元気そうに食べる意志を見せたことで料理長さんも安心してくれたのか、どうぞごゆっくりと言い残して部屋を退出していった。

まともな食事は本当に久しぶりだ。フォークでつつくとほろりと崩れるほどに肉も魚もやわらかく煮込んであったたし、お出汁《だし》の繊細な味わいが胃に優しく沁《し》みる。数種の根菜が具として沈むスープ、温かいそれを喉《のど》に流し込むと胸の奥からほっとした。体の奥に沁み渡るほどに美味しい。

エドガー様も今頃お風呂を終えてお食事中か、もしくは留守中の国のことについて部下の方から聞いていたりする最中か。もしくはリンデンさんやバイス君たちに会っているのか。僕が侍従さんたちに運ばれた時、確か小さな竜はエドガー様の背中に張り付いたままだったはず。エドガー様が皆にあの子を紹介してくれているだろうか。

ライナスさんとリアンさん、リコリスさんはロマネーシャからもう戻っているのだろうか。いや、戻っているのならばリコリスさんは真っ先に僕のところに来てくれるような気がする。

彼女……じゃなくて彼の姿を見ないということは、まだロマネーシャにいるのだろうか。

僕が植物を暴走させた結果の街の被害はどれほどだったのだろう。全容は分からないが、その後始末というか事態の収拾やらをやってくれているのかもしれない。……とんでもない迷惑をかけてしまった。後で謝らなければ。皆さんにも、ロマネーシャの人たちにも。せめて人的被害だけは出ていないことを祈るしかない。

そんなことを考えながらの食事を終えた僕のもとを最初に訪れてくれたのはバイス君

だった。いつも通りに杖《つえ》をつきながらも自分の脚で歩いてくる彼は、ベッドの横にひざまずくと僕の両手を握って帰還を心から喜んでくれた。

「コウキさん、こうして無事にお戻りいただけたこと、本当に嬉しく思います。大変な目に遭われたのですね、こんなに痩《や》せてしまわれて……」

「いえいえ、そんなに変わってないですよ。ちょっとは落ちたかもしれませんが、体重は誤差の範囲だと思いますけど」

白い前髪の下で伏せられる瞳《ひとみ》。僕の顔を覗《のぞ》きこむバイス君の表情は僕を労るようでありながら、少し暗い。僕よりもむしろ彼の方が憔悴《しょうすい》して見えるのではないか。

エドガー様が僕を救出に向かった後、留守を預かりながら兄の身を案じていたのだろう。若い背中に伸《の》しかかったその心労は計り知れない。何せ一般家庭の子供の普通のお留守番とはわけが違う。バルデュロイ王の名代として国を背負うお留守番だ、バイス君もいろいろと大変だったに違いない。けれどもバイス君はその疲弊を見せまいと気丈に笑んでみせる。

「お疲れのところに押しかけてしまって申し訳ありませんでした、どうしてもコウキさんのお顔が見たくて。では失礼しますので、ごゆっくりお休みください」

「僕もバイス君に会えて嬉しかったです、気にかけてくださってありがとうございます」

「ライナス将軍と、あと一緒に来ていた狼の獣人の方……リアンさんとおっしゃいましたか。お二方も会いたがっていましたよ。いろいろと報告があるとかで先に兄様のところへ向かいましたが」

「あ、お二人も戻ってきていたのですね。それなら、リコリスさんも戻られているんですか？」

「……あ……あの」

バイス君はわずかに表情を変えて言葉を詰まらせる。なぜかひどく嫌な予感がする。

「バイス君、リコリスさんに何かあったのですか」

「いえ、後ほどお会いになれるかと思います」

その返答は平坦《へいたん》な響きだったが、どこか妙な緊張があった。お会いになれるとはどういう意味だ……詳しく話を聞きたいところだが、彼の方から言ってくれないということは今聞くべきことではないのだろうと察して僕は頷くに止《とど》めた。

バイス君が去った数分後に廊下から聞こえてきた声。かすかにだが懐かしく響くその声の掛け合いに、眠りに落ちかけていた僕はぱっと目を開く。

「絶対に迷惑です！　明日以降にしましょう」

「いや一番会いたがってんの明らかにお前じゃねえかよ、さっきから廊下をうろうろと行ったり来たり」

「当然です、コウキ様のご無事をこの目で確認せねば私は……っ」

「だったらさっさと行こうぜ？」

「お休みになっているかもしれないではありませんか！　やっとのことでの休息を邪魔するなどそれこそあってはならない……」

「おーい!!　コウキー！　起きてるかー!!」

すぱーんと、誰かさんが誰かさんの頭を引っぱたいた音が聞こえた。

「何大声を出してるんですか!!」

「起きてりゃ返事くらいすんだろ」

「……しないではないですか！　お眠りになっていますっ、出直すべきです!!」

「お前の方が声でかくねえ？」

いつも通りの二人のやりとりに思わず少し笑いながら、僕はベッドの上からドアに向かって声を上げる。

「ふふっ、リアンさーん、ライナスさーん、来てくださってありがとうございまーす」

その途端に小さくドアの蝶番《ちょうつがい》が鳴る。ほんの少しだけ開いた隙間《すきま》の向こうからこちらを覗く目が。ちょっとホラーな光景ではあったが、その灰色の髪と青みがかった眼は間違いなくリアンさんのもの。

「……コウキ様、入っても？」

「ええ、もちろん」

途端に駆け込んでくるリアンさん。久しぶりに会うが変わりないようで安心した。行方《ゆくえ》不明になっていた僕がどんな状況だったかは先に会いに行ったエドガー様から聞いていたのだろう、リアンさんは何も言わずにただ僕を抱きしめてくれた。僕もその親愛に同じく抱擁で応《こた》えてしばらく抱き合う。僕らの後ろで鷹揚《おうよう》な笑みを浮かべる豪奢《ごうしゃ》な金色の髪に大柄な姿。ライナスさんだ。こちらも変わりない。

「よお、休んでたところに悪かったな」

僕は首を振って笑った。


話を聞いてみると、やはり二人はあの後ロマネーシャの事態をなんとかするためにしばらくあの場に残っていたらしい。僕が暴走させた樹木は最終的にあの街を覆い尽くして壊滅させ、ロマネーシャの国土のおよそ八分の一を呑《の》み込《こ》んだのだとか。想像を遥《はる》かに超えていた甚大な被害に僕は絶句するが、あのあたりの城や大教会などの大型建築にはすでに人がおらず、難民が民家に隠れ住んでいた程度だったので、人が建物の崩落に巻き込まれたなどの人的な被害は奇跡的になかったらしい。その事実に肩の荷がわずかに下りたように感じ、良かったと胸をなでおろす。

　ただ街はあちこち破壊された状態なので、最低限馬車などだけでも通れるように街道の上の植物を除去する計画を立てて指示を残してきたとライナスさんは語った。

「すみません、本当にご迷惑を」

「謝んなって。聞いたぜ、ロマネーシャの残党共に変な魔術で誘拐されてねちねちいじめられたせいでお前の中で力が暴発しちまったんだろ？　正当防衛だっつうの。お前がさらわれてたあの地下室から這《は》い出て逃げてた連中も半分くらいは捕まえたぞ。一部と首謀者には逃げられたがな」

「そうですか。出来れば彼らを罰したりはしないでもらえると僕としてはありがたいのですが……。あの人たちも追い詰められていただけなんです。……そういう司法関係のことはリンデンさんに頼めばいいのでしょうか」

　そう尋ねると一瞬ライナスさんは言葉を途切れさせたような気がした。

「俺から言っとく。まあ悪いようにはしねぇよ、首謀者以外はな」

　地の下から植物に食い荒らされたロマネーシャの混乱を収めるべく、協力してくれた人がいるという話も聞いた。ガルムンバ帝国の皇帝であるゼンという名の鬼人が来ており、自由都市同盟と関係が深いその皇帝の助力を随分と得たそうだ。

「地図の上で見ました。大陸東南部の国で、確かバルデュロイとは仲が良いのですよね」

「ああ、今は同盟中だ。今回はかなり兵を出してもらったし、現在進行形で後を任せちまってる。いろいろ助かったな。まあそのうち借りは返すか」

ぽりぽりと頭を掻《か》きながらそう苦笑するライナスさんに僕が申し訳なさそうな顔を向けたのに気づいたのだろう、リアンさんが真《ま》っ直《す》ぐに僕の目を覗きこんだ。

「……あなたはまたご自分を責めていらっしゃるのでしょう。それはおやめください。ロマネーシャの者共のためにコウキ様が心を痛める必要などありません」

「でも……実際に僕は街を……」

「街を破壊し、植物を溢《あふ》れさせたことで、私共に後始末の迷惑をかけたと思っておられるのでしょうが、それは見当違いというもの。コウキ様があの現象を引き起こしたおかげで結果的にはロマネーシャの人間は命拾いをしたのですから」

「それは、どういう意味ですか」

「考えてもみてください。もし、誘拐されたコウキ様があの地下室で深く傷ついた状態で発見されていたら、万が一殺されでもしていたら。神狼《しんろう》殿はどうなさったと思いますか。あの地の人間を皆殺しにしろと叫んでいただろうとご自身でおっしゃっていましたよ。騎士団を動かし、自らも剣を振るって何もかもを殺し尽くし破壊し尽くしていただろうと。コウキ様が緑を暴走させて行方をくらませ、それどころではない状況にしたからこそ、あの方はすんでのところで暴走せずに済んだのです」

僕に言い聞かせるようにリアンさんは静かに語るが、その内容に僕は背筋が凍る思いだった。横でライナスさんも腕組みをしながらうんうんと頷く。

「そうそう、エドガーの中でコウキを捜すってのが最優先になったおかげで、ロマネーシャは怒れる神狼の矛先から逃れたってわけだ。お前があの謎《なぞ》の樹木大繁殖をやらかさなかったら今頃あの国は緑じゃなくて流される血と炎に包まれてたぞ。いや、国として存在することすら出来なかったと思うぜ」

「僕のために、あの方はそこまでなさっていたかもしれないのですね……」

「かもじゃねえよ、確実にやってただろうな。『血染めの狼王』の二つ名をお前さんも知ってるだろうに。まあ確かに後始末は大変ではあるが結果良ければ全て良しだ、ありがとな、エドガーの心を守ってくれて」

さすがにお礼を言われるのは違うような気がしたが、リアンさんもライナスさんも僕を元気づけてくれているのだ。その心遣いが嬉しかった。

その後は、ロマネーシャ市街の様子、留守を預かっていたバイス君が立派にエドガー様の代役を務めていたという話などを少し聞かせてもらい、三人で談笑をした。その様子を察してか侍従さんの一人がお茶のセットをワゴンで運んできてくれた。いつもならば赤い花と深い紅茶色の髪がよく目立つ美しいあの人がやってくるはずなのに。

「あの、ライナスさん、リコリスさんがどこにいらっしゃるのかご存じありませんか？

後で会えるとは聞いたのですがまだ会えていなくて。何かお忙しい状況なのでしょうか？」

そう尋ねてみると、やはりライナスさんとリアンさんも、バイス君と同じように少し黙った。だがライナスさんは彼らしくない小さなため息をつき、口を開く。

「エドガーはまだ話してねえのか。そうか、お前の体調が落ち着くまで黙ってるつもりだったんだろうが、姿が見えなきゃ気になるってもんだよな」

その物言いに、エドガー様が後で話があると言っていたのを思い出す。嫌な予感がしたあの言葉。まさか、と僕はベッドシーツを握る。

「……リコリスさんに何かあったのですか？」

「そうだな、まあ順を追って話すとするか」


僕が樹木を暴走させた後にエドガー様たちはあの地下室を発見した。だが僕の姿はなく完全に手がかりすらない行方不明状態。なんとか捜索するために、リコリスさんが同じ樹人の伝手《つて》を頼ってアメリア様という占星術師のおばあさんを呼んでくれたそうだ。彼女の託宣で僕はバルデュロイの中心部よりさらに西の森に移動していると判明し、エドガー様とリコリスさん、アメリア様が、シモンさんと共に王都バレルナまでとんぼ返りした。

そしてもっと捜索範囲を絞るために、リコリスさんとリンデンさんが樹人の秘術で生命の大樹から情報を引き出してくれたそうだ。そうして判明した僕の居場所。それから僕のもとへエドガー様が駆けつけてくれたというわけだった。

その樹人の秘術を実行する過程で、二人は本当の姿に還《かえ》った、とライナスさんは語った。

「本当の姿というのは……」

「俺たちが四足の獣に変われるように、樹人も植物の姿になれるらしい。ただし不可逆だ。一度人の姿を捨てると一生そのままになるんだとよ」

「え……は？　それは、まさか、リコリスさんとリンデンさんが！」

「そういうことだ。どうしても必要だったらしくてな。もちろん誰に強制されたわけでもない。あいつらが自らの意思でやったことだ」

植物の姿に？　一生そのまま？　放たれた言葉に僕は崖《がけ》から突き落とされたような心地だった。だが、縮み上がりながら転がり落ちる心は、痛みはしたが砕けはしなかった。

行かねば。会いに行かなければ。僕のために彼らがその人生を捧《ささ》げてくれたのだとしたら、僕がすべきことは嘆くことでも悲しむことでもない。願いが、祈りが、想いが胸の中で吹き荒れる。その衝動のままに僕がベッドを下りようとすると、リアンさんがとっさに僕を抱き支える。ああ。自分が杖なしでは歩けないということすら頭から抜け落ちていた。

「コウキ様！」

「リアンさん、ありがとうございます。僕、会いに行かないと」

「……リンデン殿とリコリス殿のところへですか」

「はい」

頷く僕にライナスさんが困惑の表情を向けてくる。

「気持ちは分かるが落ち着け、会いに行きたいならいつでも連れていく。だがお前が本調子になるまでは部屋から出すなとエドガーの厳命が出てんだ。頼む、今は大人しくしていてくれ」

「ごめんなさい。聞けない命令です。後でお叱《しか》りは受けます。どうか止めないでください」

「コウキ、お前さん……一体どうした」

「僕、何かおかしいですか？」

目の前でかすかに引きつる顔。ライナスさんもリアンさんも、何かを畏《おそ》れるような目で僕を見ていた。そして獅子《しし》の獣人は鋭い牙《きば》を覗かせながらぎこちなく笑う。

「上手《うま》く言葉が見つからねぇな。いや、そうかお前さんは『豊穣の御子』になったんだな」

「……何が変わったとかそんなことはないと思いますけれど。……ただ僕は、祈り方を知っただけです」

エドガーには黙っておけ、と廊下に立つ警護の騎士に囁きながら、ライナスさんとリアンさんは僕を自室から連れ出した。こそこそと隠れながら城を抜け出して裏手へと回る。僕はライナスさんに抱えられたままどこまでも続く生命の大樹の樹皮の壁を辿《たど》るように進み、リアンさんは少し不安げな様子でその後をついてくる。

やがて辿り着いた静かな森の中には、まるで燃え上がるような灼熱《しゃくねつ》の赤が広がっていた。

一面の赤。彼岸花によく似たそれはリコリスさんの髪を飾っていた花だ。その炎の海の中にたおやかに立つのは小さな葉をたくさん枝垂《しだ》れさせた一本の若木。リンデンさんの髪に絡んでいた見覚えのある葉が風に揺れている。この地の花全てがリコリスさんであり、あの樹がリンデンさんなのだと感覚で理解し、僕は瞳を閉じる。

「リコリスさん……リンデンさん……。本当に、植物の姿に……でも、良かった。言葉を交わせなくても、人としての体を失っても、ちゃんと生きていらっしゃるのですね」

この音のない光景を前にして、僕は自然と片膝《かたひざ》をついて両手を組んだ。

まずは感謝を。そしてこの世界の行く末のために、僕のために自らを手放した彼らへの畏敬《いけい》を。

周囲の木々が騒ぐ。若草色の衣装が風に裾《すそ》を躍らせ、自らの髪が頬《ほお》をかすめる。真上から生命の大樹に優しく見下ろされているのを不思議と肌で感じた。その大いなる存在に包まれているのを実感し、何かを思い出す。

僕はこのふわりと浮くような感覚を味わったことがある。そうか、ロマネーシャの地から遥か彼方《かなた》の森へと僕を移送したのはこの大樹だったのか。僕の、豊穣の御子の心の乱れを察知してくれて、あの場から脱出させてくれたのか。

心の中で大樹へと語る。ありがとう。心配してくれて、ありがとう。僕の居場所を皆に伝えてくれてありがとう。感謝を祈りにして頭上へと届ける。ざわりと遥か天空で葉が大きくうねるように揺れた。まるで返答のように。

その瞬間、僕の意識は大樹と繋《つな》がる。

両手で水を掬《すく》うように、その膨大な情報の中からリンデンさんとリコリスさんの存在を拾い上げる。大樹と一つに溶けていたのだろう、彼らの情報はちゃんとそこにあって安心した。余さず掬い上げたその情報を使って、あとはそれを元に戻してあげればいい。

命の、彼らの存在も大樹の中に残っている。ならば足りないのは器だけだ。

だから僕は、祈る。

もう一度、あなたたちに会いたい……と。

僕が再び目を開けるのと同時に、地の花が一斉に散華《さんげ》して赤い雨となってあたり一面に舞い踊った。残った茎がゆっくりとしおれてゆく。中央の木は白い花を咲かせたかと思うと、そのまま花を落とし葉も枯れ落ち、枝がだらりと生気をなくす。

花と木が枯れたのは二人分の肉体をもう一度作る材料に使わせてもらったから。

赤い雨の中、その地にうずくまるようにしている白い背中が見えた。一つはほっそりとした背の高い男性、長い髪が体に絡んだまま緩やかに背を丸めて眠っている。

もう一つは深い紅茶色の髪が肩から胸元へと流れ落ちている青年。眠っていてもその長いまつ毛が美貌《びぼう》を描き出す。胎児のように四肢を畳んだ姿勢で、細く呼吸をしている。

妙に懐かしく思える二人の姿が枯れかけの花園に現れたのを見て、急に全身の力が抜ける。

「……良かった、僕の祈りは届いた……」

裸の姿で眠るリンデンさんとリコリスさんの上に赤い花弁が舞い落ちる。

僕は襲い掛かってきた疲労感に耐えかね、その場に崩れ落ちた。リアンさんが僕を抱き起こしながら必死の形相で叫ぶ。

「コウキ様、コウキ様っ!!」

「ん、疲れただけです……どうでしょうか、上手く出来たと思うんですが……」

ライナスさんが二人の樹人のもとに駆け寄る。その頰に順番に触れ、血が通っていて温かいのを確かめている。

「……信じられねぇ、ああ、これが奇跡ってやつなのか……！　どっちもちゃんと生きてんぞ!!　気ぃ失ってる……いや、寝てるだけだ！」

ライナスさんの動揺交じりの大声に僕はかすかに笑って応える。良かった。ちゃんと出来たみたいだ。大きな力を使った後には気を失うこともあったが、今僕に襲い掛かってきているのは疲労からの睡魔だった。その誘惑に抗《あらが》えず、僕は長く息を吐いて目を閉じる。

「すみません、少しだけ寝ます……」

リアンさんが僕を抱きしめ、頷く。

「はいっ、大丈夫です。後のことは私たちにお任せを。どうかゆっくりとお休みください」

＊　＊　＊

ぼんやりと両目を開く。浮上しつつもまどろむ意識の中で、最近はすっかり見慣れた自室の天井を眺める。そこに割り込んできたのは瞳を丸く開いたリアンさんの顔だった。そうか、僕が眠ってしまった後にここまで連れてきてくれて、目を覚ますまでずっと傍《そば》にいてくれたのか。

「コウキ様、お加減はいかがですか?」

寝起きの僕を気遣うような静かな声。体調は……特に問題なさそうだ。疲れて眠たいだけで、どこか苦しいとかそういうことはない。

「大丈夫です。また、心配をおかけしました」

そう応えるとリアンさんは安堵のため息をこぼし、ゆっくりと表情を和らげた。

「リンデンさんとリコリスさんは、どうでしたか?」

「お二方とも病室でまだ眠っておられるようです。診察した医師の見立てでは、魔力的にはかなりの消耗状態とのことですが、いずれ回復してそのうち目を覚ますだろうと」

「良かった……。僕、どれくらい眠っていました?」

「二時間程度でしょうか。目覚められたとエドガー様にも伝えに行きたいところですが……ライナス殿と共に外の騒ぎを収拾しに出ていっておられるようで」

そうか、僕がリンデンさんとリコリスさんを呼び戻したということ、その後眠ってしまったこと、当然エドガー様にもすでに話が伝わっているのか。そして外の騒ぎとは何なのだろう。

ふと窓の外を見ると、陛下にはいつも通りの城の庭先の景色、その向こうには城壁、そしてその先にはいつもと変わらず空を覆い隠して佇《たたず》む巨大な樹が……あれ？　樹に何かが付いている。そのこんもりとした濃緑の茂みの中にぽつぽつと白いものがたくさん……小さくてよく見えないが、あれは……。

「リアンさん、生命の大樹に何か花みたいなものがついてませんか？」

「ええ、それで外は大騒ぎなんです。大樹が花を咲かせる、前例がないわけではないそうなのですがそれも数百年前の文献の上での話、皆初めて見る光景だそうですよ。国民たちがそれを見て吉兆だ凶兆だと騒動を起こしているようなので、ライナ……騎士団とエドガー様自らが事態を鎮めに出ています」

樹に花が咲くなんて当たり前のことのようにも思えるが、あれはこの世界を維持している樹だ、大樹に何か変化が起こるということはこの世界の住人にとって天変地異にも等しいのだろう。遠すぎるゆえに小さな白い点にしか見えない花だが、きっとあれは目の前で見たら一輪でもキャベツくらいのボリュームがあるはずだ。

それは良いものなのか、悪いものなのか。花が咲くのは綺麗《きれい》で喜ばしいことのような気もするが、竹などの植物は自らが枯れる前兆として花を咲かせると聞いたことがあるし。

窓を開けてみようとベッドから身を乗り出すが、リアンさんがそれをやんわりと制止して、代わりに窓を開けてくれた。ロマネーシャにいた頃を少し思い出すようなそれ、過保護に扱われてしまってなんだかくすぐったい。

開いた窓の向こうからは涼やかな午後の風が流れ込み、カーテンを静かに揺らす。遠く、街の喧噪《けんそう》が聞こえた。胸を満たす緑の香りとそこに混じる薫香に僕は目を閉じる。

うん、大丈夫だと呟《つぶや》く。

「あれは悪いものや凶兆ではないですよ」

「コウキ様？」

「一応、これでも豊穣の御子……だからでしょうか。なんとなく大樹の状態が感じられるんです。大樹が少しずつ力を取り戻し始めている、その証として咲いた花なんじゃないかな、と思います」

「……そんなことまで分かるようになられたのですか⁉」

僕はあいまいに頷く。あの森の中で起きた出来事は僕を大きく変えた。それは確かだろう。けれど本当は変わったのではなく、僕が自分自身のこの世界での在り方に気がついたというか……微妙にずれていたパズルのピースが上手いことぴたりと嵌《はま》ったような、そんな感覚があった。きっとそれは神狼であるエドガー様が導いてくれたからだ。

「僕も外に出て、あの花は悪いものではないので心配しないでと皆さんに説明した方がいいのでしょうか？」

「いえ、部屋から出すなとエドガー様がおっしゃっていましたので」

その言葉にちくりと胸が痛む。

「あの……僕が勝手なことをしたのを怒っておられましたか？」

「少しだけ、ですが感謝されておられましたよ。あのお二人と再び会えるとは、と。ですがまだ本調子でもないのに倒れるほどに力を使った無茶に関しては随分と苦い顔をされていました。私でもその表情が分かるほどに」

苦い顔、で済んで良かった。バイス君の時のように血を流したわけではないからだろうか。

「そういえばエドガー様が、小さな竜のような生き物を連れていませんでしたか？」

「竜……、ですか。そのようなものは見ませんでしたが」

「森で出会った子で、ここまでついてきてしまったんです。エドガー様と一緒だったはずなのですが……赤錆色《あかさびいろ》のトカゲのような感じで、神獣という生き物だそうです」

一緒にいなかったとなるとあの子はどこへ行ってしまったのだ。まだ生まれたばかりでこの街や城のことなど何も分からない無垢《むく》な子だ。迷子になってしまい、そのままどこかをさまよっているのか。そう気づいた途端に血の気が引いた。

「あの！　リアンさん、すみませんがちょっと外出を見逃していただけませんか⁉　お城の騎士さんたちに竜を見なかったか聞きに行きたいんです」

その頼みにリアンさんは小さく首を振る。

「コウキ様、さすがにこれ以上は……どうか安静にしていてください。仔細《しさい》を教えていただければ、私が代わりに行ってきますので」

「……お願いしてもいいですか？」

「ええ、お任せください」

そんなやりとりをして十五分ほどが経《た》った頃だろうか。戻ってきたリアンさんはしっかりと小さな竜を抱っこしていた。竜はというとのん気なもので、僕の心配をよそにリアンさんの腕の中ですやすやと眠っている。

「この子ですね」

「はい！　良かった無事で……助かりました、ありがとうございます！」

「抱いていると温かいです……少し熱いくらいですね。こんな生き物がいるなんて驚きました」

リアンさんは不思議そうに胸元の生き物を眺める。奴隷生活を抜け出してからの生活で見識を広めたつもりだったが自分はまだまだ世間知らずだ、みたいな顔をしているが、恐らく神獣というその生き物は一般人が姿形を知っているようなものではないと思う。

「コウキ様、竜はこちらの方が保護していてくださったのです。お礼をされるのでしたらその方に」

そう言いながらリアンさんが大きくドアを開くと、廊下には杖を携えた腰の曲がった小さな姿があった。頭からすっぽりとローブをかぶっているので人相も何も分からないが、その体格は年老いた女性のように見える。お城の……占い師さんとかなのかな。そんな役職があるのか分からないけれど。

「ほう、あんたが今代の『豊穣の御子』かい。器量はそこそこ、けどなかなか良い子そうじゃないか。何よりその漆黒に神狼は溺《おぼ》れてるんだろうね」

年齢を感じさせる掠《かす》れた声、人を値踏みするような第一声だったがなぜか不快には感じなかった。

「はい、あの、森村光樹《もりむらコウキ》と申します。神獣を保護してくださったこと、本当にありがとうございます。迷子になっていないかと心配していましたので」

「ひひ、なあに、珍しいトカゲがすみっこでぷるぷるしていたから拾ってやっただけさ。しかし神獣を手懐《てなず》けるとはなかなかだね、神狼を懐かせたその手腕共々、褒めてやるよ」

「え、あ、はい？」

なんだか今すごいことを言われた気がする。気のせい、かな？　しかし少し前に豊穣の御子として公式に存在を発表された僕の顔を知らなかったようなので、このおばあさんはお城の人でもこの城下町の住民でもないのか、と思ったところで気がついた。

「あの、あなたはもしかしてアメリア様ですか？」

「おや、バレちまったかい」

「僕を捜すのにお力を貸してくださった方ですよね、本当に、本当にありがとうございます！　僕が今ここに生きているのはあなたのご助力があってこそです！」

「大げさだよ。ま、礼は受け取っておいてやろうかね。あたしゃ今夜にでもここを発《た》つ、もう会うこともないだろうが達者でやりな、『豊穣の御子』。遠くからあんたの今後を見守らせてもらうよ」

「今夜ですか、もう少しゆっくりされても……」

「これでも世捨て人を気取ってるんでね」

ひひ、とローブの下から笑い声が聞こえた。

「それにもう城は飽きたんだよ」

謎の言葉を残して去っていってしまったアメリア様を見送ると、それと入れ違いになるように今度は騎士さんが訪れる。急いで駆けつけてきたという様子で少し息を切らす彼は、笑みを作りながら声を上げる。

「お目覚めになりました！　リンデン様、リコリス様、お二人ともです！」

その一報に僕とリアンさんは身を乗り出した。

僕を抱っこしたリアンさん、そして僕らの後をとことことついてくる小さな竜。目立つ一行なのですれ違う人が皆こっちを見てくる。急いで城の大階段を下りて廊下を小走りに駆け、リンデンさんたちが療養している部屋へと向かう。

　そこにはすでに何人もの人が集まっていた。リンデンさんの部下らしい文官のような恰《かっ》好《こう》の獣人さんたちに、リコリスさんのメイド仲間なのであろう侍従さんたち。皆、目覚めた二人を囲んで涙ぐんでいる。

　僕はその人垣の後ろから部屋の中を眺め、ベッドの上で上体を起こしてしっかりと起きている二人の樹人の姿を見て、ああと安堵の声をこぼした。上手く出来た手ごたえはあったが、樹人が一度失った体を再生してそこに命を呼び戻す、という何もかもが初めてのそれに絶対の自信があったわけではない。

「コウキ様、良かったですね……！」

「はい、安心しました。二人とも顔色も良さそうですし」

　皆に囲まれて照れ笑いのような表情をしていたリンデンさんとリコリスさんだが、リコリスさんは僕をすぐに見つけ、声を上げた。

「御子様！」

　皆が一斉にこちらを振り向く。そして自然と道を空けてくれた。その向こうでリコリスさんが恥ずかしげに頬を染め、そして深々と頭を下げた。白いベッドの上に深い紅茶色の髪が垂れる。

「このたびは私めのために御子様のお手を煩わせてしまい、大変申し訳……」

「リコリスさん、そこまでです」

「え……」

「全て聞きました。リコリスさんとリンデンさんが人の姿を捨てた経緯も、お二人の気持ちも覚悟も。全てこの国のため、この世界のため、そして僕のためにしてくださったことですよね。行方不明になった先で正直死にかけたんですけれど、エドガー様の救助が間に合って助かりました。それは、お二人のおかげで。だからお礼を言うのは僕の方です」

「いいえ、私たちは当然のことをしたまでです」

「では僕も当然のことをしただけです。大事な友人のために出来ることがあればしてあげたい、当たり前のことですよね。だから頭なんか下げないで、笑顔でありがとうって言った方が良くないですか？」

「友人⁉ わ、私が、御子様の」

「僕はこの世界に友人が少ないのでずっとそう思っていました。いえ、一緒に暮らしているようなものですし、家族って言った方が正しいでしょうか？」

「家族⁉ そ、そんな風に思ってくださって……」

「なんか図々《ずうずう》しくてすみません。でも、僕なりに伝えたい気持ちは素直に言葉にしようと……ようやく思えるようになったんです。だから、ありがとうございます、リコリスさ

ん」

「いえ！　そんな……では、その、私もありがとうございます」

少女のようにはにかみながらそう囁くリコリスさんは、今までの咲き誇る赤き花のごとき怜悧《れいり》な美しさだけでなく、ほころんだばかりの小さな野の花のような可憐《かれん》さに満ち溢れていて、周囲の皆も思わず無言で見入ってしまっていた。

そして、『コウキ様』と向こうのベッドからリンデンさんが僕を呼ぶ。

「ふふ、同じく一つ屋根の下で暮らす仲、私も参加しても？」

「当たり前じゃないですか。いつもリンデンさんの知識とお人柄に助けられていて、頼れる兄が出来たみたいで嬉しかったんです」

「それはそれは、光栄の至りですね。本来の姿に還ったことに後悔はありませんでしたが、コウキ様とこうして再び言葉を交わせて、私は本当に幸せです。ありがとうございます」

「こちらこそです。リンデンさん、ありがとうございます！」

ベッドの上で穏やかな笑みを作るリンデンさんがゆっくりと両腕を広げる。リアンさんが僕をベッドサイドに下ろしてくれたので、僕はその両腕の中に納まってそのほっそりとした体をぎゅっと抱きしめる。

あ、ずるい、と背後でリコリスさんが呟いた。

「さて、お見舞いありがとうございます。そろそろ皆さんは持ち場に戻ってくださいね」

リンデンさんの鶴《つる》の一声で部屋に詰め掛けていた人々はそれぞれ一礼して退出していく。さすがは宰相のお言葉だ。僕も戻らねばならない。一応まだ外出は禁止になっているのだ。また来ますね、と言葉を残して二人にぺこりと会釈をする。そして再び僕を抱っこしようとしたリアンさんに苦笑する。

「行きは急いでましたけれど、帰りはゆっくりでいいですし、抱っこでなくても肩を貸していただければそれで大丈夫ですよ」

「いえ、駄目です、まだ本調子ではありませんよね？」

「でも抱っこは少し恥ずかしいので」

「……私も友人のためにしてあげられることがあるのなら、したいのです」

自分の台詞《せりふ》にそう返されると反論が出来ず、僕は甘んじて抱っこされることとなる。そしてついてきた竜も連れて帰らねばとあたりを見回すと、ドアの後ろでぷるぷるしていた。大勢の人間が怖かったのだろうか。

「えっと、行くよ、ついておいで龍生《たつお》ー」

僕が声をかけると頭を上げて尻尾《しっぽ》を振る。犬みたいで可愛らしい。

『ぴぎゅー』

「その竜は『たつお』という名前だったのですか」

「はい、今付けました。なんとなく閃《ひらめ》きのようにぴぴっと思いついたので。いつまでも名前がないままでは可哀想《かわいそう》ですし」

たつお、と小さな声で繰り返すリアンさんは妙に真顔だった。まさかまたダサかったのか……？　ちょっと地味でシンプルだけど悪くないと思ったのに。この世界の人たちのネーミングセンスがよく分からない。そう思いつつ首を傾《かし》げる僕の背中に急に飛んでくる焦ったような声。

「え……そんな、え、こ、コウキ様!!」

予想外のリンデンさんの突然の大きな声に少し驚いた。

「あの、どうかしましたか？」

「それはっ、その生き物はまさか……西域の鎮守、神獣エスタス……！」

「あ、はい、神獣だってエドガー様が言ってました。もしかして連れてきたらまずかったでしょうか。僕たちを追いかけて、エドガー様の背中にくっついてここまで来ちゃったんです」

「……良いも悪いも……そもそも人の前に姿を現すような存在ではありません……。神獣は生命の大樹と同様に世界そのものの一部です。まさかこの目で本物を見る日が来ようとは……！」

「エスタス君というお名前だったんですか？　でも龍生もいいですよね、あ、せっかくなので二つ合わせてエスタスタツオというのは……」

何かピスタチオみたいだな、と心の中で自分に突っ込みを入れる。

「逸話に語り継がれし神獣とも心を通わせるとは、これが豊穣の御子の力、我らが御子の奇跡……。ああ、なんという信じがたい光景……!!」

リアンさんは片腕で僕を抱えたまま反対の手で竜を抱き上げると、豊穣の御子崇拝モードに入ってしまったリンデンさんの膝の上に竜をのしりと乗せた。

『ぴぎ！』

「リンデン殿、ぜひ抱っこしてみてください。温かいですよ」

「!?」

リンデンさんは緊張のあまりその場で硬直してしまい、石像のように動かなくなった。

「トカゲはお嫌いでしたか？　申し訳ありません」

ひょいっと竜を回収したリアンさんが今度はリコリスさんに竜を差し出す。

「リコリス殿はいかがですか？」

『ぴーぎ？』

「いいえっ、私などが触れていいものでは……!!」

強張《こわば》った表情で首を振るリコリスさん。どうやら樹人にとっては神獣というのは触るのも畏れ多い生き物であるらしい。一方リアンさんは神獣の価値や存在の重要さがいまいち理解できず、少し珍しい種類の爬虫類《はちゅうるい》だとしか思っていないのだろう。リンデンさんたちの反応に対してなんだか不思議そうにしている。

リアンさんの反応とリコリスさんたちの反応、どちらが正しいのか僕には判断が難しい。

そんなやりとりをしているところにやってきたのはバイス君。片手に杖。片手に花束。たくさん束ねられた爽《さわ》やかな水色の花は、レモンのような冴《さ》えた香りをかすかに放っている。

「リンデン、リコリスさん、病室に彩りをと思ってこれを……あ、コウキさん！　いらしていたのですね」

「ええ、お二人が目を覚ましたと聞きまして」

二人を人の姿に戻せたことについて、バイス君からも何度も何度もお礼を言われてしまった。それも盛大に涙を落としながら。王弟のバイス君にとってはリンデンさんとリコリスさんは部下のような存在なのだろうか、部下のために涙まで流せるとはバイス君は人情派上司だなと感心する。

大きな花束は二人のために持ってきてくれたのだろう。花瓶に生けられて病室の窓辺に置かれる。忙しい仕事の合間に抜けてきたのか、バイス君は用事を終えると全員に丁寧な挨拶《あいさつ》を残してすぐに執務へと戻っていった。

「私が目を覚ました時、バイス様が傍にいてくださったのですよ」

青い花を眺めながらリコリスさんが嬉しそうに言う。

「眠っている間、ずっと手を握っていていてくれたそうです」

「それは……優しい方ですね、バイス君は」

「ええ」

はにかむ笑顔。職務を完璧《かんぺき》に遂行するメイドさんの顔ではなく、素の顔で。色恋沙汰《ざた》に鈍いであろう僕でもさすがに気がついた。バイス君の想いにも、リコリスさんがそれをどう受け取っているかにも。青春する若者たちを優しい眼差《まなざ》しで見守るリンデンさんもどこか満足げに見えたが、少し視線に険しさを覗かせながら僕へと向き直る。

「あの、コウキ様、一つお願いがありまして」

「なんでしょう?」

「その神獣エスタス様は大変尊い生き物です。どうか大切にお傍に置いてさしあげてください」

「ええ、僕動物は好きなんです。ちゃんと大事に飼いますね！」

「飼っ……あの……ええ、まあ、そうですね。あとライナスあたりが面白がっていじり回すかもしれないのでそれだけは阻止してください。絶対に、確実に」

確かにあの目ざとい獅子の獣人がこの温か面白トカゲを見逃すわけがない。興味津々でいろいろしだす光景が目に浮かぶ。だがリアンさんが僕の代わりにリンデンさんに力強く返答していた。

「拝命いたしました。必ず死守いたします」

「リアン様、私からもお願いいたします。ああ、私が御子様の傍にいられればあの頭金ぴか麦畑に好き勝手などさせやしませんのに……！　一刻も早く体調を戻さねばなりませんね……！」

リコリスさんが使命に燃えている。こんな時くらいゆっくりしていていいのに、と僕は少し苦笑した。ちなみにエスタツオもといエスタス君はというと、いつの間にか窓辺によじ登ってもしゃもしゃと花瓶のお花を食べていた。ああ、バイス君の贈り物が減ってゆく……！


自室に戻り、リアンさんも一度ライナスさんのところに戻るとのことで、僕は一人静かにベッドに横たわって目を閉じる。足元のあたりでエスタス君が丸まっているので温かくて気持ちいい。そうだ、エスタス君の名前をどうするか、エドガー様にも相談してみよう。もしかしたら僕の名づけた龍生かエスタツオを気に入ってくれるかもしれない。

そんなことを考えていると、やはりまだ疲れが残っていたのか僕はまた浅い眠りに落ちていた。

やがて夕暮れになる頃、ちょうど目が覚め窓の外を眺めると、生命の大樹の花が夕暮れの茜色《あかねいろ》に染まっていた。白い花だからか夕陽《ゆうひ》の色がそのまま映って美しい。

だが陽が森の向こうへと沈み、夜の色が空を渡る頃、大樹の花は一斉に艶《あで》やかな黒に変わっていった。時間帯によって色を変える花なのかと驚愕《きょうがく》する。陽が出ている間は白く、夜が訪れると黒く変わる。

まるで花のひとつひとつが惑星そのもののように。

それは白と黒。あの人と、僕のように。

十八章

　その日の夕飯が終わる頃になってやっとエドガー様とライナスさんが城へと戻ってきた。二人とも疲労困憊《ひろうこんぱい》という様子でライナスさんはエドガー様の執務室のソファに身を投げ出している。

　二人が戻ってきたと聞いてさっそく様子を見に来た僕を見て、エドガー様はすぐに身を起こしてそそくさと着崩れた衣服の襟を直す。僕の前でだらしない恰好《かっこう》を見せまいという男の矜持《きょうじ》が可愛《かわい》らしくもあるが、もっと素の姿を見せてくださってもいいのにという残念な気持ちも少しあった。

「エドガー様、ライナスさん、お疲れ様でした。生命の大樹の花の件であちこち奔走されていたそうですね」

「ああ、かなり騒ぎになっていてな。民の動揺を鎮めるのも王族の責務だ。我が行くよりほかあるまい」

「国中あっちこっち回って、大丈夫だから騒ぐなっつう同じ説明を何度も何度も何度もさせられてクタクタだっての。あー、しんどい。今日はとりあえずバレルナの中心部だけで済んだが明日には噂《うわさ》が郊外へ、外の町へと伝わって、また騒ぎが起きて俺らが説明しに回って……ああもう考えたくねえな」

背もたれに沈んで天井を仰いだままのライナスさんはそう愚痴るが、言葉の内容に反して口調と表情は嫌そうではない。やはりあの花は悪いものではないのだろう。

「それよりコウキ、リンデンとリコリスの件だが」

「あ、はい」

「まずは礼を言わせてくれ。癒《い》やしの力を持つ御子《みこ》であるお前といえどもまさか失った体を取り戻すほどのことが出来るとは……。城に戻って最初にあの二人の顔を見てきたが、未《いま》だに信じがたい思いだ。コウキ、ありがとう」

「いえ、先に僕を助けてくださったのはあのお二人ですし」

「だがお前はまた己の身を削るように力を使ったな。体調は大丈夫なのか」

「それは……はい。今回は疲れて眠くなっただけです、力の制御というか、使い方が分かってきた気がします。御子として少しは成長できたのかもしれません」

「そうか……だが我は心配したぞ。二人を呼び戻してお前が眠ったという知らせを受けた時は血の気が引いた。今もこうして外出禁止の言いつけを守ってもくれん。お前という奴《やつ》は……」

「後でお叱《しか》りは受ける覚悟でした。でも今回のこと、無茶はしていませんよ？」

エドガー様は小さくため息をつき、僕を抱きしめてくれた。感謝の気持ちと心配の想《おも》いが詰まった力強い腕に僕も抱擁を返す。気遣ってくれてありがとう、と。後ろでにやにやと笑うライナスさんと視線が合う。見せつけてくれちゃって、と言わんばかりだった。

「コウキ、俺からも礼を言わせてもらうわ。リンデンはこの国にとっちゃあ貴重な人材だ。口うるさいがいてくれねえと困るし、俺やエドガーにとっては大切な友人だ。お花畑頭の方は……まあ生きてりゃごく稀《まれ》には役に立つこともあるだろ。ありがとな」

ぽんぽんと頭を撫《な》でられる。こくりと頷《うなず》いてそれに応《こた》えると、僕を抱きしめるエドガー様の腕に少し力が籠《こ》もってより体が密着する。

我の腕の中で他の男と話すな、とでも言いたげなささやかな嫉妬《しっと》がにじみ出るその仕草に、僕とライナスさんは顔を見合わせて密《ひそ》かに笑んだ。

「エドガー様、そういえば大樹の花についてなのですが」

「何か思うところがあるのか？」

「僕がなんとなくそう思ったというだけなので根拠はないのですが、あの花、きっと良いものですよね。生命の大樹の力が充実しているのを感じるような気がしますし」

「ああ、我も同じ考えだ」

僕とエドガー様のやりとりに、ライナスさんも深く頷く。

「お、豊穣《ほうじょう》の御子様の見立てなら信用できるな、よしよし。まあ説明回りはしんどいが悪いもんじゃねぇなら見栄えは良いよなあれ。しかもあの花、夜になったら色が変わるんだぜ？　見たか？」

「ええ、ついさっき。びっくりしました。昼の純白も綺麗《きれい》でしたけれど、夜の漆黒も雰囲気があっていいですよね」

「力の充実か……なるほどな。ウィロウ曰《いわ》く、本来はああして咲いているのが正常な姿であるという記録があるらしいぞ。急に咲いたというよりは、ここ数百年、開花する力を失っていたという方が正しいのだろうな」

「うぃろう、さん？」

　聞き慣れぬ名前を僕が繰り返すと、エドガー様は説明を返してくれる。

「城の地下に蔵書室があるのを知っているか？」

「ええ、以前リコリスさんに案内してもらいまして、ときどき本を見に行っています」

「長年そこの司書をしていた樹人でリコリスの父親だ。今は病を患い療養中だがな。リンデンと並ぶ知識人ゆえに、今回の異変について知恵を借りに行ったのだ」

　そういえばリコリスさんのお父さんが蔵書室にいたという話を以前聞いた気がする。姿を見ないのは病気のために退職したからなのか。

「ご病気は重いのですか」

「樹人の頭の葉や花が灰色に枯れる病があるのだが、それがかなり進行している」

「……前にリンデンさんから教えてもらいました、樹人だけでなく、人間にも獣人にも似たような病が出ていて、恐らく生命の大樹とこの世界そのものが終わりに近づいているのが原因だろう、と」

「そうだな。だがもしかすると今後は減っていくかもしれん。ああして花を咲かせたことが世に豊穣が満ち始めた兆しであれば良いのだが」

希望のある話だった。神狼《しんろう》であるエドガー様と御子である僕が少しずつだけれど心を通わせ始めたことで、世界もまた安定と繁栄の方向へ向かってくれているのだろうか。

それは良いことだと思う。すごく嬉《うれ》しい。僕がここに来た意味がようやく現実に追いついてきたように感じる。だが緩慢すぎる。これからじわじわと変わっていくのでは間に合わないことも多いのではないか。今出来ること、やるべきことが僕にはあるのではという衝動が僕を突き動かす。

「エドガー様、ウィロウさんにお会いすることは出来ませんか？」

「お前のことだ。そう言うだろうと思っていたぞ……」

「僕の体調が完全に戻った後でもいいです。無茶もしません。可能性があるなら試したいんです」

「実はウィロウの方からもお前に会わせて欲しいと言われている。リコリスの父としてお前に直接礼が言いたいのだろう」

「ではちょうどいいですね！」

ふふ、と僕が笑うとエドガー様はもう駄目とは言わなかった。

ライナスさんはソファの上でネコ科らしい大きな伸びをしつつ僕を横目で見る。

「なんつうか、帰ってきてから変わったな。今までは自分の意思はねぇかのような取り繕った良い子ちゃんな言葉しか聞けてなかったのが、今はコウキ君とおしゃべりできてるって感じがするぞ」

その呟《つぶや》きにエドガー様も肯定の頷きを返す。かすかに嬉しそうに口角を上げながら。


翌日、エドガー様と二人で向かったのは城の敷地の奥にある石造りの大きな建物が並ぶエリアだった。建造物には蔦《つた》が這《は》ってバラのような花がささやかに咲き、周囲にはよく手入れされた花壇と生け垣がある。西洋の古い街並みのようで雰囲気があるな、と思いながら歩く。石畳の上で杖《つえ》も軽快な音を立てる。

二階建てだろうか、集合住宅のような趣のそこは手前の二棟が泊まり込みで働く騎士や文官の宿舎、奥のもう一棟が入院設備を整えた療養本部、そしていろいろな研究をしている学術施設なのだという。

ウィロウさんはその中の一室にかなり長く滞在しているらしい。

向かった先の部屋をノックすると、しばらくして返答があった。掠《かす》れた細い声で、開いている、と聞こえた。

「我だ、邪魔をするぞ」

エドガー様が玄関の戸を押し開ける。鍵《かぎ》はかかっていなかった。重病人の一人暮らし、部屋の中は掃除や片づけが行き届いていないのだろうと勝手に失礼な想像をしていたが、現実はむしろその逆で、玄関には飾り気のないサンダルが一足揃《そろ》えられているだけ、靴箱は空っぽ、廊下にも何もない。がらんと抜けた景色の向こうのワンルームにぽつんとちゃぶ台と座布団だけがあり、そこに座って静かに差し込む日光に眼を細めている壮年の男性がいた。

何もない。埃《ほこり》すら落ちていない。本当に何もない部屋だった。生活に必要最低限の一人分の食器以外はがらんどうの戸棚。本棚もあったが本はない。絨毯《じゅうたん》もカーテンもない。まるで引っ越し直後のようなその様子は、自分がいつ死んでもいいようにという準備。もしかして、後片づけをする者に出来るだけ世話をかけないように配慮した結果なのだろうか。

「いかがなされた、陛下」

男性がこちらを見る。丸まった背中、そして小さな咳《せき》を一つ。オリーブ色のセミロングの髪に垂れて交じるのは、灰色に変わり萎《しな》びてしまった細長い葉っぱ。しなやかな柳の枝の成れの果てだった。

「ウィロウ、御子を連れてきたぞ」

「そうであったか、かたじけない。御子殿、そこにおわすか。すまぬが近くまで来てくれまいか。自分はもうほとんど目が見えぬものでな。なに、この病は人から人へ感染することはないゆえ怯《おび》える必要はありませんぞ」

　言葉はしっかりしているものの、ウィロウさんの声は声量がなかった。もう大きな声を出す力も残っていないのか。伏し目がちの瞳はどこかどんよりと曇って見えた。なんとなく見て取れるのは全身の衰えと、枯れゆく気配。これが樹人の植物が枯れて魔力を失うということの結果なのか。

「失礼します」

　部屋に入るが、僕の緊張した様子を見て取ったエドガー様がそっと耳元で囁《ささや》く。

「気楽に接してやってくれ。言葉遣いは癖があるが、気難しい者ではない」

「はい、ありがとうございます」

　ウィロウさんの横に正座すると、彼は僕の気配を察して顔をわずかにこちらに向けた。

「本来なら自分が出向くべきところを、ご足労痛み入る」

「いえ、こちらこそ急にお邪魔してしまってすみません。お加減はいかがですか？」

「まあいつも通りといったところですな」

そう言いながらウィロウさんはゆっくりと体を動かし、僕と真《ま》っ直《す》ぐに向かい合うと、深々と頭を下げた。床に額がつきそうなほどのそれに僕は慌てて懇願する。

「お顔を上げてください！」

「愚息を救っていただいた。あれでも手塩に掛けて育てた大事な子なのだ、まことにお礼を申し上げる」

「何があったのかは聞いていらっしゃるでしょう、先に僕がリコリスさんに助けられたのです。それ以前も、ずっと僕のことを支えてもらっていました。ただの侍従さんとしてではなく、まるで姉のように僕の体も心も気遣ってくださって感謝するのはこっちの方です！　だからお互いさまということで、どうかお顔を上げてください」

「……慈悲深く心の清い御仁であらせられる」

ウィロウさんが顔を上げると、髪の間から枯れた葉が一枚取れて床へと落ちた。

「あの、実は今日はその件ではなくて、少しご相談があって来たのです」

「自分にですか。なんなりと相談してくだされ」

「あの、その病なのですが、治せないかと挑戦させて欲しくて……治せる確証はないのですが、もしかしたら症状の緩和くらいは出来るかもしれません。何も出来なくて無駄に期待だけさせてしまう結果になる可能性もあるんですけれど……」

「ふむ。御子殿の御業《みわざ》ですかな。さらば朽ちるばかりのこの身などいかようにでもしていただいて結構。もしもこの病が治せる糸口が摑《つか》めれば、この先何千何万という民が救われますな。そのための実験台にならば喜んでなりましょう」

ウィロウさんのその言葉に思わずひるむ。彼を実験台にするつもりなどない。だが確かにやろうとしていることは人体実験に他ならない。いや、そんなことよりも彼はもっと大きなことを言っている。病んだ全《すべ》ての民、それは何千何万の。もし病を治せたとして、ならばその全てを治療して回る気なのかと。それだけの力と覚悟がお前にあるのかと問われているのだ。

それが出来ないのならば、同じ病に苦しむ人々が世界中にいる中で自分一人だけが特別に助かろうとは思わない。自分を救うというのならば平等に全てを救え。さあ出来るのか、と。

僕の後ろで事の成り行きを見守っていたエドガー様もウィロウさんの発言の真意に気づいたのだろう、隣に割り込んでくる。

「ウィロウ、コウキにそこまでの負担を押しつけてくれるな。目の前の、手の届く相手だけでも救いたい、それは間違ってはいないだろう」

「ええ、正しいでしょうな。ならば自分ではなく他の者を救ってやってくだされ。この病棟だけで同じ病の者は何十人とおります。駄目でもともと、効果があれば儲《もう》けものとなれば可能性があるというだけで誰でも被験者に志願しましょう」

「ウィロウ！　コウキは恩人リコリスの父であるお前を心配して……！」

「自分を特別に扱ってくださるな。自分はこれでも恵まれた人生を送った。平穏に学んで働き暮らし、家庭を持って子宝に恵まれた。子は健やかに育ってくれた。自分もこの歳《とし》まで生きた。これ以上を望むのは贅沢《ぜいたく》だ。世界には生まれてすぐにこの病に冒されたような者もごろごろおります、そちらを優先されるべきでは？」

「この頑固者め……！」

「長い付き合いです、自分の気性などとっくにご存じでしたでしょう、陛下」

ははは、と乾いた笑いをこぼすウィロウさん。その厳格な公平性へのこだわりに僕は脳天を雷で打たれた思いだった。豊穣の御子として力を振るうなら、個人のため、自分自身のためではなく世界のために振るえと彼は僕に発破をかけている。

僕は問われている。挑まれている。試されている。

だけど試されているのは、僕に試す価値を見出《みいだ》してくれたからに他ならない！

「ウィロウさん。ありがとうございます。逆に決心がつきました。僕、やります。救いたい人だけ選んで救って満足する、そんな御子で終わるつもりはありません！　やってみせます、それが僕の神狼であるエドガー様の傍《そば》にあるのにふさわしい御子の在り方だと思うから……。ですから、まずあなたから始めさせてください!!」

ほう、とウィロウさんは感心したような声を漏らした。エドガー様は険しさと驚きを混ぜあわせた顔で僕を見たが、僕は何かを言われる前に即座に彼の両手を握ってその目を覗《のぞ》きこみ返す。

「エドガー様！　……あなたと一緒ならなんでも出来る気がしているんです、どうかこれからも傍にいてください。僕が立派な豊穣の御子に、神狼エドガーの御子になれるように力を貸してください。お願いします！」

一瞬のたじろぎ、だが僕の真剣な訴えにエドガー様も腹をくくったのか、強く手を握り返してくれた。

改めてウィロウさんと膝《ひざ》を突き合わせるように向かい合い、その瘦《や》せた手を取る。力の使い方は体で覚えた。神獣のエスタス君を浄化した時も、リコリスさんたちを呼び戻した時も。僕の祈りに力は応えてくれた。それにここは場所が良い。バルデュロイの国は生命の大樹のふもと。風や空気の中にまで強い力が巡っていて、大樹が僕をサポートしてくれているように感じられた。

出来る、必ず。目を閉じて集中する。周囲の大気が密度を増したように重たく感じられ、室内には奇妙な風がうねり始めた。

「いきます‼」

一瞬の新緑の色の輝き。場の全員の衣服を暴れさせる突風に窓ガラスが鳴く。

救いたいと心から願いながら、僕は自分の中に膨れ上がった浄化と治癒の力を一気に注《そそ》ぎ込んだ。風が吹き荒れる中でウィロウさんの枯れた葉がどんどん散らされてゆく。

それはほんの十秒程度のことだっただろう。力が鎮まり、場に沈黙が戻る。僕は細く長く息を吐きながら顔を上げる。背に伸しかかる疲労を跳ねのけるように。

「どう、でしょう……！」

ウィロウさんはしばし黙ったままだった。外見に変化はない。失敗……なのか？　ならばもう一度試すまでだと再び力を込めようとしたが、ウィロウさんの静かな言葉が僕を止めた。

「御子殿」

「は、はい！」

「……慈愛の奇跡、確かに頂戴《ちょうだい》しました。深謝いたします」

彼の指先がさらりと自身の横髪を持ち上げる。枯れた枝のすぐ下に、真新しい新芽のような黄緑色の葉が芽吹いていた。みずみずしいその色彩に、僕とエドガー様は揃って眼を丸くした。

＊　＊　＊

リコリスさんが療養中なので、今は他の侍従さんが僕の世話を焼いてくれる。そういうわけでメイド服姿の人たちが僕の部屋をときどき出入りしているのだが、今日は珍しく騎士の恰好の人が来たと思えばこげ茶色の立ち耳が凜々《りり》しい犬の獣人、シモンさんだった。手紙を渡しに来てくれたらしい。手紙の差出人はバイス君、内容は先日ウィロウさんを治療した件へのお礼だった。

簡素ながらも上等な便箋《びんせん》が上品な白い封筒に収められていたが、この礼状はバイス君が出先で書いたものらしい。生命の大樹の花の件でバイス君も国境近くまで説明に赴いていて、その仕事の合間に例の件を耳にしてその場で僕へと手紙をしたため、城に戻る予定があったシモンさんに預けたそうだ。

「几帳面《きちょうめん》な性格というか律儀な方ですよね」

「はい。そういうところは陛下に似ておられます」

「分かります」

くすくすと僕は思わず笑う。神狼として持って生まれた見た目は豪快そうでワイルドだが、エドガー様の中身はむしろ生真面目《きまじめ》で義理堅い。バイス君はエドガー様と比べたらまとう空気も口調も柔らかく人当たりが良いが、根っこの部分の気質は似ているのだろう。

「陛下もよく手紙を書いておられます」

「そうなのですか?」

「御子殿がいらっしゃる以前は……もちろん優れた王ではありましたが誰しもが陛下を慕い、そして恐れておりました。豊穣の御子という存在、あなたを傍に迎えられて王は本当に変わられたのです。その一つが政《まつりごと》について、以前の陛下には誰も逆らえませんでしたが、リンデン様を始めとした文官たちと周辺地域を治める諸侯方が陛下の厳格すぎる政をなんとか行《つつ》っておられたのです。そんな彼らに宛《あ》ててこれまでの苦労をねぎらう内容を書面によく綴っておられます」

今まで苦労を掛けた、これからも共に国を栄えさせていこう、という内容が少し硬い言葉で並べられた手紙を想像する。やはり律儀な人だった。きっとそれを受け取った皆《みんな》も神狼直筆の手紙を喜んだことだろう。手元の便箋を眺めながら僕も少しほっこりとした気持ちになった。

そして僕は思いつく。僕もエドガー様にたくさん世話になっている。その都度お礼は言ってきたつもりだが、手紙という形式で形に残すのも良いかと思い、シモンさんが去った後、部屋のサイドテーブルの引き出しにあったレターセットを使ってエドガー様への手紙を書こうとした。…………したのだが、一時間以上の試行錯誤の末に出来上がった文面がどう見てもラブレターだったので、恥ずかしさのあまりそっとゴミ箱に捨てて存在を記憶から消した。

机に向かってうんうんと唸《うな》っていた僕を不思議そうに見つめつつ、いつも通り窓辺でのびのびと寝転がっていた小さな竜、エスタス君――エドガー様に相談した結果、受け継がれてきた名前がいいのではないかという結論に行き着いた。だから、この子はエスタス君。僕が龍生とエスタツオを推してもエドガー様はどこか遠くへ視線を泳がし、こちらを見てくれなかったのが少しだけ不思議だった。

そんなエスタス君が小さな鳴き声を上げる。

『ぴーぎ?』

「ごめんなさい、暇でしたよね。お散歩でも行きましょうか。今朝侍従さんから聞いたんですけど、大樹の下にときどき落ちてくる花びらを拾うと幸運のお守りになるって噂になってるみたいなんです。僕たちも探しに行ってみましょうか?」

『ぴぎー!』

「よし、じゃあ外出着に着替えるので待っててくださいね」

『ぴぎゅ!』

ちょっと目立ってしまう緑色の御子の装束から地味な外出着に着替え、黒い外套《がいとう》を羽織る。先ほど侍従さんが持ってきてくれていたおやつの糖蜜《とうみつ》パイを、紙に包んで肩掛け鞄《かばん》にしまう。杖を片手にさあ出発。行けるのは僕が一人でも移動を許されている城内の一画。景色の良い場所でピクニックでもしよう。自然の豊かさという概念を主食にしているエスタス君なら大樹の花びらを美味《おい》しく食べてくれるかもしれないし。

向かった先の広場はいつも通りに美しく緑が茂り、木漏れ日がきらきらと揺れる小道を僕らは歩く。エスタス君も楽しそうだ。ピギピギと歌うような声を上げながらとことこと歩いて僕についてくる。城の敷地内なので僕ら以外に人の姿はない。小鳥のさえずりと風の音だけが耳を優しくくすぐる。

「花びらあるかなー?」

『ぴーぎゅぎゅ!』

真っ白なそれはよく目立つだろう。落ちていればすぐに見つかるかな、と思いながら小道を進むと、少し開けた場所の陽《ひ》だまりに大きな獣の姿があった。

動物園で見たことがあるライオンとはまるで大きさが違う、燃え上がるようなたてがみの黄金の獅子《しし》と、それに寄り添う獅子よりだいぶ小さな灰色の狼《おおかみ》。ばったりと出会ってしまった僕と二頭の獣との間に沈黙が流れる。

「あ…………もしかして、ライナスさんとリアンさん……ですか？」

『おう、奇遇だなコウ――』

ごすっ、と狼の渾身《こんしん》の頭突きが真上にあった獅子の顎《あご》を突き上げる。

『違いますコウキ様！　我々は通りすがりのただの獣です!!　どうかお気になさらずっ!!』

普段とは少し声色が違ったが、その口調といい状況といい、どう見てもライナスさんとリアンさん以外の何ものでもない。休憩中だったのだろう、二人で森の奥で獣の姿に変わって体を寄せ合いながら……まあそういう時間だったのだな。

睦《むつ》み合う現場を見られて焦るリアンさんはどうにか全てをごまかそうとしているようだが、ライナスさんの方は獣の顔でも分かるくらいにやりと笑っている。そして不意打ちのようにリアンさんの首の後ろをかぷりと噛《か》んだ。その瞬間、ぶわりとリアンさんの灰色の毛並みが一斉に逆立って狼の口が小さく開く。

『んっ……!!　な、ライナス殿!!　急に何を……っ、あ』

思わず自らの口で正体をばらしてしまったと気づいたリアンさんは恥ずかしさが限界を超えたのか、二度目の頭突きを獅子の胸部にぶちかまし、そのまま跳ね起きると森の奥へと駆けて逃げてしまった。あっという間の出来事だった。

『痛《い》ってて、頭硬いなアイツ。物理的にも別の意味でも』

「あのー……すみませんライナスさん、お邪魔をしてしまって。たまたまピクニックをしに来ただけでして、決してお二人の時間を台無しにするつもりでは……」

『気にすんなって、まあ今日は俺もアイツも非番だからな、夜にでも仕切り直すとするわ。昼間の分もまとめていつもの二倍可愛がってやろっと』

少し悪い笑顔でにししと笑うライナスさんだったが、二人が予想以上に仲良くしているようで僕はどこか安心した。そしてライナスさんは獅子の姿のままよいしょと立ち上がるようにして獣人の姿に戻って見せる。その一瞬の変化はいつ見ても不思議だ。

ライナスさんは僕の後ろで蝶々《ちょうちょう》を追いかけてくるくる回っているエスタス君に気づいて興味深そうに見つめる。エスタス君も自分に向けられた獅子の視線にすぐ気がついたのか、きゅっと彼の方に首と視線を向けた。

「おー、これが噂の神獣か！　思ったより小《ち》っせえし、竜っていうよりはトカゲみたいだな、カワイイじゃねぇか」

さっそく手を伸ばす。僕はリンデンさんに神獣をライナスさんにいじり回させるな、と言われていたことを思い出して口を挟む。

「あの、とっても貴重な生き物みたいなんです。優しく大事に扱ってあげてくださいね」

「優しく触ってってか？　了解だ、テクニックには自信がある、任せとけ」

「その言い方は誤解を招くと思いますよ」

「へいへい。ほーれ神獣、こっち来い」

「エスタス君ですよ。もしくは、ライナスさんが呼びたければエスタッオ君です」

「どっちだよ」

ライナスさんが握った拳《こぶし》を差し出して揺らすとエスタス君が寄ってきた。中に何かあるの？　何を隠してるの？　といった様子で拳をかりかりと引《ひ》っ掻《か》く仕草が可愛らしい。

「はい、何にもないでーす」

ぱっと手を開くライナスさん。掌《てのひら》の中に何もなかったのが気に入らなかったのか、エスタス君はぶすっとした表情でその指先に噛みついた。生まれたばかりの小さな竜の攻撃は大した威力ではなかったのだろう、痛くもなさそうに彼はけらけらと笑う。

「だまされちゃったなー、悔しいなー、かーわいい。あ、コウキお前は真似《まね》すんなよ、けっこうな力だぞこれ、俺ぁ頑丈だからいいが人間だったら出血するぞ」

危ないところだった、見た目より痛かったらしい。

「意地悪しないであげてくださいよ」

「もうしねえって。ほら抱っこしてやるよ、お、あったけーなお前。トカゲとは思えねえなあ」

『ぴーぎっ！』

エスタス君はまだ怒っているのか再びライナスさんの手首をガジガジと噛み始めた。怪《け》我をするほどではなくとも無視するわけにもいかず、なんとか気をそらそうと僕は慌てて鞄から糖蜜パイを出して差し出してみる。やはり人間の食べ物には興味がないのか一瞥《いちべつ》しただけで口を開けようとはしなかったが、半分に千切って僕がその半分を食べて見せると、やっと食べ物だと認識したらしく端っこを少しだけ齧《かじ》り、もくもくと頬《ほお》を動かした。

「あ、食べた！　可愛いですね」

食べてみればそれなりに気に入ったのか、エスタス君は少しずつパイを食べ進めていく。でもやはり病室で花束を食べていた時のような勢いはなかったので、僕はライナスさんにエスタス君を任せて周囲の茂みを覗きこんで大樹の花びらを探す。するとすぐに見つかった。真っ白な……でっか！　予想の十倍は大きな花びらが枝に引っかかっていた。正直大きすぎて落とし物のタオルか何かかと思った。四つ切りの画用紙くらいはありそうな非現実的な大きさの花弁。遥《はる》か上空にあるので小さく見える花だが、間近で見たらラフレシア並みのサイズなのだろう。

拾った花びらを持っていくと、ライナスさんもそれが何なのか一瞬分からなかったようで不思議そうに見ていたが、花びらだと気がついてぎょっとしていた。

「うわっ、もしかしてアレか？」

上空を指さすライナスさん。頷く僕。

「幸運のお守りになると噂になっているそうですよ」

「マジかよ、お守りとして懐に忍ばせておくなんてサイズじゃねえだろうが」

「はい、食べますか？　エスタス君」

それを竜の鼻先に差し出してあげると、パイを放り出して花びらの方に食いつきムシャムシャと食いちぎり始めた。細められる眼に、むふーと吐き出される鼻息。実に嬉しそうだ。やはり加工品よりも自然物の方が好きなのだろう。

「そういえばライナスさん、ロマネーシャの方はどんな状況ですか？」

「そんなに変わりねえな。最低限、道だけは通れるように復旧中だが木や蔓《つる》みたいなのはうじゃうじゃしたままだし、普段は大人しいんだが雨が降るたびにすくすく育っちまうみたいでな、撤去してはまた伸びて生えて、それをまた撤去しての繰り返しになってる」

「……ロマネーシャの皆さんは困っていますよね」

「いや、切り出した大木が邪魔なんで、木材としてタダみたいな値段でどんどん周辺に出荷して処分してるからな、本気で困ってんのは商売あがったりの近隣の林業関係者だ」

「まさかのとばっちり……！　あの、捕縛された方たちは」

「誘拐犯一味か。事情聴取して収容してる。こっちとしても豊穣の御子を狙《ねら》った奴らを許すわけにはいかねえんだが、まあそんな非道な扱いはしてねえから安心しろ。奴らから事情は聴いたんだが、お前さんもしかして連中に責められて、自分のせいであの国が荒廃したと思って、大地に豊かさを取り戻してやろうとしたのか？」

「一応そのつもりだったのですが、ちょっといろいろありまして……精神的に安定していなかったせいかあんなことになってしまって、力を使い果たして気絶したんだと思います。それで生命の大樹が僕を心配してくれたみたいで、あの場から緊急脱出させてくれたんです」

「なるほどな、お前がとんでもない距離を急に移動したのは大樹の力、っつうか意思だったのか。本当に不思議なもんだよな、この樹は」

二人して頭上を見上げる。絡み合う枝に深緑の天蓋《てんがい》。空を覆う世界の楔《くさび》。相手は植物だというのに、そこには確かに意思があるように思えた。

「しかし大樹もなんでそこまで遠方に吹っ飛ばすかね。普通に大樹のお膝元のバルデュロイ周辺に送ってくれりゃあお前さんも安全だったのによ」

「方角的にはロマネーシャからバルデュロイに向かって飛んでいますからね、もしかするとこの近くに転送するつもりがちょっとずれちゃったんじゃないでしょうか。僕らにとってはとんでもない距離のズレでも、大樹にとってはただの誤差だったといいますか」

「スケールが違うってか」

「もしくは大樹が僕にこの子を助けさせようとしたのかもしれません」

大きな花びらを半分ほどまで食べ進めたエスタス君はさすがにちょっと満腹になってきたのか、けぷと喉《のど》を鳴らしている。

「ライナスさんはまたロマネーシャへ行かれるのですか？」

「ああ、こっちでちょいと片づける用事もあるんで戻ってきたが、それが済み次第……まあ明後日《あさって》くらいにゃまた向かうぞ。現地の騎士の面倒を見てやらねえといけねえしな。それと他国から援軍を出してもらってるから、そっちにも礼を言って回らにゃならん」

「あの、大変申し上げにくいのですが」

「連れてかねえぞ」

「先回りしないでくださいよ」

「あんなことになったっつうのに、まーたお前をロマネーシャまで運搬したら俺がエドガーにぶち殺されるだろうが！　リンデンの件もお前には甘かったがあいつ俺には滅茶苦《めちゃく》茶怖《ちゃこ》ぇ《え》顔して迫ってきやがって……。頼むから大人しくしててくれ御子様よ！」

「僕がやったことです、僕が責任を取らないと」

「こんなこと言いたかねえが、お前が行って何が出来るってんだよ」

「もう一度やってみます。暴走させてしまった樹を撤去することは出来ないような気がしますが、ちゃんとあの国の大地を蘇《よみがえ》らせることは出来ると思うんです。あの時は失敗しましたが、今ならきっと……！」

灰色に枯れ果てた樹人に新たな芽吹きを与えることが出来た。恐らく要領は同じだろう。規模が違うだけで。僕の発言にライナスさんは顔をしかめながら頭を掻く。

「本気かよ……」

「ええ、本気です」

「じゃあ俺じゃなくてエドガーに頼め。あいつが頷かなきゃどうにもならん」

「そうですね、さっそく今日頼んでみます」

「駄目だって怒鳴られると思うがな」

「じゃあ一人で歩いてでも行きます」

「……やっと本音で話してくれるようになったかと思ったら、存外頑固だったんだな、モリムラコウキ君は」

「頑固に貫くべき意志というものもあると学んだもので」

「うーん、俺としては実はそういうお前も嫌いじゃない。よし、頑張って旦那《だんな》様を説得しろ、そしたら俺らがガッチリ護衛して連れてってやるから」

「ありがとうございます！　では僕は今からエドガー様に会いに行きます。ライナスさんはちゃんとリアンさんを追いかけてくださいね！」

「言われなくても逃がしゃしねぇよ」

自信満々、不敵な笑みを見せるライナスさんと別れ、僕はエスタス君と共に帰路をゆく。その最中ふと、旦那様という言葉が妙に引っかかった。僕とエドガー様は……。いや、今はそれはいい。

意識を切り替えて城に戻るとエドガー様は執務中だったので、夜にでも話そうと計画する。我ながら少々ずるい気もしたが、事の最中であればエドガー様も僕の頼みを断りづらいんじゃないかなと密かに考えた。


翌日、騎士団の詰め所にいたライナスさんに許可が出たと伝えに行った。

「出たのかよ⁉」

「はい！　エドガー様も同行してくださるそうです」

「あの過保護狼をよく説得したな。どうやったんだ？」

「ふふ、ご想像にお任せします。出発はいつになりますか？」

「予定通り明日だな。俺からエドガーに伝えとくわ」

こうして再びロマネーシャへと旅立つことになったわけだが、その出発の直前、僕宛てに荷物が送られてきたと聞いた。細長い箱だが何か心当たりはあるかとシモンさんに問われ、いいえと否定すると、危険物だといけないので開封はこちらに任せてくださいと言われた。

そして、中から出てきたのは木製の杖で、硬い木材を丁寧に磨き上げられた作りだがなんの装飾もない簡素な物だったと報告される。

「杖ですか」

「御子様がいつも歩行の補助にお使いになられているような実用品ではなく儀式用の物のようで、わずかにですが使用感があり年季が入った様子から中古の品だと思われます。長さは御子様の背丈ほどですね」

儀式用の杖というのはいわゆる魔法使いの杖のようなものだろうか。よく分からない。

「送り主の名前はなかったのですよね、なんでしょう……一応見せてもらえますか」

「現在は古物鑑定と魔術に詳しい者による検査に出しております、妙な術が施されているといけませんので。終わり次第、問題がなさそうでしたらお持ちします」

「そうですか、よろしくお願いします」

そうして最後の荷物の確認をしつつ杖の到着を待ったのだが、数時間後に届けられたその鑑定結果は驚くべきものだった。

僕のもとを訪れたのは城の宝物庫の管理を担当する鑑定士、彼曰く、これは生命の大樹の枝をそのまま杖にした物で、遥か昔に当時のバルデュロイ王の最期を看取《みと》った王妃が城を出る際に唯一持ち出していった彼女の私物であるらしい。

僕は手渡された長い杖をじっと眺める。まるで鉱物のように硬く艶《あで》やかな表皮、それなのに普通の木材より遥かに軽い。自然物らしいなだらかな凹凸が手にしっくりと来る。加工は最小限に、本当に枝をただそのまま杖にしたような伸びやかな全体のシルエットは不思議な神性を感じさせた。

「そんなものがどうして僕宛てに送られてきたのでしょう、一体誰が……」

「配達業者もただ依頼されて運んだ、依頼人などいちいち覚えていないと言っていたそうです」

「とにかく、歴史ある貴重な品ですよね？　宝物庫にしまっておいた方がいいのでは」

「そうですね。当時の王妃の私物ではありますが、扱いとしては国宝です」

「国宝⁉　しまっておいてください！　そんな大変なもの‼」

「突風などが原因で大樹の枝が自然に折れることもあるのですが、枝も葉もそのまま空中で砂のように崩れて消えてしまい、地上に落下することはありません。人工的に切り離しても同じです。花びらは例外のようですが、つまり枝を手に入れることは出来ないのです。それゆえこれは世界で唯一の大樹が材料となった品。どのようにして加工できる状態の枝を入手したのかは不明ですが」

「滅茶苦茶貴重な品じゃないですか……！」

　そうか、あんな高さから枝が落ちて下の通行人や家屋に当たったらただでは済まないし、落ち葉だってとんでもない量が降り積もってしまうだろう。だが大樹に抱かれたバルデュロイ国内でそんな事態が起きていないのは、そういう理由があったからなのか。そして花弁が幸運のアイテム扱いされているのは、初めて出現した、誰でも手に入れることが出来る大樹の素材だからか。

　僕が杖をなんとか宝物庫にしまってもらおうと奮闘していると、そこに一人の騎士さんが駆けつけてきた。

「御子様、リンデン様より伝言がございます！」

「はい、なんでしょう」

「その杖なのですが、『送り主について素性は明かせないがこちらで把握している、危険物ではなく、恐らく善意で贈られた物なのでそのまま使ってください』とのことです」

「え、リンデンさんは送り主に心当たりがあるということですか」

「はい、そのようでした」

「使えというのは……」

　自分で問うておいてふと気づく、そうかこれは儀式用。これから僕が向かう先は大樹からも遠く離れてしまう場所。大樹のサポートが得られない地域で御子としての力を振るうのに、その補助としてこの杖の力を借りろということなのだろう。しかし、この狙いすましたようなタイミングで僕にこれを譲ってくれた人がいるというのか。

　誰かは分からないがとにかくありがたいし、心強い。ぎゅっと手の中の大樹の杖を握りしめれば出来る、と己の中で確信が燃え上がるのを感じた。

十九章

ロマネーシャへと向かう馬車に乗り込んだのは、僕とエドガー様と僕にくっついてきてしまったエスタス君。護衛をかって出てくれたライナスさんにリアンさん。将軍職にあるライナスさんがこんなにふらふらしてしまっていいのか少し心配ではある。

そして前回、僕が転送魔術によって誘拐されたため、同じ轍《てつ》は踏むまいと今回は魔術に長《た》けた騎士も同行している。目に見えない魔力的異変があればすぐに報告してくれるとのことだ。馬車には大樹の杖《つえ》もちゃんと積んだ。エドガー様もリンデンさんと同じように、送り主に心当たりがあるような様子だった。

皆の協力のおかげで問題なくロマネーシャの地に再度降り立ち、今度は妙なトラップにかかることもなく、あの教会群がある地域へと辿《たど》り着《つ》く。初めて見る地上の光景は想像していたものよりも遥《はる》かにとんでもないことになっていて僕は思わずよろめいて倒れかけたが、即座にエドガー様が僕を抱きとめてくれた。

僕が作ってしまった歪《いびつ》な森のあちこちには食べられもしない果実が未練たらしく実って

いる。こんなにも緑溢《あふ》れているというのにどこか寒々しい、この森からは命を感じられない。そんな、ぞっとするような景色が果てなく広がるのを前に、僕は自分の足でしっかりと立たねばと覚悟を新たにする。

「大丈夫か、コウキ」

「はい。……驚きました。僕がけじめをつけなければならないことですから……。大丈夫です。やれます。やってみせます！」

しばしの休憩を取った後、僕はさっそく仕事に取り掛かる。場所は前回と同じにした。ロマネーシャの民や神官に囲まれたあの地下室跡だ。縦横無尽に走る木の根で滅茶苦茶《めちゃくちゃ》に壊れたあの場所へと悪路を越えて向かう。

やっとのことで辿り着いたそこには地面が口を開けたような大穴があった。僕を助けようと皆が掘ってくれた穴なのだろう。エドガー様に抱きかかえられながらそこから地下へと下り、例の妙な魔方陣の上に立つ。補助具の杖を大樹の杖に持ち替えて。

魔方陣が邪魔だな、という思考が勝手に頭をよぎる。その次の瞬間、まばゆい黄緑色に輝く苔《こけ》のようなものが足元を覆い始め、力を解放するのにノイズになりそうな転送術の魔方陣を覆い隠してくれた。すごい。僕の意思に力がダイレクトに応《こた》えてくれる。これがこの杖の力なのだろうか。まるですぐ傍《そば》に、僕の真後ろに大樹が在ってくれてどっしりと背を支えてくれているように感じる。

僕の祈りの発動を少し離れたところから見守るエドガー様たちは、薄暗闇《うすくらやみ》の中で輝く苔に囲まれた僕を真剣な顔で眺めていた。


今回はウィロウさんの時のように一気に力を解放してはいけない。また樹木を暴走させるだけになってしまう。樹《き》が根から吸い上げた水を枝葉の先にまで届けるように、豊穣《ほうじょう》の力をこの大地に染み渡らせて遠くまで届けなければならない。満たすのだこの地を、隙《すき》間《ま》なく、取りこぼさずに。

地に突き立てるように真《ま》っ直《す》ぐに構えた大樹の杖を両手で握る。深く息を吸って肺の奥へと届ける。巡る力を感じる。己の中に、この杖の中に。そして、足元の大地そのものに。……そうか、この大地は枯れてなどいない。芽吹く力はちゃんとそこにあるが一時的に凍結されているのだ。救国の聖女、そして豊穣の御子《みこ》であった僕の心が閉ざされたのと一緒に凍り付いてしまっただけ。凍った大地では種は芽吹かない。

ならば話は簡単かもしれない。凍結しているなら、溶かしてあげればいい。ただきっかけを与えてあげればいい。もう僕の心は凍り付いてはいないのだと伝えてあげるだけ。役割として強制されてではなく、本当に一人の人間としてこの世界を愛そうと決めたこの想《おも》いを大樹に大地に見せてあげるだけ。

僕の想いに呼応するかのように新緑の色の光が溢れ、地下室を煌々《こうこう》と照らした。閉ざされた地下に薫風が満ちて頭上の穴から空へと吹き上がる。力の解放はほんの一瞬。光と風がやむと、皆はどこか心配そうに僕を見た。何か大規模な術が発動するような事態になると想像していたのだろう、だが一瞬だけ何かが起きてそのまますぐに鎮まったものだから、失敗したように見えてしまったのかもしれない。エドガー様が一歩踏み出して僕を呼ぶ。

「コウキ」

「エドガー様、終わり……ました。皆さんのおかげで僕は役割を果たすことが出来ました！」

「……今ので終わったのか」

「はい、僕がこの地に豊穣の力を満たしたわけじゃないんです。動き出すきっかけをあげただけ、鍵《かぎ》を開けただけです。あとは大地が本来持っている力に任せれば十分かと。大丈夫です、随分と解放される時を待っていたみたいですからきっとすぐに変化は訪れると思いますよ」

僕がそう言って笑うと、皆は半信半疑な様子ではあったが一応納得したように頷《うなず》いてくれた。

その日はバルデュロイ騎士団の駐屯地に泊まらせてもらい、仕事であちこちを飛び回っていたライナスさんとリアンさんも夜には戻ってきたので久しぶりに大勢で食卓を囲んだ。

そういえばこういうのも随分と久しぶりなような気がする。以前は当たり前のことだったはずなのに、こんな些細《ささい》なことが、幸せで楽しくてしょうがなかった。

そして翌日、僕らは外の騒ぎで目を覚ます。

ざわつく人の声、行き交う足音。ベッドから起き上がったエドガー様が窓を開けると、歪な森の向こうにあった枯れた丘陵地帯が朝陽《あさひ》の下で一面若々しい緑色に変わっている光景が視界に飛び込んできた。

「……あれは……！」

ベッドから這《は》い出た僕は唖然《あぜん》とするエドガー様の背中にそっと囁《ささや》く。

「言ったでしょう、大丈夫ですって」

国中のあちこちで植物の新芽が吹き出したという報《しら》せがすぐに飛び込んでくる。ここの皆はバルデュロイの騎士たち、ロマネーシャの民ではないというのに、誰もがこの地の復活に目を輝かせて喜んでいる様子だった。やがて市街の民家に潜んでいたロマネーシャの民たちも外の様子がおかしいと気づいてぞろぞろと姿を現す。

そしてあの異常な森とは違う、日常に見慣れた植物たちが道の端や花壇にぽつぽつと芽を出して双葉を開いているのを見て、ある者は歓喜に声を上げ、ある者は膝《ひざ》をついて天に祈っていた。手を取り合い跳ねまわる子供たちに、安堵《あんど》したように座りこむ老人の姿。

皆の喜びように僕も思わず涙ぐむ。今更になって手が震えてくる。ここまで来て良かった。たくさんの人たちにここまで導いてもらえて良かった。自分の力の使い方は間違っていなかった。僕の心の凍土は溶けた、今度こそ上手《うま》く出来たのだ……。

「エドガー様、僕は……僕は……！　あなたの御子としてあなたの傍に並び立つのにふさわしい存在に少しでも近づけたでしょうか……！」

「ああ！　ああ！　我が豊穣の御子、コウキよ……！」

窓辺に寄りかかり強く抱きしめ合う。僕らの全身を撫《な》でる風はもう冷たく乾いてはいなかった。生命の息吹が天高く巡り、この地の再誕を祝っていた。

＊　＊　＊

大地の力が正常に巡るようになったおかげか、僕が作ってしまった異常な植物で溢れた森は徐々にしおれ始めた。最初は葉先から、そこから枝へ。力なく垂れている様子が見て取れる。成長が止まってくれたのならば撤去は時間の問題だと騎士さんたちはやる気に満

ちた目で斧《おの》を振るって伐採に精を出していた。

僕はエドガー様の付き添いとして一緒にロマネーシャ国内の視察についてゆく。これまでロマネーシャの民たちは侵略者であるバルデュロイの騎士から身を隠して潜んでいたらしいが、この春の訪れのような現象に直面し、絶望に凝り固まっていた心が少しほぐれたのか徐々に姿を見せ、バルデュロイ側の話を聞いてくれるようになったらしい。

一般市民は国内の数ヵ所に集められ、バルデュロイの軍が保護してその衣食住の面倒を見ている。だが難民保護所に連れていかれればまとめて殺されるという噂《うわさ》や獣人に対する偏見から、これまではまともに交渉すら出来なかったようなのだが、その状況が改善されつつあった。

エドガー様も一安心だとばかりにわずかに警戒を緩めながら視察を続ける。神狼《しんろう》であるエドガー様の獣の顔はただでさえ表情を読みにくい。近しい者でもなければ気づかないほどに変化は小さいが、僕はその表情を不思議とはっきり読み取れる。

「最終的にロマネーシャの国はどうなるんでしょうか？」

「以前の政権と権力を握っていた教会の司祭共、腐敗しきった王族は全《すべ》て排除した上で新たな国として再建されるだろう。我が国の属国にするつもりはないゆえに、ロマネーシャという国名は残しつつ、神聖王国という形態は崩す。そうでもせんとこの国は何度でもバルデュロイに牙《きば》を剝《む》くだろうからな」

「ロマネーシャ国教、あまり詳しくないのですが聖女信仰……のようなものは禁じるのですか？　宗教というのは人の心のよりどころとして大事だとは思いますが、やっかいな側面もあると思うのです。僕のいた世界でもそれでいくつも対立が起きていました」

「政治と結びつけん限りは黙認する」

「あくまでただの文化としてなら存続させるということですか？」

「ああ、民たちは変化に抵抗するだろうが、争いの火種は残しておきたくない。それにお前のような被害者をもう増やしてはならん」

　変革の強要は強引な押しつけでもあるが、勝者であるバルデュロイに対してロマネーシャが何かを言える立場でもないし、争いの火種が消えれば結果的に人命は多く救われるのだろう。

　それにエドガー様が気遣ってくださったように僕ももう自分と同じような思いをする人は見たくない。

「以前リンデンさんがロマネーシャは地図から消すとおっしゃっていたので、実はちょっと不安だったんです」

「皆で説得して落ち着かせた」

「……本気だったんですか……リンデンさん……」

　冷静沈着に見えて意外と苛烈《かれつ》なところを持ち合わせているリンデンさんの裏の顔を知っ

てしまい、少し驚く。

これからこの国がどう変わってゆくのかは分からないが、それでも皆で協力して生活を取り戻してゆくのだろう。丘陵地帯では再び畑の手入れが始まったという報告も聞いた。

秋になれば麦が黄金に輝き揺れ、人々が収穫を喜ぶようになるだろうか。


それは視察としてロマネーシャの要地を巡り始め、四ヵ所目の難民保護地区でのことだった。馬車を降りて杖をつきながら、徒歩で巡る街並みはやはりどこも同じように破壊の痕《あと》が残る。だがこんな状況でも子供たちが無邪気に仲良く遊んでいる姿も確かにあった。十人くらいの子供が集まり、地面に大きな輪を描いてその中にぴょんと入ったり出てみたり、くるくる入れ替わって回る。ルールはよく分からないが何かの遊戯をしているようだ。僕はその光景を微笑《ほほえ》ましいなと思いつつ眺めるが、一人だけその輪から外れて近くの家屋の陰でぽつんと佇《たたず》んでいる子がいた。

ほっそりとした両脚、煤《すす》けた衣服。怪我《けが》をしているのか片腕に巻かれた包帯には血がにじんでいた。肩につくくらいの長さの髪の女の子だ。

僕は思わずその子のもとに歩み寄ろうとしたが、即座にエドガー様にそれを遮られる。

そうか、彼のお母様はちょうどこんな風に刺客に欺かれて亡くなってしまったのだ。幼いエドガー様は目の前で母の死を見せられている。子供とて油断は出来ない。もう二度と繰り返させないとその冷徹な目が僕を見下ろす。

「あの子、怪我をしています。治療を」

「治療ならば騎士団の衛生部が行っている」

確かに少女の恰好《かっこう》は薄汚れているが包帯だけは真新しい白い色をしていた。確かに最近治療を施されたのだろう。

「でも傷口が開いてしまっているみたいです」

「すぐそこの救護所へ行けばいつでも手当ては受けられる。自らそれをしていないということはそれが本人の選択だ。放っておけ」

「相手はまだ子供ですから……」

そこで僕は気がつく。薄暗い物陰からの少女の視線が鋭く細められ、怨嗟《えんさ》に満ちていることに。向こうが先に気がついた。そして僕も気がついた。脳裏に蘇《よみがえ》るのは「死んじゃえ」と叫ぶ幼い金切り声。

……あの子だ。あの地下にいた、僕に人形を投げつけて叫んできた子だ。

あの場所を逃げ延び、それから騎士団の捜索もかいくぐってこの保護地にまで逃げてきていたのか。もしかしたら周囲の大人たちがなんとか守って逃がしたのかもしれない。国がどんな状況であっても子供という存在は未来への希望だ。

向こうの視線に敵意が籠《こ》もっていることにはエドガー様もとっくに気づいている。だからこそのあの言葉だったのか……。そして、さりげなく僕の姿を自分の体の陰に隠す。

「あの子と話がしたいです」

「駄目だ。あの子供は様子がおかしい」

あの時地下聖堂にいた子だと説明すると、エドガー様はさらに険しく眼光を細める。

「あの時の言葉から察するに戦争で両親を亡くしているようで、救国の聖女の怠慢が敗戦の原因だと思っていて僕を恨んでいます。まあ間違ってはいないのですが……」

「戦を仕掛けたのはロマネーシャ、受けてたったのはバルデュロイだ。その結果に関してお前にはなんの責もない」

「……なくしたものは取り戻せません、でも出来ることはしてあげたい。責任とかそういう話ではなく、人として怪我をしている子供を見過ごせないというだけです」

「近づく気か、お前を恨む相手に。それは許可できない」

「少しだけ」

「もしあの子供がお前に対して不審な動きをしたらその瞬間に我は剣を抜くぞ」

「絶対駄目です」

「……では我が代わりに話しかけて再度治療を受けるように促そう」

万が一あの子が攻撃してきたにしろエドガー様なら難なくかわすだろう。それなら、と僕は頷きつつお礼を言った。

エドガー様が堂々と歩み寄り少女の前に立ちはだかる。その身長と体格の差だけでもとんでもない威圧感だろうに、彼は神狼という特別な姿。頭上から獣の双眸《そうぼう》に見下ろされて少女はあからさまに硬直する。それは、命の危機を感じているような顔にすら見える。

これではいかん、と気づいたのかエドガー様は片膝をついて少女と視線の高さだけでも合わせた。

「娘よ、その怪我は治療が必要だ。向こうの大通り、炊き出しをしている建物の横に治療を受けられる場所がある。悪化する前に行ってこい」

「…………何……何なの……後ろのあいつは聖女でしょ。今更……何しに来たの!!」

「お前には関係のないことだ。そして、我はお前に助言をしているだけのこと」

「うるさい!!　放っておいて!!　この怪我だってあいつのせいで！」

「地下室が崩落した時に負ったのか。そもそもお前たちがコウキを責めたのが原因だが、そのせいでコウキが心を痛めているのは我としては業腹だ。早々に治療に行け。嫌だと言うのならば抱えてでも運ぶ」

その物言いは相手をますます委縮させるだけだと思い、僕はつい割り込んでしまった。

エドガー様は僕を視線で射すくめたが無視してしまった。

「お嬢さん、お久しぶりです」

「……あっちっ、どっか行きなさいよ‼」

「怪我、痛いですよね。治しますから腕を貸してください」

嫌、と少女は首を振ったが僕は彼女へと手を伸ばして豊穣の御子の力を注ぎ込む。先日この地が息を吹き返したおかげだろう、僕の力を大地のエネルギーが補強してくれている。治療は滞りなく出来た。包帯の下は見えないが、きっと傷は良くなっていることだろう。少女も急に痛みの消えた腕を不思議そうに見ている。

「嘘《うそ》……すごい……」

「僕らはあなたに何かしに来たわけではないですよ。痛そうにしている人を見つけたので助けたいと思った、ただそれだけです」

「……聖女様……」

「僕は聖女としては何も出来ませんでした……、いえ僕はそもそも聖女ではないんです。だからといって、あなたが経験した不幸をまったくの他人事《ひとごと》として切り捨てることも出来ません。今のあなたに僕が何をしようと、それはあなたの意に添うことではないでしょう。だから、僕はこれから聖女ではなく、豊穣の御子として出来るだけのことをしていきたいと思っています。世界のためではなく自分のために。あなたもどうか自分のために前を向いて生きてください」

体の傷は治してあげられるが、家族を失った心の傷はあの子が自分で呑《の》み込んで消化してゆくしかない。僕がロマネーシャで受けた恥辱と苦痛の記憶を乗り越えたように。彼女を真の意味で救えるのは彼女自身だけ。僕が出来るのはここまでだ。

　そして立ち去る僕らの背中に向けられていた視線。それは幼い迷いで揺らいではいたが、もうあの黒い憎悪はなくなっていたように思う。

「エドガー様、あの子は大丈夫でしょうか」

「与えられた善意を素直に受け止めて前向きに歩み始めるか、それは戦勝者の驕《おご》れる言葉だとさらに反抗心と憎しみを募らせるかは、人によるとしか言えん。だがお前のしたこと、お前の言葉は間違ってはいない。我はそう思う」

「そうですね、最善だと思うことを積み重ねていくしかない……。よし、それならもっと頑張ります！」

「今度は何を思いついたのだ」

「この国にもたくさんの病人がいますよね、ウィロウさんと同じ病の。樹人の方は葉っぱが枯れてしまい、獣人や人間だと皮膚が末端から灰色に変わってゆくとか。治していきましょう、一人一人、少しでも多くの人を！　全ての人を……とまでは言い切れないのが辛《つら》いところですが……」

「お前が全ての責任を負う必要はないんだぞ」

「大樹が花を咲かせて力を増しました、これからは病人も減ってゆくような気がしますが、すでに罹《かか》ってしまっている人はどうなるか分かりません。もう残された時間がない重症の方も多いはず。出来ることがあるのであれば、なんとかしてあげたいんです！」

「お前の負担が大きすぎる気がするが、本当に大丈夫なのか？」

「とりあえずロマネーシャに関してはちょうど良く難民保護区というものがあって、そこに人が集まっているではありませんか。一人一人治癒をするのではなく、その地域ごと浄化と治癒が出来ないかと考えています」

「……そんなことが本当に可能なのか？　いや、我は何よりお前の身が……」

「エドガー様、僕は豊穣の御子であなたは神狼。今の僕はあなたが一緒にいてくれるなら何だって出来る気がするんです。出来るかどうかもやらなければ分かりません、ならやってみるだけです！　力を貸してくださいますか？」

「随分と頼もしくなってしまったものだ……。ああ、お前の望むこと、我に出来ること、それは我の望みでもあるのだからもちろんだ」

そう言ってエドガー様は、僕をその腕に抱きかかえる。力を使って疲れたであろう？と言われれば、むげに断ることも出来ず、僕は逞《たくま》しい狼《おおかみ》の腕に抱かれて宿舎へと戻った。


僕たちの考えについてはライナスさんたちにももちろん相談をした。

未《いま》だに完全に危険がないといえる地域ではない、バルデュロイ王だけでなく豊穣の御子まで来ていると難民たちの前で大っぴらにしちまうのは安全上どうかと思う、と言うライナスさんの意見に従い、保護区をまるごと浄化するという作戦は深夜に行うことにした。

民たちの仮宿になっている仮設宿舎とテントがひしめく広場、昼間は炊き出しだなんだと多くの人間が行き交っているが、さすがに深夜は誰もがそれぞれの寝床に潜り込んでいる。外を歩いているのは巡回の騎士くらいで、星空の下は静まり返っている。

広場の中央に僕は大樹の杖を携えて立つ。足の下でちゃんと大地に生きる力が巡っているのを感じながら、杖を体の前で構える。

「儀式の役には立てんが、傍にいても構わぬか？」

僕を後ろから支えるようにエドガー様が寄り添ってくれる。そのぬくもりと鼓動を感じると自分の中でエンジンがかかったようにどくどくと胸の高鳴りが体中を巡る。

「ありがとうございます。すごく頼もしいです！」

返事をする僕の顔が至近距離の青い瞳《ひとみ》の中に映っている。僕は僕自身が初めて見る顔をしていた。どこか不敵な笑みをごく自然に作っていることに驚いたがそれを不思議だとは思わなかった。離れたところで騎士の皆さんとライナスさん、リアンさんが僕たちを見守ってくれている。

杖を握る手に力を込め、己の内に溢れる浄化の力を祈りにして放つ。いつものように新緑の香りの風が吹き荒れ、あたり一帯の空気をみずみずしく変えてゆく。それと共に僕の呼吸はあっという間に途切れて荒れる。全方向に放つ浄化と治癒の力、さすがに消耗が激しい。

ぜえぜえと喉《のど》が鳴る。気を抜くと意識が落ちそうになる。末端から力が抜けて手が杖から滑りそうになるが、それをエドガー様が支えてくれた。その大きな手で、毛皮のぬくもりで僕の手を包み込み、全身で僕の体を抱いてくれた。僕の必死な様子を見てもエドガー様はもう止めようとはしてこなかった。僕の望みを、僕の意思をただ支えてやるとばかりに傍にいてくれる。

嬉《うれ》しい。愛《いと》おしい。この世界でこの人に出会えたのが僕の何よりの幸福だ。その気持ちが胸に熱く溢れると共に、自分の中から無尽蔵に浄化の力がわいた。

力を放出し続けた。空っぽになるまで、何もかも尽き果てるまで。

そして、からんと軽い音を立てて倒れる杖、僕はエドガー様の腕の中にぐったりと沈む。眩暈《めまい》がして気持ち悪いし、苦しい。けれども不快な苦しさではなかった。なすべきことをやり遂げた。自分はやったのだ、という充実感に満ちた苦しみだった。それを感じて、思わず笑みがこぼれた。

「コウキ!!」

エドガー様の声が心地《ここち》好く体に響く。僕は声も出せずに小さく頷く。大丈夫、疲れただけ、上手くいったという手ごたえもあります、という思いを乗せて。すぐに駆け寄ってきたライナスさんたちに囲まれ、担ぎ上げられて救護所へと運ばれた。

翌日、目を覚ますと昼過ぎになっていた。エドガー様とライナスさんは仕事に出ているようで、リアンさんが付き添ってくれていたようだ。少し熱を出していたのだろう、額の上には冷水で濡《ぬ》らしたタオルが載せられていたが、リアンさんはそれを取りかえつつ今朝収集した情報を伝えてくれる。

「この保護区におきまして、病がかなり進行した状態の者は確認されていただけで百人以上、その中の六十名ほどの状態の確認が終わっています、見て分かるほどに症状が改善された者が六割程度、外見に変化は乏しいものの気分や体調が格段に良くなったと語る者が三割、さほど変化はないと申告する者は一割といったところですね」

「……改善率九割、ですか」

「ええ。驚くべき数値です。たった一夜でここまではっきりと効果が出るとは、正直なところ我々も想像していませんでした」

「ですが、一割の人には届かなかったんですね」

「恐らくもう手の施しようのないほど病が進行していた者、もともと高齢や別の病気があり、体力のない者たちばかりです」

　ぼんやりと天井を眺める僕の表情が少し曇ったのに気づいたのだろう、リアンさんは僕の手を強く握り、はっきりとした声で告げた。

「あなたはご自身の意思で出来るだけのことを出来る限りやり遂げました。最善の力を尽くしました。どうかお心を痛めないでください。結果はゼロか百でなければ駄目というわけではないのですから」

「分かってるんです、御子の力だって万能ではないと思いますし、死は自然現象ですからね……完全に遠ざけることは出来ないのでしょう。……そうですね、僕は精一杯やりました。自分をちゃんと褒めてあげるようにします」

　ぜひ、とリアンさんは心底安堵したように微笑みながら僕の頬《ほお》を撫でた。そして一度席を立つとポットとカップを持ってきてくれた。茶葉の香りがかすかに漂う。すぐ飲めるように少しぬるくしてくれていたお茶は香ばしい深みのある味だった。それは、玄米茶に少し似ている。

「軽症の人々にも症状の緩和がかなり見られますし、病の兆候が出たばかりの者はその兆候が消えたという報告も上がっています。皆、あなたに救われたのです。これはもう治療行為などではなく奇跡と呼んでもいいくらいです」

「ふふ、良かったです。でも僕がここまで来られたのは皆のおかげ……僕を最初にこの国で助けてくれたのはリアンさんですし。これが奇跡だというのなら、皆で協力して起こした奇跡ですよ。嬉しいですね……」

「ええ……ええ!!」

「保護区はまだまだありますし、救える人もまだたくさんいます。頑張りますね」

「ご立派な志だと思います、でも無茶はされませぬよう。私が言わなくとも陛下に何度も言われているかと存じますが」

互いに苦笑を交わし、僕はもうひと眠りさせてもらうことにした。

ロマネーシャの当初の枯れた空気を嫌ってか、ついてきたエスタス君はずっと宿舎に籠もってすうすうと寝てばかりで動こうとしなかったのだが、僕が浄化した後の地域はお気に召したのか、外に出たがり始めている。今も窓枠に頭を擦《こす》り付けて『ぴぎー』と細い鳴き声を上げている。

「コウキ様はお疲れなのです、休ませてあげてくださいね。神獣殿は私と散歩に行きましょう」

『ぴぎ?』

「抱っこをご所望ですか?　ご自分で歩かれますか?」

『ぴぎぎっ』

エスタス君はリアンさんの足元にしがみついたかと思うとよじよじと器用にその体を

登ってゆく。抱っこを要求しているのかと思ったが、胸部を越えて肩を踏み台にして頭の上にまで登ってそこに腹ばいに張り付いてしまった。ぱっと見、斬新《ざんしん》な帽子のようである。

「上に乗りたいのですか。では落ちないようにお気をつけて」

エスタス君に潰《つぶ》されて狼の耳がへたんと折れてしまっているが、リアンさんは気を悪くした様子もなく、他の騎士さんに僕の護衛を任せて散歩に出ていった。

以後、僕が休養している間はリアンさんがエスタス君係になってしまった。どうやらエスタス君は僕に次いでリアンさんが気に入ったようだ。エドガー様にもそこそこ懐いているる。きっと苦しみから解放してもらった恩を覚えているのだろう。そして、ライナスさんにはまったく懐かなかった。ライナスさんに抱き上げられるたびに嚙《か》みついて反撃するのだが、何度嚙まれてもライナスさんはエスタス君を見つけるたびにひょいっと捕まえるものだから、彼の手にはいつも小さな歯形が残っている。

そしてライナスさんはリアンさんにその歯形を見せつつ、俺の体に他の奴《やつ》の痕が残ってるのとか嫉妬《しっと》しちゃう？　とイタズラっぽく問いかけていたが、その場にいた人間が全員凍え死ぬのではないかと思うほどの冷たい視線を返されていた。

　こうして僕らは保護区を訪れては視察と浄化を行い、数日休んで力が回復したら次の保護区を目指し、を繰り返す。その旅路は二ヵ月ほど続いた。深夜、密《ひそ》かに行っているつもりだった浄化の儀式だったが、どこかで関係者以外に目撃されて話が広まってしまったのだろう、人の口に戸は立てられない。豊穣の御子がロマネーシャ中の街を回りながら死に至る病を癒《い》やしているとはっきりと噂になってしまっていた。

　浄化の儀式を繰り返すたびに僕は力の扱い方がさらによく分かってきたような気がする。旅が終わる頃には最初の時ほどの激しい消耗もしなくなった。筋肉を使えば使っただけ鍛えられるように、浄化の力も使って補充してを繰り返すうちに最大量が増えているのだろうか。この二ヵ月ですっかり握り慣れた大樹の杖を携え、今日、僕は久方ぶりにバルデュロイに帰る馬車に乗った。

　リンデンさんとリコリスさんも調子を取り戻し、すでに職務に復帰しているとの連絡は受けているので、元気になった二人に会えるのが何より楽しみだった。

二十章

いつものように森を抜けて馬車は駆け抜け、今ではすっかり我が家となったバルデュロイの王城へと帰還する。以前僕を捜しに出た時のエドガー様はその行動を公にせずに出発してこっそりと戻ったわけだが、今回は公務としてのロマネーシャ視察の帰りなので、騎士さんたちがずらりと整列する中へ馬車は迎えられる。エドガー様自身も、向かい側のライナスさんにとっても見慣れた光景なのだろう、特に何も気にしている様子はないが、僕とリアンさんは未《いま》だにその扱いに慣れずに少し緊張してしまう。

城の中庭で止まった馬車を降りる時に、先に降りたエドガー様が僕の手を取る。衆人環視の中でエスコートされるのはちょっと気恥ずかしい。迎えの人垣の中から僕を見つけて小走りに姿を現したのは赤い色彩が印象的な麗人。髪と一緒に揺れる赤い花、白皙《はくせき》の美貌《びぼう》。白と黒のクラシカルなメイド服のスカートが翻る。

「御子《みこ》様！　お帰りなさいませ！」

「リコリスさん！」

「お帰りをお待ちしておりました、本日より御子様付きの侍従としての職務に復帰させていただきたく存じます！　長らく不在にしましたこと、どうかお許しくださいませ」

「何言ってるんですか、あなたが休養していたのは僕のために頑張ってくれた結果じゃないですか。本当に良かった、それにお元気そうで安心しました」

「はい、万全でございます。これまで通り粉骨砕身お仕えいたしますので、何なりとご用命ください」

　スカートの裾《すそ》をつまんで優雅に一礼。現実感がないほどに美しいメイドさんのその完璧《かんぺき》な所作が懐かしく感じられて、嬉《うれ》しさが溢《あふ》れる。

「リコリスさんがいない間、他のメイドさんがお茶の用意や身の周りの手伝いをしてくださってまして、皆さん本当に良くしてくださったのですけれど、やっぱりリコリスさんの顔が見えないのは寂しかったです。こちらこそ今後ともよろしくお願いしますね」

「御子様……!!」

　リコリスさんは感極まったように表情を崩す。その後ろにはリンデンさんもいた。病室で見た白い寝間着のような恰好《かっこう》ではなく、いつも通りの宰相として仕事をこなす時のローブ姿に戻っていた。

　そしてリコリスさんはエドガー様にもご挨拶《あいさつ》をするが、お帰りなさいませ国王陛下、とさらっと一言義務的に流しただけだった。別に無礼を働いているわけではないが、最低限の礼儀だけしれっとやっておく、みたいな感じで僕への対応とは明らかに温度差がある。樹人というのは本当に『豊穣《ほうじょう》の御子』を信奉するものなのだなあ、と改めて感じる。

「御子様、さっそくお荷物をお預かり……したいのですが、それは私などが触れて良い物なのかどうか……」

「大樹の杖《つえ》ですか？　大丈夫ですよ、リコリスさんなら僕よりよっぽど大事に扱ってくれそうですし。お願いしてもいいですか？」

旅行鞄と一緒に身の丈ほどもある長い杖を差し出すと、リコリスさんはそれを恭しく受け取る。

「かしこまりました、責任を持ってお部屋までお届けいたします」

リコリスさんは炊事も行うので外出時以外はいつも素手だが、今日は珍しく白い手袋をしているのに気づく。大樹の杖を預かることになるかもしれないと思い、素手でべたべた触ってしまわないようにつけてきたのだろうか。あまりに素朴な見た目からはそうとは思えないけれど本当に国宝なんだなこの杖は、と改めて実感する。

なんだか懐かしくも思える自室に戻り、万歳のポーズでベッドに寝転がる。外出着のままでベッドに上がるのはちょっとお行儀が悪いかもしれないが、疲れと緊張が一気に解け

「私などにはもったいないお言葉……ありがたくちょうだいいたします」

　そう言ってリコリスさんは久しぶりに、完璧なメイドさんの顔ではなく、それ以上に魅惑的で愛らしい笑みを見せてくれた。本当に、綺麗な人だと僕はそれに見惚れながら頷く。

「御子様。互いの恋に、実りあらんことを」

　窓枠を撫でて薄いカーテンが揺れる。リコリスさんの祈るような声が窓の外の賑わいと混じる。

　今日も明日も、大樹は全てを聞き届けてくれるのだろう。

　地を満たす者たちの願いの声を。

白銀の王と
黒き御子
神狼と僕は永遠を誓う
茶柱一号
イラスト 古藤嗣己
特別番外編
望みし未来の
その先を
NOT FOR SALE
ホワイトハート 講談社X文庫
※無断複写・複製・転載・アップロード・転売を禁じます。

た気持ちよさで思わずやってしまった。馬車の中で座っていただけだが、座って揺られているだけというのも存外疲れるものだ。自然と出たあくびを一つ。やっぱり住み慣れた場所が一番心地《ここち》好《よ》い。

だがエドガー様は今も休めてはいないのだろう。バイス君から仕事の引き継ぎをされつつ、多くの臣下からの挨拶や報告などに対応しているはずだ。国王も楽ではない。後でブラッシングでもしてあげて、リラックスしてもらおう。

そうしていると部屋をノックする音があった。はい、と返事をすると、現れたのはリンデンさんだった。

「コウキ様、長らくの視察の旅と、御子としての御力の行使。浄化と豊穣それに治癒、民たちがどれほど救われたことでしょう……。本当にお疲れ様でございました」

「あ、豊穣の御子がロマネーシャの難民保護区を浄化して回っていたという噂《うわさ》はやはりこっちにも流れてきているんですか？」

「ええ、噂も耳にしていますし、騎士団からの正式な報告も届いていましたよ。本当に大義を果たされましたね。私など報告を受けるたびに御子様の成長と慈愛に感涙するばかりでなんの助けも出来ず、この身の無力さがただただ口惜《くや》しく……」

そう言いつつ本当に涙ぐみ始めるものだから僕も焦ってしまう。

「いいえ、最低限の責任を果たしてきただけですし、僕が豊穣の御子として歩み始めることが出来たのはリンデンさんにたくさんの知識をいただいたからです！　知ることってすごく大事ですよね、自分が何をしたいのか、するべきなのか、それを見つけるにもまずは世界の仕組みや御子のことを知って判断材料を手に入れないと何も始まりませんから。本当に感謝していますし、尊敬しています。リンデンさん」

ああ、と声を漏らしながらリンデンさんは両手で顔を覆い、背を震わせる。そこまで感動されてしまうとこっちはなんだか逆に冷静になってしまう。

「と、とにかく、これからも僕の良き先生であってください、頼りにしています！」

「はい、無論です……！　それとウィロウのこともお礼を申し上げます」

「あの方はあれからいかがですか」

「順調に回復しておりますし、ロマネーシャでのコウキ様のご活躍を報告したらたいそう喜んでおりましたよ」

「良かった……」

ウィロウさんがいずれ蔵書室の司書の仕事に復帰できる日が来るだろうか。あの死を覚悟したようながらんどうの私室に物が増えるようになれば良いな、と胸の奥で祈る。

「そういえばリンデンさん、大樹の杖のことなのですが、送り主をご存じだとか」

「ええ、まあ」

　僕とリンデンさんの視線がベッドサイドに立てかけた杖へと向く。一本はエドガー様が贈ってくださったバイス君とお揃《そろ》いの杖。もう一本は誰から贈られたのかも分からぬ国宝。

「誰かは教えられないというのはどういう事情なのでしょう。大規模な浄化をしっかりとやり遂げられたのはあの杖があったからこそなんで。譲ってくださった方にお礼を言いたいのですが」

「ご本人が素性を公にされたくないご様子でしたので、そのご意思を尊重して、というのが理由ですね」

　そんな話をしていると、ちょうどリコリスさんがお茶を持ってやってきた。

「御子様、それでしたらお手紙を書かれたらいかがでしょう。お住まいは私が知っていますのでこちらでお送りいたしますよ」

　手紙、というワードに僕は思わずびくりと反応する。先日のエドガー様へのラブレター誕生事件が頭をよぎる。

「……手紙は……文章を綴《つづ》るのは苦手で……」

「ご謙遜《けんそん》を。陛下へのお手紙は大変素晴らしい文章でしたよ？　恋に焦がれるお気持ちが存分に表現された甘い文面で、表現は少々拙《つたな》いところがありましたがそれがまた純情さをかもしだしていて大変愛らしく……」

「え!?　み、見たんですか！　あれを！　ゴミ箱に捨てておいたのに!!」

僕の言葉にリコリスさんはこくりとうなずく。

「せっかくしたためたのに机の上から屑籠《くずかご》に落ちてしまっていたので、私が拾って陛下のお部屋へ届けておきました。今頃ご覧になっていらっしゃるかと」

「嘘《うそ》……あ、ああ、あれを!!」

もうエドガー様にどんな顔して会えばいいのか分からない。あれは……あの危険物は焼却処分しておくべきだった……せめてぐしゃっと丸めておけばゴミだとしか思われなかっただろうに……!!　苦悩する僕の前で、うふふとリコリスさんは女優のように品良く微笑《ほほえ》む。……さてはわざとだな？　わざとですねリコリスさん!!

「あの、僕が捨てたと気づいていて拾いましたよね……？」

「だって私、御子様にはもっともっと幸せになっていただきたいものですから」

「エドガー様にあの手紙が届くことで僕がもっと幸せに……？　どういうこと……」

「御子様を末永く幸せに出来る方はきっとあの方だということです」

リコリス、よくやりましたと言わんばかりにリンデンさんも拳《こぶし》を握っている。僕はもうレターセットは永遠に引き出しに封印することを心に誓った。あ、でも大樹の杖を贈ってくれた方にはお礼状を書こう。

そうして悲しみにうなだれる僕にリンデンさんが優しく言葉をかける。

「そういえば本題なのですが、先日ガルムンバ帝国、皇帝ゼン様より正式な招待状が届きまして。建国記念の祭事があるのでエドガー様とコウキ様を招待したいと。要するに遊びに来て欲しいとのことです」

ガルムンバ帝国といえば、このバルデュロイの同盟国家で互いに関係は良好な国だ。ロマネーシャの騒動を治めるのに多くの兵を貸してくれて、確か皇帝自ら現場にまで来てくれていたという話を聞いた。確かに一度会ってみたい人だ。

「王族同士の公式訪問みたいな感じになるんでしょうか？」

「いいえ、公務ではなく私的に観光に来て欲しいそうです。ゼン様も皇帝としてというよりは友人としてエドガー様をもてなしたいのでしょうし、コウキ様にも会いたいのだと思いますよ」

皇帝と会うと考えると緊張するが、それなら少し気楽に行けそうだとほっとする。それにちょうどいい。僕の目的も果たせるかもしれない。

「ぜひ行きたいです」

「そう言ってくださると助かります。エドガー様の予定も調整できそうですし、ライナスもリアンさんに国外を見せてあげたいと言っていたので同行することになると思います。それとコウキ様の付き人兼護衛としてリコリスも連れていってください」

「分かりました、皆さんも一緒に来てくださって嬉しいです。リンデンさんは？」

「さすがに私まで国を空けるのはちょっと。それと、エドガー様がバイス様に一緒に行かないかと誘っていたのですが、バイス様は自力で満足に行動できるまでになってから、改めて公式に訪問して皇帝と挨拶を交わし、それからでないと遊びには行けない、と断っておられました」

「えっと……王族のマナーとかは僕には分からないのですが、そういうものなのですか」

「本来はそれが望ましくはありますね。物事には順序がありますす兄様、とエドガー様の方が諫《いさ》められていましたよ」

バイス君は真面目《まじめ》だな、と感心しつつ、僕は自分の目的についてリンデンさんに尋ねてみる。もちろん浄化のことについてだ。

せっかく他国を訪ねるのならば、現地の人々の病を浄化してあげたいし、豊穣の力で大地も正常な状態に戻してあげたい。だが、よその国で勝手をするわけにもいかないので当然皇帝であるゼン様に可否についてお伺いすることになるだろうが、そういう相談をしても大丈夫なのだろうか。そう尋ねるとリンデンさんは思ったより気楽に頷《うなず》いてくれた。

「ゼン様は鬼人でいらっしゃるので見た目は恐ろしいかもしれませんが懐の深いお方です、きっと了承してくださると思いますよ」

「そうですか！　良かった、頑張らないといけませんね！　せっかくの同盟国であれば末永く仲良くしてもらいたいですし！」

こうしてガルムンバ帝国訪問が決まり、出発は七日後に決まったとその日の夜に教えられた。その連絡をしに来てくれたリコリスさんに封筒を手渡される。

「これ……」

「エドガー様からのお返事です」

「やっぱり見られてた!!　どうしよう……もう……」

部屋に戻ってから慎重に開封して中の便箋《びんせん》を開くと、想像より繊細な文字で短い文章が綴られている。

『手紙をありがとう、嬉しかった。我にとっては何よりの贈り物だった。返事を書きたかったがどう書いていいか分からなくなった。今夜迎えに行く』と書いてあり、最後には『我が最愛の君へ』と締められている。僕は顔を真っ赤にしながら便箋を畳み、その手紙を大切に机の奥にしまい込んで、代わりにブラッシング用のブラシを取り出した。

＊　＊　＊

頭上に生命の大樹、周囲に深い森。全方向を緑に囲まれた立地の王都バレルナとは違い、ガルムンバ帝国は海に臨む海洋国家の一面もあり、同じ季節でも気候がまるで違うのだとリコリスさんが教えてくれた。そして僕の荷造りは駄目出しされる。

「この時期の気温と湿度を考慮しますとこの上着は要りませんね、代わりに薄手の長袖《ながそで》を。今回は国内を歩く時よりも少し開放的な装いで、色も爽《さわ》やかなものを。肌着も新品を一式用意いたします。それと帽子も替えましょう、通気性の良い生地で少しつばの広い仕立てのものを探してきますので少々お待ちを」

鼻歌でも歌い出しそうなご機嫌な様子でクローゼットの前を行ったり来たりして僕の手荷物を詰め直すリコリスさん。リコリスさんの自分の荷物はきっといつものメイド服の替えが入っているだけなので、いろいろな服をチョイスできる僕の荷造りの方が楽しいのかもしれない。女の子は洋服のコーディネートとか好きだろうし……違った、男の子だった。油断すると本当に間違えてしまう。

「すみません、自分でやると言っておいて結局二度手間で余計に手間をかけてしまって」

「いえ、そもそもこういった支度は私たち侍従の仕事ですのに、ご自分で用意なさろうとするコウキ様の自立心はご立派ですよ」

「僕の住んでいた世界では大人は自分のことは自分でやるのが当たり前なので」

いや、元の世界でも王族レベルの人は付き人任せにするのが普通なのかもしれないが、とりあえず僕はそういう生活を知らない。脚の障害のこともあり、ただでさえいろいろな場面で人に手伝ってもらい、迷惑をかけることもあった。だからこそ自分で出来ることは自分でやろうという習慣が身についている。何から何までお世話をされてしまうこの環境には未だにちょっと慣れていない。

しかし海に臨む国か。僕も島国育ちなので海の景色は親しみがある。どんな場所だろうと今から少し期待に胸が騒ぐ。大切な使命を抱えた旅ではあるが、せっかく皇帝陛下直々に招いてもらった旅行でもあるのだ、楽しむのも礼儀の内だろう。完成した旅行鞄の横に大樹の杖も置いて、準備完了だ。

こうして荷造りを終えて馬車に乗り、目指すは南東。

今回用意されたのは長距離用の大型馬車。予定通り五人と一匹の神獣が乗り込み、そこに荷物も積み込んだが狭さは感じない。ロマネーシャへと向かうには森の中の道を抜ける必要があるのであまり大型の馬車を使うと不都合があるらしいが、今回向かうガルムンバ帝国は昔から国交が続いているせいか両国間をスムーズに移動できるようにかなりの広さの街道が造られていた。

森の中を通る幅広でレンガ敷きの道は緑一色の景色を抜けた先にも延々と続く。舗装もしっかりとしていて馬車は乗客を揺さぶることもなく滑らかに進む。心なしか馬たちものびのびと駆けているように見える。ときどき行商らしき大荷物を積んだ馬車や、急ぎの荷物や手紙を運んでいるような単騎とすれ違う。確かに国同士の交流は盛んであるようだ。

窓の外は広々とした野原、ゆったりと雲が流れる青空の下でレンゲソウのような草花が群生している。点在する低木もツツジに似た桃色の花を咲かせており、山肌全体が薄桃色に染まって風に揺られている光景は大変華やかだ。風の香りまでもが心なしか甘い。僕とエスタス君が揃って窓枠に張り付いて外を見ていると、背後でライナスさんが語りだす。

「すげえ桃色だろ」

「ええ、すごいですね！　ちょうど花の時期で道中の景色も見頃ということでこの時期に招待をしてくださったんですかね、皇帝陛下は」

「まあ一年のうちの三分の一くらいはこんな景色だがなあ。この辺は高原だからな、けっこう雪が積もる。冬と、冬季が終わった春先のつぼみの時期以外はずーっと咲いてるぞ」

「花の時期が長くていいですね。僕の故郷にもサクラという桃色の花を大量に咲かせる樹《き》が一斉に開花する時期があって、とても見ごたえがあったんですけど、すぐに散ってしまって半月程度しか見頃がないんですよね」

「へえ、背の高い樹が桃色になるのか、そりゃあ派手でいいな！　ちなみにこの高原一帯はまるで山が頬《ほお》を染めてるように見えるってわけで初恋ヶ原という名前がついている」

「素敵な名前ですね！　ちょっと気恥ずかしいけど甘酸っぱい感じで可愛《かわい》いと思います

「……！」

「まあ俺が今考えた嘘なんだけどな。信じちゃったか？」

「嘘なんですか⁉」

「いや、どう考えても初恋ヶ原はダサ――いてぇっ‼」

僕の突っ込みと共にエドガー様のげんこつがライナスさんの頭にごつんと落ち、リコリスさんのブーツの先がライナスさんのズボンのすねをがつんと蹴《け》り上げた。

「コウキをからかうな」

「御子様に無礼な真似《まね》をなさらないように」

「コウキ様、申し訳ありません……」

リアンさんにはなぜか謝られた。あっあれ、いつの間にかリアンさんがライナスさんの保護者担当に……？

途中、馬車を止めて花畑を散策したり、ちょっとした観光地のようになっていた峠の売店で花の花弁から絞り出した色を混ぜて作ったという見事な桃色の丸いパンを食べてみたりと、観光を楽しみつつ旅路をゆく。

やがて長い長い下り路《みち》をゆく先になだらかな青い水平線が広がった。海だ。遥《はる》かな海洋を背負った大きな国が望める。途端に風の匂《にお》いが変わり、わずかに潮の香りがした。わあ、と僕が身を乗り出して外を眺める。リアンさんは海を見るのは本当に初めてなのだろう、僕の横で目を丸くしていた。

「あれが海なのですか……遥か彼方《かなた》まで全《すべ》て水が溜《た》まっている……」

「リアンさん、水溜まりじゃないんですから。間違ってはいませんけれど」

「地図に描いてあったことは本当だったのですね」

疑っていたらしい。海という水溜まりがこの大陸を囲んでいる？　そんなに水ばっかり大量にあるわけがない、と思っていたのだろうか。まあ、今まで川や池しか見たことがなければそれも仕方のないことだろう。写真はなくとも海を描いた写実画くらいはあるだろうが、奴隷生活を送っていたリアンさんが芸術作品を見る機会に恵まれていたとは思えないし。

「あの水は全部飲めないくらいしょっぱいんですよ、塩水なんです」

僕は人に何かを教えられることが嬉しくて少しだけ得意げにリアンさんに教えてあげたのだが、全員の視線が一斉に僕に向けられる。不思議そうな表情が並ぶ。

「塩水……？」

エドガー様が小さく首を傾《かし》げる。僕をどこか心配したような顔で。そこで僕は気がついた。僕の世界の海とこの世界の海が同じだとは限らないということに。

「確かに海水に塩分は含まれると聞くが、感じ取ることは出来ん濃度だと思うぞ……？」

「そ、そうなんですか」

まさかこの世界の土壌や岩石には塩素やナトリウムがほとんど含まれていないというのか？　獣人や樹人というものが存在していたり、見たこともない植物がいろいろあったりとこの世界の生物相は確かに僕の常識の向こう側だが、金属や石材の質感は同じだ。生き物が違う進化の仕方をしただけで、物理法則や元素の仕組み的にはほとんど同じ世界だと思っていただけに驚いた。

まあでも豊穣の御子なんてものが存在していて、癒《い》やしや浄化、不可視の力を操っているのだから今更もう何があっても驚くようなことではないのかもしれない。

「違ったみたいです……嘘を教えてごめんなさい」

リアンさんにそう謝ると、リコリスさんが割って入ってくる。

「いいえ、御子様がしょっぱいとおっしゃるのならばしょっぱいのです。御子様が鳥は海を泳ぐと言えば泳ぎますし、魚が空を飛ぶと言えば飛ぶのです。それが世界の真理。御子様のお言葉に間違いなどあるはずがないのです。ですから、海の水は塩辛いのです。皆様方、よろしいですね？」

リコリスさんが僕の発言に合わせて現実の方を改変し始めた⁉

「ん、まあ、そうだな。うむ」

どうして受け入れてしまうんですか⁉　エドガー様の知能が急降下している⁉

「そうですね、分かりました」

リアンさんは確かにそうだな、みたいな顔をして間違った知識を植え付けられている！

「いやさすがにそれはないだろ」

ライナスさんが一人常識人枠に踏みとどまったが皆に完全に無視されている！

僕の不用意な発言のせいで海という存在に対しての認識が歪《ゆが》んだが、そんな会話をしているうちに馬車はガルムンバ帝国の目の前まで迫っていた。

どうか僕の不用意な発言のせいで大樹の力とかが変に作用して突然この世界の海水が塩辛くなりませんように……。


森に沈むように存在しているので分かりにくいが、石の城壁で囲まれたバルデュロイもそれなりに物々しい造りではあるのだろう。だがここ、ガルムンバ帝国はそれよりももっとはっきりと堅牢《けんろう》な建造物で帝都を囲っていた。ベースは石材だがそれを何本もの無骨な鉄骨が支えている。全体的に黒っぽい色彩の高い壁が延々と続いていて、塀の上を見張りの兵が歩いているのが見える。

「守りの堅そうな、少しだけ物々しさのある国ですね……戦争とかがあった名残でしょうか？」

「ああ、東の大国は今は三国だが昔はもっと多くの国がひしめき合っていた。領土を奪い奪われを繰り返し、互いに首都を攻め滅ぼそうとしていた歴史もある。かなり昔のことだがな。以後そういった歴史を繰り返さんために造った堅固な壁だ。どうせ落とせはしないのだから無駄に攻め込んでくるな、という威嚇だな」

「なるほど、平和のために強い国を演出するのですね……」

僕らの訪問はすでに連絡が行っている、そのおかげで入国者を検査しているのであろう巨大な大門もノーチェックで通過する。周辺の兵士全員が集まり旗を掲げて訪問を歓迎してくれて、皇帝の居城まで案内するという騎馬の案内役が付いた。

街中は高低差の激しい造りでどこも基本的に坂道、隙間《すきま》があればそこに階段、そしてひしめき並ぶ建築物のあちこちにぶら下がる色鮮やかな看板。民家に商店、専門店。食事処《どころ》が異様に多いように見えるがどこも賑《にぎ》わっている。

たまにちらりと見える裏通りにはなんだか怪しい雰囲気のお店も多い。悪く言えばごちゃごちゃしているが、個人的にはおもちゃ箱をひっくり返したようなわくわく感がある街並みに見える。割と美しく都市計画がなされて管理されているように見えるバルデュロイやロマネーシャとは対照的に、この国は民間の活気と勢い、商魂がそのまま街になったようだ。

「いつ来ても賑やかだな」

ライナスさんのその気性に確かに合いそうな国だなと思う、ご機嫌な様子だ。逆にエドガー様は賑やかさより静けさの方が好きなのか何も言わない。たまに観光に来るくらいなら楽しめるが住みたいとは思わないのだろう。リコリスさんはいつもと変わらぬ綺麗《きれい》な微笑のまま、何を考えているのかはよく分からない。そして僕とリアンさん、世間知らず組は街並みに釘《くぎ》づけだ。

「どこもかしこも人が多いですね、それに建物も風変わりで……ひえっ」

「うわっ」

ちょうど僕らは鮮魚店の目の前を通過。軒先にアジに似ている魚のひらきの干物らしきものが吊《つ》るされていたのだが軽く全長三メートルはあり、僕とリアンさんが揃って小さな悲鳴を上げる。何あれ、怖い。

「ご飯屋さんが多いですね。そこも、向こうも、あっちにも何軒もありますよ」

僕の発見にリアンさんが頷き、リコリスさんが解説をくれる。

「この地域の民は文化的にほとんど自炊をしないそうですよ。お茶を淹《い》れるくらいのことしかしないので、しっかりとしたキッチンのある家は稀《まれ》だとか。ですので外食産業が盛んです」

なるほど、食材もご家庭向けではなく業者用なのかもしれない。

僕らの馬車の意匠を見ただけでバルデュロイからの客だと分かったのだろう、通り過ぎる土産《みやげ》物店の主人が、ご旅行の最後にどうぞお立ち寄りをー！　と威勢のいい声をかけてきた。


そして辿《たど》り着《つ》いた皇帝の居城。いわゆる西洋式の城と同じベースではあるのだが、屋根が西洋瓦《せいようがわら》だったり、鳥居のように朱色に塗られた柱が建物に使われていたりと、どこかアジアの雰囲気を感じさせる不思議な建物が街の中央に陣取っていた。二階建て程度、横には大きいがあまり高さはない。城というよりは大富豪の巨大な邸宅に見えるし、庭園などがなく、城もランドマークとして街の一部であるようだ。

「お城が塀とかで囲われていないんですね」

地域によって城の在り方もそれぞれ違うのだなあと思いつつエドガー様に語りかけると、首を振られた。

「いや、国を囲んでいた大きな塀、あれが城壁だ」

「え……？　じゃあ僕ら、さっき入国したんじゃなくて入城してたんですか？」

「そうだな。街も城下町なのではない。城の庭に民が勝手に住居や店を建てて住み着いてしまっているので、住み着いた者は全員国民として認定しているらしいぞ」

「え？　ここ全域が、全部巨大なお城という扱いなのですか⁉」

「ああ。一つの城がそのまま国になっているのだ。書類上の正式な領土はこの塀の中だけ、外のガルムンバ領はガルムンバが管理を引き受けている近隣の土地、ということになっているな」

「なんでそんなことに」

「詳しい歴史についてはリンデンあたりに聞くと必要以上に詳しく語ってくれるぞ。ゼン本人は人も街も全て俺のものだ、と自慢げに語っていたな」

呆《あき》れたような物言いだったが、その遠慮のない言い方にはエドガー様とガルムンバ皇帝ゼン様の、気が置けぬ関係が感じられた。それにしても皇帝さんは随分と豪快な人であるようだ。


「よく来たな!!」

筋骨隆々たる堂々とした腕組み、立ちはだかるような仁王立ち。案内された居城の謁見の間らしき部屋で悠々と待ち構えていたのは、頭部に二本の角を生やした大男だった。まとう衣服は帯まで全て炎の色、赤銅色の髪までもが燃え立つように暴れている。

大きい。とにかく大きい。エドガー様やライナスさんも相当だがゼン様はそれより一回り体の全てが大きく、しかも頭上の角のせいでさらに大きく見える。そして第一声も部屋中をビリビリと震わせるほどの大音声《だいおんじょう》。僕はその迫力を前に思わず固まってしまった。

鬼人という種族を見るのは初めてではない。だがゼン様はその体格も角のサイズも、豪胆な雰囲気も普通の鬼人とはまるで違う。

「おお、前回見た時とは顔つきが違うな、神狼《しんろう》殿！　荒獅子殿も嫁御殿も健勝そうで何より！　お前は以前にロマネーシャで会った樹人の娘っ子だな、久しいな！　そしてそちらが豊穣の御子か。ふうむ、小さいな！」

あなたが大きいんだと思いますと心の中、小声で突っ込んだ。リアンさんは一瞬なんのことか分からないといった様子だったが、三秒後くらいに自分が勝手にライナスさんの奥さんにされていることに気がついて表情を固まらせていた。

「俺はガルムンバ帝国皇帝、ゼンだ‼　よろしく頼む！」

打ちつけるような大声、だがそこに迫力はあっても恐怖は感じさせない。こんなにも怖い造形をしているのにどことなく良い人そうには見えるのだ、不思議な人だ。

「初めまして、森村光樹《もりむらコウキ》です。えっと、『豊穣の御子』をやらせてもらっています。よろしくお願いいたします！」

皇帝に対して失礼があってはいけないので初めての挨拶の台詞《せりふ》もしっかりと考えてきたのだが、彼のド迫力の前に全て吹き飛び、定型文しか出てこなかった。

こんなところで堅苦しく話しても、というゼン皇帝のご意向で、僕ら一行は城を出て徒歩で城下へと向かう。

＊　＊　＊

僕とエドガー様は途中で馬車へと、中に残してきたお昼寝中のエスタス君を迎えに行った。さすがによそ様のお城にペットを持ち込むのはどうかと思ってお留守番をさせておいたのだが、そろそろ心配だ。僕らの気配で眼を細く開いた寝起きのエスタス君はよじよじと僕の体をよじ登って肩まで上がってくるとまたそこでウトウトし始めた。

「エドガー様、どうしましょう……。食事にペットを連れていくのは非常識ですよね」

「いや、マナーの問題ではなく、神獣を本来の生息地から連れ出していると大々的に知られるのはどうかと思ってな……。だがゼンは気にせんだろう。連れていこう」

エドガー様が良いとおっしゃるなら大丈夫かな、と思いつつみんなのところへ戻ろうとすると、エドガー様が肩の上のエスタス君をひょいっと持ち上げて自分の片腕で抱いた。エスタス君は少し嫌そうに身をよじったが、すぐに大人しくなってまた眠り始めた。

時刻はもうすぐ夕暮れ。海からの西日がうっすらと茜色《あかねいろ》に染まり始めている。夕餉《ゆうげ》として、今から行きつけの料理店を案内してくれるらしく、一番前を歩くのは大柄な体に見合った大きな歩幅でずんずんと進むゼン様だが、それを兵士たちが誰も止めない。

行ってらっしゃいませ、と軽く会釈をしてくる程度だ。国の主《あるじ》が護衛の一人も付けないで堂々と出歩くのもすごいし、それを配下の兵士たちがまったく気にしていないのもすごい。どうなっているのだろう。

国内……いや城内がものすごく治安が良いというわけでもあるまい。なんとなくだが見た感じバルデュロイよりも民たちの間に貧富の差が見えるし、区画整理がなされていない街並みには単純に死角も多い。どこに何が潜んでいるのか分からない。

それに行きつけの飲食店があるということは、食事も民と同じようにその辺の店でとっているのだろうか。城にキッチンや食事用の広間がないということがあるのか？　食事に毒か何かを混入されて暗殺されてしまうという危険性はないのか？　疑問は尽きない。

同じく国のトップであるエドガー様は出かける時には、どこになんの目的で向かい、どういうスケジュールで動くのかを騎士団の中でも近衛《このえ》であろう人に毎度伝えているようだし、必要なら当然お供が付く。出発も帰りも出迎えの騎士がずらりと並ぶ。そして城以外で何かを食べることは基本的にしない。道中も馬車の中ではいつもの糖蜜《とうみつ》パイを食べていたが、途中パンなどの買い食いはしていなかったし、僕自身もリコリスさんが毒見をしてからでないと渡してもらえなかった。

そういう王族であれば当然の警戒をする僕らに比べてあまりに無防備なゼン皇帝を僕はそっと眺める。エドガー様に楽しげに話しかけつつ、物珍しそうにエスタス君をそっと指先でつついている鬼人。その大きな背中は張り詰めた筋肉で逞《たくま》しく盛り上がっていた。

さすがに不思議だったので後ろにいたライナスさんに尋ねてみる。この国には何度も来たことがありそうな雰囲気だったし、将軍ともなれば他国の元首のことや風習についても知っていることが多いだろう。

「ここの皇帝さんはいつもお供も付けずにお出かけをなさるのですか？」

「必要ねぇからなあ」

「いや、要るでしょう。万が一暗殺を企《たくら》む輩《やから》に襲われでもしたらどうするのですか？」

「返り討ちだな」

「確かにすごく強そうな、いかにも武人といった方ですけれど、だからといって襲撃者を皇帝自身に撃退させるのはおかしいでしょう」

「ここはそういう国なんだよ。皇帝たるもの、何よりも誰よりも強くあらねばならないってのがしきたりだ。自分で自分の身も守れねえ程度の奴《やつ》は皇帝として君臨する権利も資格もねぇんだよ」

「そんな滅茶苦茶《めちゃくちゃ》な……食事も普通のお店でしているみたいですし」

「毒程度を恐れてちゃあガルムンバ皇帝として恰好がつかないからな」

「恰好を気にする場面じゃなくないです？」

「まあ鬼人は毒や薬物に対してかなり耐性があるしな。その辺無頓着《むとんちゃく》なんだろうよ」

「そうなんですか？」

「その辺は種族によって相当違うな。鬼人みたいに何を喰《く》ってもけろっとしてる奴もいれば、かなり繊細で環境の変化だけで体調を崩すような種族もいる。樹人と獣人だって効く毒の種類がまるで違うし、あと俺は幼少期から訓練してるからあんま毒は効かねえ」

「なるほど、それでライナスさんは躊躇《ちゅうちょ》なく買い食いをしているんですね。もしかしてエドガー様の毒見役としてですか？」

「まあそういう仕事が急に回ってきても困らんようにしてあるってだけだ」

「あ、樹人は効く毒が違うということは……」

リコリスさんの毒見は実はあまり意味がないのでは？　と思ったのだが、僕のためにいつも体を張ってくれているリコリスさんの前でそれを言うのはさすがにひどいだろうと口をつぐむ。そんな僕の様子を察してリコリスさんが小さく笑う。

「私に効くかどうかではなく、味や刺激で判定しております。現在確認されている現存する毒の風味は全て記憶しておりますので。パンに混ぜて焼き上げようと味の濃いものでごまかそうと、必ず見抜いてみせましょう」

リンデンさんは蔵書室の本をほとんど記憶してしまっているらしい知識の宝庫だが、リコリスさんの方は毒の味を知り尽くした感覚系の達人だったのか。だがそのとんでもない特技をライナスさんが鼻で笑う。

「今後、無味無臭の毒が開発されねえといいな?」

「その時はその毒が樹人にも効いてくれることを願うしかありませんね。それでもご自身の無駄な頑丈さと無駄な生命力と無駄な胃袋の強さで毒をそのまま美味《うま》い美味いと食べてしまいそうなどこかの可哀想《かわいそう》な脳筋猫《のうきんねこ》よりは私の方が役に立つかと存じますが……」

また二人の間に一触即発の空気が流れる。その辺にしておけというエドガー様の一喝でその場はなんとか収まった。


到着したのはまるでキャンプ場にあるバーベキュー設備のような、屋根と柱があるだけで壁すらない大変開放的な食事処だった。屋根の下には大きなテーブルとたくさんの椅子《いす》が並び、あちらこちらでテーブルを囲む人々が大いに盛り上がっている。食事だけでなくお酒も提供しているようで雰囲気はまるで宴会場だ。厨房《ちゅうぼう》には何人もの人がせわしなく働いていて、テーブルの間をエプロン姿のウェイターが忙しそうに行き交う。

一番大きな円卓に案内され、そこにどかりと座るゼン皇帝は自慢げに告げる。

「ここは俺の行きつけでな！　夏は暑くて冬は寒いし嵐《あらし》の日には雨風がビュンビュン吹き込んでくるのが難点だが、とにかく美味《うま》い、そして安い！　俺のおごりだ、なんでも頼め！」

水のグラスを六つ載せたお盆を持ってやってきたウェイターの青年が冷徹な表情でその発言に突っ込みを入れる。

「風通しが良すぎる店ですみませんね。実は以前皆に頼まれたからって酔っぱらってここで剣技を披露して当店の壁を四方全部ぶち抜いたアホなお客様がいらしたので、それ以来こうなってしまいましてねぇ？」

「その件については謝罪したし弁償もしただろう、なぜ壁を直さん」

「さすがに三度も壊されたら修理するだけ時間の無駄だって気づくし」

「がはは、すまんすまん！」

口では謝りながらもゼン様はなぜか笑顔でウェイター君の尻《しり》を撫《な》でていた。そのあまりに堂々とした痴漢っぷりに僕は驚いたが、ウェイター君の方は平然としている。そしてライナスさんが呆《あき》れたように僕に教えてくれる。

「気にすんな、つか気にしたら負けだ。あのウェイターは街中にいっぱいいる奴の愛人の一人だ」

「いっぱい……」

「前にこの店に来た時にしれっと自慢されてクソ悔しかったが、今日は俺もカワイイ狼《おおかみ》ちゃんを連れてきたので全然悔しくない。むしろ俺の方が勝っている。さすがは俺のリアンだ」

だが人前でそういうことをするなと言わんばかりにウェイター君のお盆がゼン皇帝の頭にヒット。金属と頭蓋《ずがい》がぶつかる硬質な音が響く。平らな面ではなく縦にして垂直に叩《たた》いたのは頭の角を避けるためだろう、結果的に殺傷力が上がったのは偶然だと思いたい。

同時にリアンさんの肘鉄《ひじてつ》がけっこうな勢いでライナスさんの脇腹《わきばら》に突き刺さっていた。

ゼン皇帝が適当にと雑な注文をするが、いつものことなのかウェイター君は困った様子もなく頷いて、厨房に注文を通している。そうして最初にいきなりお酒が出てきた。食前酒なのだろうが、大ジョッキ並みの容器になみなみと注がれてしまう。色は琥珀色《こはくいろ》、香りは奥深くまろやか。酒は飲めないわけではないが強くもない。こんなに飲めるだろうかと不安になるが、エドガー様がすかさず助け舟を出してくれる。

「コウキ、無理はしなくていい。ただでさえお前は食が細いしな」

「ガルムンバ帝国では食前酒は多めに注ぐものなのですか？　そういう作法であれば僕もそれに従いたいなと」

「そんな文化はない。ただの奴の趣味だ」

「あっそうなんですね。残したら失礼というわけでも……？」

「こんなに注ぐ阿呆《あほう》に付き合わんでいい。残ったら我が飲むから気にするな」

アホと称されたガルムンバ皇帝はすでにジョッキを掲げてぐいぐいと食前酒を飲み干している。ぷはあ、と勢いよく音を立てて良い笑顔。

「旨いっ!!」

すでにジョッキはカラだった。信じられない。

そして次々に料理が運ばれてきてあっという間にテーブルはいっぱいになる。僕の目の前に置かれたのは肉団子の野菜あんかけみたいな大皿。香ばしい匂いで美味《おい》しそうだが、僕には材料すら分からない。異世界の、さらに異国の料理。戸惑う僕を見てすぐに隣のリコリスさんが解説をしてくれようとしたのだろうが、さすがにリコリスさんは周囲の状況に敏感だ。エドガー様が何か言いたそうにしているのに気がついてそっと身を引く。

「コウキ、これは城でいつも出るソテーの肉と同じ家畜のもので、ガルムンバ特産の果実をソースに使っていて……向こうはこの近海の名産の魚で……」

少し嬉しそうに解説してくれるエドガー様。リコリスさんは陛下と御子様の時間をお邪魔してはいけませんね、とばかりにすっと気配を消してみせた。この世界のメイドさんは毒の味にも詳しいし、気配も消せるし、気配りまで完璧すぎる。

「んー、君は何を食べるのかなぁ?」

さっきのウェイター君がエドガー様の太ももの上に乗っているエスタス君を眺める。エドガー様は少し考えて返答する。

「味付けのない生野菜を頼めるか」

「ドレッシングとトッピングなしのサラダでいいのかな？　かしこまりましたー」

エスタス君は用意してもらったサラダボウルに顔を突っ込んでムシャムシャ食べ始め、ウェイター君は見慣れぬペットの食事風景に大喜びだった。

「可愛いーー！　草食なんだ。俺もこういうの飼いたいな」

こんな感じの愛玩《あいがん》用トカゲがどこかで売っていたら買ってきてよ、大事に飼うから、とウェイター君がゼン皇帝におねだりしに行っている。まあ売ってはいないのだけれど……。

いろいろな料理を取り分けてもらい、中には変わった味のものもあったがどれも美味しくいただけた。四方の壁が吹っ飛んでいるワイルドな店構えだが、それに反して料理は繊細、丁寧な仕込みからは料理長の料理への愛が感じられた。

肉と魚と野菜が所狭しと色とりどりにテーブルを飾ったが、僕よりずっと多く食べる獣人の皆、そして獣人よりも明らかに大食漢なゼン皇帝のおかげでそれも綺麗になくなってゆく。

食前酒はやはり多かったが意外にも味は薄めでさっぱり、甘味もほとんどなく角のない優しい口当たりで度数も控えめ。水代わりとまではいかないが大変飲みやすく、一杯は飲み干せた。主食は炊き込みご飯のようなもので、贅沢《ぜいたく》に貝柱がたくさん入っていた。

陽《ひ》も完全に落ちて空は星の海、宴《えん》もたけなわという頃、今までは近況だとかここまでの旅路はどうだったとかそういう話題を出していたゼン皇帝が、急にロマネーシャでの件について語りだした。

「しかし御子殿の奇跡には驚いた！　あの森を一瞬にして造り上げたという力の規模、それから土地そのものを浄化して生き返らせた、それどころか病人まで浄化して回ったと。こうもポンポンと奇跡を連発されるともう逆に驚かんな！　ロマネーシャの連中が再臨せし聖女の巡礼だとかなんとか言って騒いでいたが、あれは豊穣の御子というのだと訂正しておいたぞ！」

「あ、ありがとうございます、出来ればもう聖女……とは呼ばれたくないので。そうだ、ゼン皇帝もたくさんお力を貸してくださったと聞いています、本当に何とお礼を申し上げたらよいか」

「礼を言われるほどのことはしていない、と恰好を付けておきたいところだが、実際かなり金と兵を出して支援したのでな。御子殿に見返りを期待してもよろしいか？」

「えっ、はい、僕に出来ることでしたら！」

予想外の返しに少し焦ったが、僕のしたことの後始末を手伝ってくれたのだ、何か出来ることがあればしたいというのは本音だ。それに無茶なことは言われまい。きっと心根は優しい人だ。あんなにも大柄で一歩の歩幅も僕とは違うのに、このお店に到着するまでの間、先頭の彼が僕の遅い歩行ペースに合わせてくれていた。

「ゼン！　バルデュロイに恩を売るのは構わん、だがコウキ個人に何かを要求するな」

少し険しい口調でエドガー様が割って入るが、向こうはどこ吹く風だ。

「こちらとしては、今バルデュロイに望むことは特にない、今後も仲良く国交を維持してくれていればそれで良い。用事があるのは御子殿にだな！」

妙なことを言い出したら許さんと言いたげな顔でエドガー様はゼン皇帝を睨《にら》む。だが皇帝は僕をじっと見つめ、酒が入った赤ら顔を少し真面目に整えて語った。

「御子殿、我が国にもあの体が灰色に枯れる病に苦しむ者が多くいる。貴君の負担にならない程度でいい、可能なだけでも救ってはくれないだろうか？」

「あ……それは……！」

「魔術や魔力の関《かか》わることは俺にはよく分からんのでな、力と土地の相性などもあるのだろう？　生命の大樹から遠いこの地で豊穣の御子の力を使うのは難しいようであれば無理はしてくれるな。出来たらで構わんし、治すのが無理でも、症状を抑えることや病の進行を抑制するだけでもありがたいのだが」

「いえ！　きっと出来ます、出来るまでやります！」

「いや、無理をさせたくはないのだぞ？」

「違うんです、僕がやりたいんです。この旅にお誘いいただいた時から考えていました、ガルムンバ帝国でも浄化が出来ないかと。やらせてもらえるよう、皇帝陛下にお願いしてみようと思いながらここまで来たのです」

「そうか……御子殿は初めから」

「ええ、そのつもりでちゃんと大樹の杖も持ってきました。どこまで出来るかは分かりませんが、出来るだけのことをさせていただきたいです」

ぺこりと頭を下げると、向こうもまた机に額を擦《こす》り付けるほどに深く頭を下げてきた。

「まことにありがたい。よろしく頼む、御子殿」

エドガー様は横で少し苦い顔をしていたが、最後には諦《あきら》めたように小さくため息をつき、コウキがやると言うのなら自分は支えるだけだと決意を新たにしたように表情を変える。本音を語る僕は存外わがままだということ、頑固な面もあるということ、それを知って、それを含めて僕を受け止めてくれる彼という存在が何より嬉しい。

まあ思惑は最初から知られていたのだろう。馬車にこっそり詰め込むには大樹の杖は長すぎる。

テーブルの上の大皿小皿が片づけられ、デザートが出てくる。海を背負う海洋国家の一面を持つガルムンバ帝国自慢のオーシャンビューを模した真っ青にきらめくシャーベットで、味は爽やかなライム系だった。冷凍庫などない世界だ、凍ったデザートは少し珍しいのだろう。久しぶりに食べる氷菓子は舌の上で甘く溶ける。その風味を堪能《たんのう》しながら浄化についてゼン皇帝と相談を続ける。

「ロマネーシャの時と同じように、人ではなく空間を対象に浄化をかけた方が上手《うま》くいくと思いますので、大人数を一ヵ所に集めてくださると助かります」

「なるほど、分かった。では優先度の高い者から順に集めるように手配しよう！」

ゼン皇帝のこの発言に対し、自由な気風のこの国にもやはり皇帝に近しい者や貴族や富豪や、そういう特権階級の人たちがいるのだろうな、と思ったが、実際には単純に年齢の低い者から優先、という平等かつ単純な基準だったため、乳幼児ばかりが集まって第一回の浄化はまるで病児保育所みたいな光景になってしまうのだが、今の僕はそれを知る由《よし》もない。

そして場所も王城の前の広場と決まり、日程は六日後の午後になった。全国民に集まれと声をかけるだけでも電子通信のないこの世界では大変だし、国民だって病気を抱えた体で、言われてすぐに動けるわけもない。そのあたりの事情を考慮すれば六日後というのはかなり頑張ってくれた日数なのだろう。

「よし、話もまとまったな！　では御子殿は本番まで英気を養っておいてくれ。観光も我が国の大事な産業の一つなんでな、飽きさせはせんぞ」

「はい、この国の景色や街並み、いろいろ楽しませていただこうと思います」

「それに今回招いたのには一つ大きな催しがあってだな！　明後日《あさって》から国を挙げての大武芸大会が始まるのだ。国内に止《とど》まらず国外からも多くの参加者と見物人が集まる。それで今は普段より国中が活気に満ちているのだ」

「武芸……格闘技の大会ですか。それは盛り上がりそうですね」

「ふむ、別に徒手で格闘しても構わんが武器を使う者がほとんどだな。良かったら貴君ら一行も参加してみてくれ。腕の立つ者も多そうだしな！」

そう言って豪快に笑いながらゼン様はこちらの面々を眺める。見物じゃなくて参加は……さすがに無理ではなかろうか。実戦ではなく試合とはいえ武器で戦うなんて、下手をしたら怪我《けが》では済まない。現に国王という立場のエドガー様は呆れた表情をしているし、ライナスさんも苦笑しながら首を振っている。

「とりあえずエドガーは荒事には関われねえな。万が一の事態になったら国交断絶どころか戦争勃発《ぼっぱつ》だぞ。いや、うちとここが戦争なんざしなくとも……」

ライナスさんがちらりと僕を見る。

「神狼を失った御子が絶望で世界を破滅に突き落とすだろうから全人類終了だな」

「僕のせい⁉」

「あと俺も出ねえぞ。一応他国の将軍だぜ？　よその国の祭りで暴れるのはさすがにしゃしゃり出すぎだろ」

何だつまらん、とゼン様は不機嫌顔をするがどう考えてもライナスさんの方が正論だった。まあ僕ら一行は観戦という立場で楽しませてもらおうと僕は思ったのだが、一番向こうの席のリアンさんが意外なことを言い出した。

「あの、私でも参加出来ますか？　誰にでも参加資格があるのでしたら、出てみたいです」

ん、とライナスさんがその発言を聞き返す。

「出てみてぇのか？」

「はい。バルデュロイで暮らすようになってから多くを教わりました。常識も、教養も、いろいろな楽しいことも、そして武術も。まだまだ未熟ですが成長をお見せしたいと思っていたのです。コウキ様とあっ、あなたに……。騎士団の指導長とライナス殿のご自宅の家庭教師に剣を教わってきましたので」

「うげっ、アレとアレにぃ!?　お前、俺が仕事でいない間に何やってんだよ……」

「教えていただいたことはなんでもやっています。私は成長したい、いつかあな……たにふさわしい人間になりたい……と……思って……」

言葉の最後は恥ずかしげにどんどん音量が減っていったが、その可愛らしくも必死の決意がにじみ出る姿に場の全員が心をわしづかみにされたことだろう。ライナスさんももうメロメロといった様子でリアンさんを見つめたままうっとりとしている。

「あの、エドガー様？　指導長さんと家庭教師さんってどんな人で……」

「うぐっ、すまないコウキ。申し訳ないが、アレとアレのことを思い出させないでくれ……！」

幼なじみのエドガー様ならご存じかと思ったのだが、想像以上に知っていたようだ。そして反応から察するに恐らくその二名はエドガー様とライナスさんですら名前を口にしたくないほどの地獄の鬼教官で、若かりし日にお世話になったのだろう……。

そんな二人の指導についていけているということはもしかしてリアンさんはすごい人なのでは？

「ああ、あの双子か」

ゼン様も乾いた声で呟《つぶや》く。まさか鬼教官っぷりが他国にまで知られているというのか⁉

とにかくこうしてリアンさんの出場が決定したわけだが、今度はリコリスさんが急に声を上げた。

「では私も」

「えっ、リ、リコリスさんが⁉　駄目ですよ！　危ないです……！」

「同門の弟弟子が勇気を振るって力を試すというのに、兄弟子に当たる私が何もせぬでは恰好が付きませんもの。コウキ様、出場する間しばしお傍《そば》におれませんが、お許しいただけますか？」

まさかリコリスさんまでもが同じ鬼教官ズの教え子なのか⁉

「あの……失礼なことを聞きますが、リコリスさんは戦えるのですか……？　綺麗で華奢《きゃしゃ》で、筋肉とかそのあれですし……とてもそういう感じには見えないのですけれど」

僕の言葉に、きらん、とその翡翠色の眼に鋭利な光が宿る。

「ええ、拙い技でお目汚しかもしれませんが、手慰み程度には」

嫌な予感がした。これはヤバい、と僕の本能が何かを察した。


夕餉もお開きとなり、僕らの宿泊先としてゼン様のお城の離れに案内された。夜も赤々とあちこちに明かりが灯《とも》る街並みと月を湛《たた》えた海を眺めながら温泉に入れるという贅沢なお部屋で、どういう配慮がなされたのかエドガー様と二人部屋だった。ちなみにライナスさんとリアンさんも二人部屋、神獣様は私がお世話いたします、とリコリスさんが申し出てくれたのでリコリスさんとエスタス君が二人部屋になった。

明日からは観光、その後は武芸大会の観戦、リアンさんとリコリスさんの応援。そしてその後は浄化の儀式。

「ふふ、忙しくなりますね。楽しみです」

隣のベッドのエドガー様にそう囁《ささや》くと、柔らかい視線と相槌《あいづち》が返ってきた。

「妙な感じだ」

「旅行、というものがだ。外交でいろいろな地へ赴いたが、遊び目的で国外へ出たのは母が生きていた頃、幼い時に一度きりだったな。父も母も忙しかった。その後は母が亡くなり、城の中はお前も知っての通りの状態。そして俺は狂狼へと堕《お》ちかけていた。こうして友と、そしてお前と穏やかに旅行が出来る日が来たというのが、未だに実感がわかない」

「……それならこれから一緒に、いっぱいしましょう。僕もこの世界をまだまだ見てみたいです。エドガー様と一緒に。楽しいことも、大変なことも二人で、そして皆でたくさんの思い出にしていきたいです」

「ああ、……そうだな。これからが我とコウキにはあるのだな」

「エドガー様、どうぞ末永くよろしくお願いします」

「ああ、幾久しく。コウキ」

「何がでしょう」

二十一章

観光はどこから巡ったら良いのだろう。ベッドに寝転がりながら旅客向けの観光案内のチラシを眺めるが、そこには、建国時からあるという古い温泉街で歴史を感じようだとか、最新のグルメが目白押しの屋台大通りで食い倒れようだとか、街の地下水路探検ツアーだとか、いろいろな文字が躍っている。正直どれも気になるところではある。

「エドガー様は行ってみたいところはありますか？」

「コウキが行きたいところに行こう」

優しく頭を撫《な》でられ、少しくすぐったい。

「せっかくだからやっぱり海が良いですかね。バルデュロイでは見られませんし」

そう呟《つぶや》くと彼もうんと頷《うなず》く。

ライナスさんとリアンさんは日も昇ったばかりという早朝から生鮮卸売市場を観光しつつのデートに出かけたと聞いた。この世界のことをなんでも知って見聞を広めたいリアンさんを、行動力と知識のあるライナスさんが引っ張っていったのだろう。なんだかんだで息の合った二人に僕も嬉《うれ》しくなる。

エドガー様と僕は城の中の迎賓室で朝食をいただく。いくら外食産業の盛んな地域とはいえ城にキッチンはちゃんとあったようである。ゼン皇帝があまり城で大人しくしていない、あちこちで勝手にご飯を食べてきてしまうというだけなのだろう。

さっぱりとした朝らしい食事。その合間にエドガー様が少し得意げに言う。

「海が見たいと言っていたが、それについてゼンに頼んでおいたぞ」

海岸を散歩するのに皇帝の許可がいるのだろうかと疑問に思ったが、同盟国の王であるエドガー様がその辺を勝手にうろつくわけにはいかないのかもしれない。何にせよ問題なく散歩が出来るなら良かった。実は故郷でも片脚が不自由になってからは砂浜を歩いたことはない。けれど今は杖先《つえさき》が沈む砂に足をとられるのも怖くはない。繋《つな》いでくれる手があるという幸福を密《ひそ》かに噛《か》みしめる。

そして身支度を終えると、人力車によく似た小型の二人乗り遊覧馬車が用意されたので、さっそく観光に出発する。

リコリスさんも誘ったのだが、お二人のお邪魔をするほど野暮ではありませんよ、と上品に笑われてしまった。そんなリコリスさんの肩に乗って首筋に頬《ほお》を擦《こす》り付けているエスタス君。どうやら樹人のリコリスさんと大自然の申し子であるエスタス君は相性が良かったのか、一晩で意気投合したようで、とても仲良くなっていた。

そうして大海原《おおうなばら》を眺めつつ馬車に揺られたわけだが、着いた先は白い砂浜……ではなく、木製とはいえかなり重厚な造りの軍艦らしき帆船がずらりと並ぶ港で、石垣のようなもので護岸整備がなされたそこは明らかに軍港だった。整列する軽装の兵士、揃《そろ》いの細いサーベルを携えるのはほとんどが竜人種だ。なるほど、ガルムンバ帝国海軍なのか。

そして彼らの軍事訓練が始まる。

「ふむ、今日は砲兵の砲撃動作訓練か。エドガー様はそれを悠然と眺める。確かにバルデュロイでは見られん光景だな。学ぶものがある」周囲を森に囲まれた地理上、我が国は軍事に火薬をほとんど使わんからな。

「……そうですね……」

そうか、エドガー様はここまでろくに観光も出来なかった人生を送ってきたのだ、海を見たいという僕の発言を海軍の演習を見たがっていると解釈したらしい。彼の中には砂浜を歩いて海水に足を浸《つ》けて遊んでみたり、貝殻を拾って思い出にしてみたり海の幸を味わえる港の食事処《しょくじどころ》を探してみたりする普通の観光のビジョンが存在しなかったのだろう。

もちろんこれは一般人に見学自由と開放している公開演習ではない。そりゃあ来訪に許可も要るというものだ。

ちなみに軍事演習は見ていたらいたで意外と面白かったし、見ごたえと迫力があった。だが海軍を見て終わりではせっかくの海がもったいないので、ちゃんと砂浜を歩いてみたいと伝えた。

遊覧馬車の御者の案内で遊泳用のビーチに向かう。今は季節外れなのだろう、遥《はる》かに広がる海岸は無人で、遠く北にさっきの軍港がかすんで見える。

靴を脱いで白砂を踏んで波打ち際を歩く。エドガー様は最初不思議そうにしていた。これの何が面白いのだろうかという顔で。だがしばらくそうしていると、どこまでも広がるスカイブルーとマリンブルー、その合間を渡る潮風の匂《にお》いに囲まれて表情が変わってゆく。いつものきりりとした表情が解きほぐれるように。

素足の裏を砂が流れる感覚、触れる水の冴《さ》えた冷たさ。繋いだ手の熱さ。

「エドガー様、気持ちいいですね」

一歩前を歩く僕が振り向きながらそう言うと、エドガー様は白い毛並みをなびかせながら柔らかく笑った。


そうして観光を楽しむ時間は過ぎ、あっという間に武芸大会の日が近づく。前夜祭には、打ち上げられる花火の音と共にガルムンバ帝国は大いに沸き、ただでさえ店がひしめく街並みのあちこちに露店が出され、そこいらでは勝者を予想する賭博《とばく》が始まっていた。当日の朝になってトーナメント表のようなものが発表されたのだろう、誰にいくら賭《か》けるなどと皆は大騒ぎ、あちこちで札束が積み上げられている。

開催場所はゼン皇帝の居城の反対側あたりに位置している巨大な闘技場。円形の舞台をぐるりと客席が囲んだ石造りのスタジアムだった。僕とエドガー様はエスタス君を連れて案内された貴賓席へ。ライナスさんも来るのだろうと思っていたが、何と彼は眼下の解説席にいた。アナウンス係らしき獣人と並んで舞台前の長机にしれっと着席している。

「ライナスさん？　あんなところで一体何を」

「解説を買って出たか。どうせ近くでリアンを見ていたかったのだろう」

なるほど、と頷く。そうしているうちにゼン皇帝の開催宣言が始まるが、「ここに第六十七回大武芸大会の開催を宣言する！　皆の者、燃え尽きろ‼」と響く大音声、まさかの五秒で挨拶《あいさつ》終了。そして会場中に金色に輝く紙吹雪《かみふぶき》が舞い、ラッパの音が高らかに快晴の空に響いた。

流血沙汰《ざた》を予防するためなのか一応武器に布製のようなカバーがかかっているが、互いに金属製の武器を持って立ち合う。第一試合、地元の剣士らしき獣人同士が睨《にら》み合う。

アナウンス係が二人の所属や名前を告げるとそれぞれのファンの歓声が上がり、そして一瞬の静寂、開始の合図。最上段の貴賓席までをも揺らす歓声が再び上がる中、二人の武人は地を蹴《け》って跳び出し、ぶつかり合う！

互いの剣が音を立て、かすめ合い、激しい攻防を見せる。僕には何をやっているのかよく分からない。大柄な獣人が吠《ほ》え猛《たけ》り合いながらただひたすらに殴り合っているように見えて、思わず視線をそらしてしまう。正直言って怖い。

「コウキ、お前は荒事を好まんだろう。苦手なら見る必要はない」

「いえ、ちょっと迫力に驚いてしまって。剣術試合なんて初めて見るので」

「赤い上着の方、あれはガルムンバ伝統の剣技だな。体によくなじんでいる。恐らく幼少期から剣を習っていた地元の者だ。緑の鉢巻きの方はどこかの軍人だな。牽制《けんせい》の動きに特徴がある」

「……えっと、違いがあるんですか」

「ん？　あの二人の競技者はむしろ似ているところがないが……？」

僕には同じようにしか見えなかった。どっちもすごい勢いで斬《き》りかかっている人でしかない。斬りかかり方の違いなど目では追えないし見えたところで知識もない。そして五分ほど経《た》ったところで赤い上着の人がクリーンヒットを決めて相手を舞台外までぶっ飛ばした。実戦だったらあれで真っ二つだったのだろうかと内心肝を冷やす。

そして四試合目で見慣れた灰色の三角耳の頭が現れる。

「あ、リアンさんですよ！」

アナウンスがバルデュロイからの旅人だと語り、観衆は見慣れぬ顔の出現にどんなもんか見せてもらおうとばかりの反応だ。本人はどこかぎこちなく向かい合う相手に一礼。その腰には長さ違いの剣が二本ある。まるで刀と脇差《わきざし》を並べて差す侍《さむらい》のようだ。相手はリアンさんより縦も横も一回り大きい獣人、なんと武器はない。代わりに鈍色《にびいろ》の大盾だけを持っている。

「まずいな」

さっきまで無言だったエドガー様がぽつりと呟く。

「相手は強そうなのですか？」

「相性が良くない。細身の軽い剣ではやりにくい相手だ」

僕の心配をよそに試合が開始、リアンさんは短い方の剣を構える。相手も盾を構えて迎撃態勢。

「長剣は折られると考えて短剣を選んだか。逆だ」

「逆なんですか」

「盾と短剣で間合いが重なる」

そのエドガー様の言葉がすぐに戦いの中で実現する。想像よりもずっと慣れたフォームで、かなりの勢いで滑り込むように斬りかかるリアンさんの斬撃《ざんげき》を相手は盾で軽くいなす。その流れが二度三度行われた次の瞬間、急に相手は大きく踏み込んで盾で殴り掛かってきた！　リアンさんはとっさに身を引いて間一髪でかわすが、相手の反撃の重さと勢いに驚いたのか後方へ逃げる。相手はリアンさんを追わない。さあ来いとまた待ち構える。

「いっ、今の！　当たってたら！」

「一撃で終わるな。さて、あの手合いは大剣か槌《つち》で盾の上から叩《たた》いてやるとすぐ止まるのだがリアンの得物《えもの》と膂力《りょりょく》では難しいな。さあどうする」

リアンさんはすぐに短剣を長剣に持ち替え、そして再び構える。よし、と横でエドガー様が納得したように呟く。あれで正解なのだろう。再び攻撃に移り、やはり防御されてカウンターを繰り出されるが今度は間合いを取っていたので余裕をもってかわした。なるほど、もう敵の攻撃は怖くない……そう思ったのだがエドガー様はリアンさんではなくライナスさんの方を見ている。

「どうかしましたか」

「ライナスの表情がどうにもな。危険を察している顔をしている。奴《やつ》の角度からは何か見えているのだろうな。例えば相手が盾の裏に隠している武器、だとかな」

舞台上ではリアンさんが再び突撃。さっきからじりじりと舞台際に追い詰められているのだ、とにかく前に出なければ逃げ場を失い押し切られる。そう思って積極的に攻めかかっているのだろう、だが数度の攻防の最中、ついに来た。相手の盾殴り、そこから連撃で飛んできた刺突の攻撃！　急に現れた短槍《たんそう》がリアンさんを狙《ねら》う！　だがかわす、とんでもない反射速度でリアンさんは横っ飛びに逃げた。

「よく避《よ》けたな、速い。並の武人なら今ので腹を持っていかれている」

「怖いこと言わないでください！」

だが窮地と好機は表裏。秘技の一発を避けられた盾男《たておとこ》は大きな隙《すき》を晒《さら》す。リアンさんの狼《おおかみ》の眼光はそれを見逃さなかった。身を反転させて相手の懐に入り込み、隣接距離まで一気に飛び込んで相手の胸元に長剣を押しつけた。そこまで、とアナウンスの声が叫ぶ。

「勝ったんですか⁉」

「ああ。カウンターへのカウンター、ああも見事に決まるとは驚いた。恐らくリアンが持っていた反射と判断の速さを評価したアレとかアレが鍛え上げていたな。見事だ」

試合終了の合図と共に剣を引いて再びぺこりと一礼するリアンさん。相手も同じく礼を返すと、大盾を背中に載せて苦笑しながら舞台を下りた。そして解説席を飛び出したライナスさんがリアンさんを抱きしめてお姫様抱っこでそのまま退場するが、疲れたように頭上を仰ぐリアンさんの表情が一瞬見えた。それは緊張が解けた安堵《あんど》と疲労なのだろう、前髪が汗で額に張り付いていた。


続いて第五試合、第六試合が行われ、第七試合でリコリスさんが舞台に上がった。その瞬間、会場は沸いた。見る者を魅了するほどの絶世の美貌《びぼう》、華やかな深紅の花に髪は深い紅茶色、その身にまとうメイド服。こつんと革靴が舞台を踏む。突然の美女……っぽい樹人の登場に割れんばかりの歓声が上がるが、同時に野次も飛ぶ。やめとけねーちゃん、怪《け》我《が》するぞ、死んでも知らねーぞ、とあちこちから降り注ぐ声があるが、リコリスさんはそれらを平然と無視、舞台上でにこりと笑みを見せる。アナウンスは、バルデュロイ出身の侍従だが武芸経験は長いとの本人談、と語る。

対する相手は大剣を帯びた剣士だ。あれは犬の獣人だろうか。先月行われた剣術大会の準優勝者だというアナウンス。リコリスさんは本当に大丈夫なのかと僕はエドガー様を見るが、彼はシラっとした顔をしていた。この試合は見てもまったく面白くない、という本音が丸出しの顔だった。下ではライナスさんも同じような顔をしていた。

結果的にこの試合は試合と呼べるものだったのだろうか。

開始の合図と共にリコリスさんの姿が消えた。そしていつの間にか相手の背後に立っていて、いつの間にか手に短剣を持っていて、いつの間にかそれを相手の首筋に直角にそっと押し当てていた。相手は自分に何が起きたのかも分からずそのまま固まる。だがもう全《すべ》てはとっくに終わっている。一歩でも動けば、少しでも身じろぎをすれば短剣の切っ先が己の喉《のど》を食い破ると察したのか、そのまま静かに大剣を手の中から滑り落とす。静まり返った会場に鉄のガランという音だけが響く。

そして相手はゆっくりと両手を上げた。

「……降参です」

「はい。承りました」

とんでもない美貌のメイドの出現により会場の空気はどん底まで冷え切る。何はともあれ、怖い、意味が分からない、と対戦相手どころか観客までもが凍り付いている。それでも試合はなんとか続き、トーナメント一回戦は大きな事故もなく全試合終了。

第二回戦に移るわけだが、次にリコリスさんと当たる相手が選手控え室でしくしく泣いていたらしい。怖いよ助けて故郷に帰りたい、と。あんなに美人で、賢くて気遣いも出来て、侍従としての技能も完璧《かんぺき》で、それなのにあの戦闘力。天はリコリスさん一人に二物も三物も与えすぎなのではなかろうか。

解説席ではライナスさんがハイハイ勝ちましたね良かったネー、みたいな当然の結果だというシラけた顔をしている。

「そういえばエドガー様、ライナスさんとリコリスさんは会うたびにこういつも微妙な空気が漂うんですけど、お二人の間で何かあったのですか？」

「そのことか……。あれは子供のじゃれ合いだと思っておけばいい。ああなった原因は我らが若い頃のことだ。ライナスがリコリスを口説いていた時期があってな」

え、と僕は思わず驚きの声をこぼす。今の二人からは想像できない事態だが、まああの遊び人然としてモテそうなライナスさんが絶世の美女にしか見えないリコリスさんに声をかけるというのも考えてみればおかしくはないのか。

「リコリスの方もどう返事をしようか真剣に考える程度にはライナスのことを気にかけて

いたらしいが、ライナスはその間にも同時進行で複数の相手と関係を持っていたようでな。それを知って激怒したリコリスがライナスを不意打ちで気絶させて頭髪を丸刈りにした事件があってだな……」

「それ以後、犬猿の仲というわけですか」

エドガー様は呆《あき》れたような顔で頷き、僕はそれに乾いた笑いを返した。

「そういうことだ。だからこそ今のライナスが我には信じられん。知っているか？　あのライナスがリアンと出会ってから誰にも声をかけていないんだぞ」

「えっと、ライナスさんってそんなに……？」

「我が城の侍従侍女であいつに声をかけられていない者はいないな。いや、騎士団の中でも随分とつまみ食いを……」

「そっそれは予想以上でしたけど、そんなライナスさんが今はリアンさん一筋なんですね。友人として安心しました。リコリスさんとも和解してくださればいいんですけど」

「あいつらはどちらも頑固だからな……。それはなかなか難しいかもしれんぞ」

その言葉に確かにと頷き、僕たちは互いに顔を見合わせ、苦笑いを浮かべる。

リアンさんとリコリスさんは順当に二戦目も勝ち進んだが、三回戦目にてリアンさんは敗退。リコリスさんと当たってしまった以上もうどうしようもない。これはもう電車にひかれたら死ぬみたいな当然の結果なのでどうしようもない。

　最終的にリコリスさんは表彰台の最上段で優雅にお辞儀をすることになったが、一位の賞品が「ガルムンバ一等地の豪邸」だと発表されると貴賓席の僕の方へ目配せ。御子《みこ》様、家は欲しいですか？　と視線が語る。僕がぷるぷると首を振ると、リコリスさんはあっさりと受け取りを辞退した。

　こうして伝統あるこの武芸大会の第六十七回目に『赤き殺戮《さつりく》の毒蛾《どくが》』が舞い降りたという伝説が出来てしまったわけだが、その風聞を耳にしたリコリスさん本人は、頭に花も咲いていますし蝶《ちょう》なら分かりますけれど毒蛾はひどくないでしょうか、と真顔で語っていた。「殺戮」の部分には特に文句を言っていなかったことを僕は決して忘れない。


　武芸大会を終えた僕らは皆で祝杯をあげる。ゼン皇帝と一緒に再びあのお気に入りのお店で料理を注文し、リコリスさんの優勝とリアンさんの奮闘を讃《たた》えて大いに盛り上がった。ライナスさんなど感涙する勢いだった。リアンさんの成長っぷりが予想を超えていたのだろう。

「我が国の祭りを盛り上げてくれて感謝する！　神狼《しんろう》と御子一行に乾杯だ！」

　ゼン皇帝が乾杯の音頭を取る。大会後半は空気が氷点下だった気がするが、あれは盛り上がっていたのだろうか？

「しかしリコリス嬢に優勝賞品を受け取ってもらえなかったのは残念だな！　これほどの武人がガルムンバに住んでくれようものなら、地域の皆も大喜びなのだがなあ」

「ふふ、御子様は陛下のいらっしゃるバルデュロイを離れません。そして私は御子様のお傍《そば》を離れません。ゆえに移住は出来かねます」

「しかし優勝者に何もなしではなあ」

では、とリコリスさんは何か思いついたのか、ゼン皇帝にだけ聞こえるように小さな声でそっと何かを囁《ささや》きかける。

「可能でしょうか？」

「はは、そんなことで良ければいくらでも！　だが本当にそれでいいのか？」

「ええ、ご厚意感謝いたします」

この時リコリスさんが何を頼んだのかは、後に全員が意外な形で知ることとなる。

「さて、今宵《こよい》の酒はこれくらいにしておくか！　明日は俺の見せ場だしな！」

そう語るゼン皇帝の前にはすでに何杯ものジョッキが空になって並んでいるが、これでも何か大切な用事に備えて節制しているらしい。

「公務のご予定ですか？」

「公務といえば公務だな！　特別公戦というものがあってな、俺の試合を国民の皆に楽しんでもらう日だ！　会場は今日と同じだから御子殿も良かったら見に来てくれ。対戦相手は……よし！　『豪嵐の荒獅子』殿！　頼んだぞ!!」

　ぶへっ、とライナスさんが盛大にむせた。

「なんでだよ!!　俺は関係ねえだろうが！」

「本来なら今日の大会の優勝者が相手なのだが、リコリス嬢はあまりに怖いからな!!　荒獅子殿にしておこう」

「どういう意味だよ！」

「貴公は強いが怖くはないからな！　楽しくやれそうだ!!」

「ああ？　お花畑より俺の方がやりやすそうだってか？　その言葉、後悔すんぞ皇帝様よぉ？」

「よしよし、その意気だ荒獅子殿！　明日は楽しもうぞ！」

　ゼン皇帝の高笑いに好戦的な笑みを返すライナスさん、それを呆れた顔で眺めるエドガー様とリアンさん、別にどうでもいいですすと言わんばかりの笑みのリコリスさん。そして僕の膝《ひざ》の上ですぴすぴと寝息を立てるエスタス君。満員御礼《おんれい》の店の一角を陣取る僕らの夜はこうして更けてゆく。


　本日も昨日と同じく闘技場の観客席がみっしりと埋まっている。歓声にざわめき、皆は皇帝ゼンの登場を待ちわびている。聞くところによるとこの国は皇帝そのものを本当に武芸大会で決めてしまうらしく、数年に一度開催される皇帝選抜戦というものが存在しているらしい。つまりゼン皇帝はその優勝者で、まさに国内最強の男であるというわけだ。

そのせいで最高権力者でありながら政治家ではなく英雄という印象が強く、ヒーロー的人気がある人なのだろう。ロマネーシャやバルデュロイの王族や権力者は世襲が基本のようだが、その真逆を行くガルムンバ帝国の気風はこの世界でも特異なものであるようだ。

そして僕らは再び貴賓席へ。会場を静めるのは昨日と同じ人のアナウンス。

「皆さまご静粛に！　まもなく開始されます今日の特別公戦、栄《は》えある対戦相手はバルデュロイ王国よりいらっしゃいました、『豪嵐の荒獅子《あらじし》』ライナス・ファビオ・デラ・カザーリア殿!!　なんと現役のバルデュロイ騎士団の将軍であらせられます！　……ライナス将軍、ご登場です!!」

先ほどまでとはテンションの違う歓声が会場を揺るがす。武人が集まり、武芸好きが見に来ている大会だ。ライナスさんの知名度は十分なのだろう。黒鉄《くろがね》の大剣を担いでのしのしと現れた黄金の髪の獅子の獣人、その堂々たる姿はまさに騎士団を率いる者の貫禄《かんろく》に満ちている。

「続きまして登場なさいますのは、もはや解説不要ですねっ！　我らが誉れ、我らが剣、我らが誇り！　ガルムンバ帝国皇帝、鬼人ゼン様です!!」

舞台の反対側から現れ、ずんと重量感のある一歩を踏み出す鬼人。携えているのはライナスさんの大剣よりさらに長い長剣、まるで薙刀《なぎなた》サイズの大太刀《おおたち》だ。深紅の戦装備が逞《たくま》しい肉体をさらに派手に演出する。会場の熱気も最高潮である。

そして始まった特別公戦、いわゆるエキシビションマッチ。向かい合う獅子獣人と鬼人は互いに大柄、重量級、大振りな得物。きっと戦い方の傾向も似ているのだろう。いきなりの激突から始まるのかもしれないと僕は身構えていたのだが、存外静かに双方は剣を掲げ、ゆっくりと位置取りを調整するように歩く。

先に振り下ろされるのはライナスさんの大剣、だがその軌道は伸びやかで速くはない。ゼン皇帝はそれを綺麗《きれい》に受け流し、緩やかに横薙《よこな》ぎを返す。ライナスさんはそれをひらりとかわす。そんな二人の穏やかな攻防はまるで剣舞のようだ。

「エドガー様、あれは何をしているんですか？」

「互いにじゃれあっているだけだ。機を探している」

「あ、攻撃に移る隙を探って……」

僕がそう理解した瞬間、それは始まった。突然の爆音のごとき鉄の激突！　自分なりに集中して見ていたというのにどちらが仕掛けてどちらが受けたのかも分からない。ただ睨み合う二人の間で刃《やいば》と刃が火花を散らし、そのまま激しい打ち合いが始まる。そのあまりの迫力に僕は言葉を失って立ち尽くす。

剛力とリーチを生かして攻めまくるゼン皇帝、それを難なく受けては平然と攻め返すライナスさん。まさに互角の様相。隣のエドガー様もじっと舞台を見つめている。ゼン皇帝の怒号にライナスさんの咆哮《ほうこう》が重なり、鉄の軋《きし》む音が爆《は》ぜる。観衆も手に汗握る様子でその試合に見入る。

そのとてもエキジビションマッチとは思えない、本気の殺し合いのような殺気を放つ一幕は唐突に終わりを告げる。ライナスさんの大剣がゼン皇帝の顎下《がっか》をぴたりと捕らえ、同時にゼン皇帝の大太刀がライナスさんのみぞおちの真上で静止していた。

「……相討ちだな」

エドガー様が呟く。もしこれが実戦であったら、この瞬間、ゼン皇帝の首が飛んでいて同時にライナスさんの胴体が真っ二つになっていたのだろうかと想像してぞっとする。舞台上の二人は同じタイミングでにやりと笑って互いにゆっくりと剣を引く。そして固唾《かたず》を呑《の》んで試合を見守っていた観衆たちが一斉に勝《か》ち鬨《どき》のような大歓声を上げた。

皆、この試合に大満足のようだ。僕は未《いま》だに鳥肌が治まらない。横でリコリスさんがぽそりと愚痴をこぼしたのが聞こえてしまう。

「……ゼン皇帝、思っていたよりも出来ますね。私がお相手したかったです」

あれを見て参加したいと思うあたり、このメイドさんも僕とは別次元の存在である。

そして降り注ぐ拍手を背に舞台を下りたライナスさんのところにリアンさんが駆け寄っ

たのが見えた。ずっと舞台の傍《そば》にいたのだろう。ライナスさんはちょっと気まずそうに頭をぽりぽりと掻《か》いている。きっと、完勝して恰好《かっこう》良いところを見せたかったのによぉ、とボヤいているのだろう。


翌日、ゼン皇帝の居城の庭にはあちこちにテントのようなものやタープが張られ始めた。そこに続々と入ってきて座りこむのは、乳児を入れたおくるみを抱いた母親とその肩を支える父親の姿、ぐったりとした様子の幼児を乗せた乳母車を押す老人、咳《せ》き込《こ》み続ける幼い弟の手を引く小さな兄……あの灰色に枯れる病に苦しむ者たちだ。

幼児優先、というルールに従って集まった小さな子供たちのその痛ましい姿を窓越しに眺めて僕は一瞬ひるんだ。だが同時に、この子たちを救えるのであれば僕がこの世界に来た意味もあるというものだと闘志がわく。

「御子殿、調子はいかがか？」

見た目の怖さに反して人情味のある人なのだろう、ゼン皇帝は民の苦難を分かち合うようにその眼を苦しげに細めながら僕に問う。僕は大樹の杖を強く握りながら頷く。

「治療の開始は午後六時を予定しているのでな、あと三時間ほどある。まだまだ人数が増えるだろう。負担をかけて申し訳ない」

「いえ、大丈夫です！　時間まで見回りというか、皆を励まして回っても良いでしょうか？」

「休んでいてくれて構わんぞ」

「何かしていた方が落ち着くんです」

するとゼン皇帝は何かを思いついたように頷く。そしてこっちへ来てくれと僕を城の奥へと案内した。朝からずっと僕に付き添ってくれているエドガー様はその後に続いて歩き、城を通り抜けて裏庭まで出た。

庭の真ん中には枯れ山水のような石庭があり、中央に木製の低い舞台が組まれている。まるで能でも披露する檜舞台《ひのきぶたい》のようだ。普段なら静かな景色を湛《たた》える庭なのだろうが、今日はここにも敷地を埋め尽くすようにたくさんの小さなテントや敷物が並び、あちこちに幼児が座りこんでいる。ゼン皇帝は舞台の上を指さす。そこには見慣れぬ土色の立方体のようなものがあった。大きさはちょっとしたタンスくらいだろうか。

舞台に上がる。謎《なぞ》の立方体を前にする。そこには鍵盤《けんばん》があった。

「これは……！」

「御子殿はこれを演奏出来ると聞いていたのでな、用意しておいた。以前から国の倉庫にあったのだが、誰も楽器の教養がないものだから埃《ほこり》をかぶっていた。もし気に入ってくれるようなら持って帰ってもらおうと整備させておいたのだ」

ゼン皇帝の太い指が鍵盤をそっと押す。ぽわんと不思議な柔らかい音が響いた。

「ピアノ……え、陶器……なのですか」

明らかに土を焼いて作ってあるそれは、僕も初めて見る代物。弦と鍵盤以外全てが素焼きの陶で出来ているピアノだった。そのせいか弦楽器なのにまるでオカリナのようなまろやかな風の音がする。よく見るとペダルもない。

「何か気の安らぐような曲でも弾いてやってくれんか。きっと子供たちが喜ぶ」

確かに周囲の子供たちはこちらを不思議そうな目で見上げている。あれ何、何か不思議な音がしたよ、と小さな声も聞こえる。確かにじっと治療を待っているよりは楽器の演奏でも聴いていた方が気は紛れるだろう。弾いてあげたいのだが、この謎の陶器製のピアノを弾きこなせるだろうか……。

とにかくやってみるしかない、と用意された椅子《いす》に座る。

「エドガー様、これをお願いできますか？」

大樹の杖を預かってもらおうと差し出し、彼がそれを受け取ると一瞬エドガー様が驚いたように瞬《まばた》く。

「どうかしましたか？」

「いや、初めて触れたのだが……妙な感覚のする杖だな。明らかに普通ではない」

「大丈夫ですか？」

「ああ。妙とはいっても嫌な感じではない。むしろ落ち着くようだ」

僕が持つと身長と同じくらいの長さがあってどう見てもアンバランスな大樹の杖だが、長身のエドガー様が携えると腰のあたりまでの高さになるそれは妙にぴたりと収まって見えた。大自然そのものを具現化したようなエドガー様の神狼の姿に、枝の形のままである杖はよく似合っている。……紆余曲折《うよきょくせつ》を経てかつての王妃、そして僕の手に渡ったが、本来これは御子ではなく大樹から神狼へと贈られた杖だったのではないだろうか。

そして僕はピアノに向き合う。長く響く柔らかな笛の音のような音質を生かして弾ける曲……クラシックのようなたくさんの音が重なるものではなく……これか。僕は故郷の童謡を思い出しながら頭の中の楽譜を指で辿《たど》る。ゆっくりと、まどろむようなメロディが庭園に流れる。

これは……新たな感覚で面白い。子供たちも興味を引かれたのかじっと僕を見ている。このささやかな演奏会で皆がひと時でも苦しみを忘れられたら、と願いながら指を運ぶ。

だが異変はすぐに起こった。僕が大樹の力を使う時のように、周囲に薫風《くんぷう》が巻き起こり始める。その中心はエドガー様だった。彼自身、何が起きているのかと困惑している。そして大樹の杖が淡く光をまとったかと思うと、その把《と》っ手の先。あたりからぴょこんと緑色の新芽が飛び出した。

「えっ⁉」

「何っ⁉」

僕とエドガー様の驚愕《きょうがく》の声が重なる。その間にも新芽はすくすくと伸びて小さな枝と二枚の葉を広げた。思わず演奏の手を止める。同時に風がやむ。

「エドガー様、それ、葉っぱが生えて……どうやったんですか⁉」

「我は何も、勝手にコウキの演奏に反応したように見えたが……？」

混乱する僕らの横でゼン皇帝も異常事態を察して困惑顔を見せる。だが一人の子供の声で僕らは我に返る。

「わぁ、すごーい！　ママ、パパ、見て！　アテルの指が治っちゃった！」

それはまだ乳児の弟を覗《のぞ》き込む小さな兄の歓声だった。その後ろで両親らしき二人も肩を震わせて腕の中の赤子の小さな手を見つめている。血の気の通った柔らかな肌の色、きっとさっきまであの子の指先は灰色になってしまっていたのだろう。

浄化と癒《い》やしの力が発動している？　大樹の杖を持って祈ってもいないのに？　いや、無意識に祈ってはいたのか。皆の苦しみをどうにかしてあげたいと。そして大樹の杖は僕の代わりにエドガー様が作用させてくれたのか？　彼もまた大樹に選ばれた存在、むしろ異世界から来た僕よりも大樹に近い、生まれた時から大樹の下で育った神狼だ。あの杖の扱いについても本当は彼に適性があるのかもしれない。現に謎の葉っぱも生えてしまったし……。

さっきの流れをまとめると、僕が祈りを演奏に乗せて、それを隣でエドガー様が大樹の杖で浄化の力に変えて、周囲一帯に巡らせた。……これはもしかするとかなり効率がいいのでは……？　僕は演奏しているだけで特に疲労も負担も感じていないし、エドガー様も困惑しているだけで特に疲労も負担も感じていなさそうだ。音源とアンプリファイアーのように、入力を僕が担当して効果の増幅をエドガー様が担当する。

もしかして御子と神狼、浄化と癒やし、そして豊穣《ほうじょう》の祈りもこうして二人で行うのが本来の姿なのかもしれない。

「エドガー様！」

「ああ、コウキ、お前の思うままに弾いてくれ」

エドガー様も僕と同じことを考えたのだろう、狼の顔で笑んだ。僕の使命を分かち合えること、そしてそれを自らが支えられるのを喜ぶように。

こうして予定より少し早く始まった浄化の儀式だが、僕が奏でる不思議な音色と穏やかな歌のようなメロディはエドガー様が持つ杖を媒介にして、城の庭を越え城中を包み、それどころか城外にまで溢《あふ》れて広がっていった。

うちの子も治してくれ、もう死にかけているんだ、入城させてくれ苦しくて耐えられない、と押しかけ騒いでいた明日以降の予定の患者たちもその音色に包まれて次々に癒やされてゆく。民たちはどんどん消えてゆく灰色の病を眺め、ある者は奇跡だと声を上げ、ある者は言葉もなく喜びに涙を落とす。

演奏は大きな月が真上に昇るまで続いた。

翌日も、その翌日も音色は空を渡り、海風に乗って響いた。

＊　＊　＊

こうして無事にガルムンバ帝国訪問を終えた僕らは帰路に就く。ゼン皇帝との出会いも、観光も突然の武芸大会も大いに楽しみ、そして帝国の病人を多く救えた。万々歳だ。

この奇跡を讃えて国を挙げての感謝祭を開こうとゼン皇帝は目を輝かせていたが、大騒ぎされるのは本意ではなかったので用事を終えると共に僕らは迅速に出国した。また来ますと約束をして。

さすがに三日間に亘《わた》る長時間の演奏で腕は疲れたが、魔力的なものを消耗する身を削るような疲労とは違って単なる筋肉の疲れだったので大したことはない。エドガー様にはなんの負担もないようで安心した。杖は結局葉っぱが二枚生えたままになってしまい、帰りの馬車の中でライナスさんはそれを見てたいそう笑う。

「その杖、前は古色蒼然《こしょくそうぜん》とした雰囲気みたいなのがあったのに、葉っぱが生えた途端にマヌケな感じになっちまったな！」

「か、可愛《かわい》いじゃないですか……ちょろんと生えてて」

「ハゲ頭にかろうじて残った数本の毛みてぇだな」

「うっ……、エドガー様、この葉っぱってむしっちゃ駄目ですかね？」

「お前も内心マヌケだと思ってんじゃねえかよ」

「コウキ、一応やめておいてくれ。もしかしたら大切な葉かもしれんしな……？」

「そうですね、我慢します。エスタス君もこの葉っぱは食べないでくださいね」

『ぴぎっ』

　う―ん、分かっているのかいないのか。そんなやりとりにリアンさんが小首を傾《かし》げながら突っ込みを入れてくる。

「葉が生えたということは大樹の杖は植物としてまだ生きているのでしょうか。水をあげた方が良いのでは……」

　杖に水をあげるというまさかの発想に全員が動揺する。だが確かに水切れで枯れてしまったら困るような気もする。

「いや、要らんだろ。別に今日まで一回も水吸ってなかったしよ」

　ライナスさんの冷静な突っ込みが光る。まあ確かに吸った可能性があるとすれば僕の手汗くらいのものだし……。僕は植物についてはこの中の誰より詳しそうな樹人のリコリスさんに尋ねてみる。

「水をあげた方がいいと思います……？」

「え、えっと、帰ったらリンデンに聞いてみましょう」

大変珍しいリコリスさんの焦った返答はなんだか可愛らしかった。


馬車はやがて行きにも通った一面桃色に染まった丘に差し掛かる。風花が舞うその丘の入り口あたりに大きな白い石碑が建っていた。行きにはあんなものはなかったような気がするので馬車をちょっと止めてもらってよく見ると、やはり真新しい石碑だった。ほんの数日前に設置されたのだろう。僕らはそこに刻まれた一文を読む。

桃色のときめき！『初恋ヶ原』命名：ライナス・ファビオ・デラ・カザーリア
全員が同時に噴き出した。

「ちょっ、待てよ、何なんだよコレは⁉」

可哀想《かわいそう》なくらい狼狽《ろうばい》するライナスさんの背後で赤い影が嗤《わら》う。

「ふふ、注文通りですね」

「何、だと……」

「大会の優勝賞品を辞退した代わりにこのあたり一帯の丘の命名権が与えられたのです。

僭越《せんえつ》ながら初恋ヶ原と名づけさせていただいたのですが、この名称を考えたのは私ではなくライナス様ですからね。当然、ライナス様のお名前を刻むようにお願いしたのですよ」

「何てことしやがったてめえ‼　百年先まで残る俺の生き恥じゃねえかよ‼」

「そんな、嫌がらせのつもりなどこれっぽっちもありません、素敵なネーミングだったので実現させたまでですよ？」

「ライナスさん、恥ずかしくなんてないですよ。『初恋ヶ原』、とっても素敵な名前だと思います！」

「いや、お前は名づけのセンスが――」

なぜかエドガー様とリアンさんが二人でライナスさんのみぞおちに肘《ひじ》を入れていた。

リコリスさんにとっては嫌がらせだったのかもしれないけど、こんなに可愛らしい名前なのにどうして嫌がるのかがいまいち分からない。

それに、もう決まってしまったものはどうしようもないと思うし……。頭を抱えるライナスさんの横ではエドガー様とリアンさんが乾いた笑いをこぼし、リコリスさんが溢れんばかりの笑顔を見せていた。

二十二章

バルデュロイに戻り、僕らはガルムンバ帝国での出来事をリンデンさんに語った。今回の旅はゼン皇帝の私的な招待に応じて出かけただけだが、それでもやはり国王一行、その動きは逐一記録され報告されていたらしい。そんなわけで宰相であるリンデンさんはすでに大まかに旅行の内情を把握していたのだが、それでも僕らの話を楽しそうに聞いてくれた。内容は同じでも報告と思い出話は違いますからね、と微笑《ほほえ》みながら。

「しかし驚きましたね、大樹の杖《つえ》が生長するとは」

「ええ、ちょっと可愛《かわい》くなってしまって」

「文字通りの萌芽《ほうが》なのでしょうね」

「えっと……どういう意味でしょう」

「恐らく始まりを告げているのです。コウキ様が一人で浄化の祈りを捧《ささ》げたのではなく、御子《みこ》と神狼《しんろう》、二人が共に救いのために心を重ねた。その双葉も生命の大樹の花も、世界の再生の始まりの兆《きざ》しとして現れた」

「実感がわかないのですけれど、そうだと嬉《うれ》しいです……！」

「この兆しも、ガルムンバ帝国での病人の治療も、コウキ様の志《こころざし》で実現したのですよ。コウキ様のような方が豊穣《ほうじょう》の御子としてこの地に降り立ってくださったことがこの世界にとって何よりの幸運でしたね。……あなたからは故郷での暮らしを奪ってしまいましたが……」

その少し申し訳なさそうな呟《つぶや》きに僕は首を振る。

「最初は驚きましたし、ロマネーシャでの扱いは正直思い出したくはありませんけれど……それでもこの世界に呼ばれて良かったと今ならはっきり言えます。故郷でも一生懸命に生きていましたし、失ったものも多いですが僕が本当に望んでいたものはこちらにありましたので」

それが何とは言わなくてもいいだろう。

「……でもどうして僕だったのでしょうね」

その呟きに対しては博識なリンデンさんも答えをくれなかった。

こうして再びバルデュロイでの日常が戻り、僕は少しずつ公務に顔を出すようになった。とはいっても城の中で諸侯を集めての会議などが行われる時にエドガー様と一緒に出ていって、豊穣の御子として最初にちょこっと挨拶《あいさつ》をするだけで実務は何もしていない。

僕の仕事といえばもっぱら病人の治療となった。最近では噂《うわさ》を聞きつけたのか他国からも治療を求める民の入国申請があるらしい。浄化も一人より二人の方が効率良く力を行使できると分かって以来、エドガー様も時間の都合がつく限り僕を手伝ってくれる。お互いがお互いの仕事に顔を出す形になっているので、最近はもうほとんど一日中一緒にいる日もある。

エドガー様の方はこのところよく城を空けていたので、そのたびに仕事が溜《た》まってしまっているのだろうな、と僕も本人も思っていたわけだが、なんとバイス君とリンデンさんが阿吽《あうん》の呼吸であらかた片づけてくれていたらしい。エドガー様が帰るなり、あの件の特別予算についてまとめた資料がこれで、どこどこの地区の街道と水路の補修案がこれで、先月の輸出入に関《かか》わる手続きの改善案がこの書類で……と山のように仕事が並べたてられたのだが、どれもあとは目を通して承認のサインをするだけの状態にまでされていたという。

一緒に軽めの昼食を食べながらエドガー様は感心したように言う。

「どの仕事も我が手を加えたり案を出したりする余地がないほど完璧《かんぺき》に仕上がっていた。内政に関してはバイスの方が我より遥《はる》かに才がある。生来賢いというだけではない、その賢さを活用するための知識まである。子供の頃に眠りについて、最近目覚めたばかりだぞ？　まったくどうなっているのだ、我が弟は」

「意識を取り戻した直後からずっと体のリハビリに頑張っていたのは知っていますけれど、勉強まで根を詰めていたのでしょうか」

「……ちょうど我の私室からバイスの部屋の窓が見えるのだが、深夜まで明かりが点《つ》いている日がほとんどだ。やはり眠る時間を削っているのか、注意しておかねばな」

うんうんと僕も頷《うなず》く。彼なりに追いつきたいのだろう、兄の支えになりたいのだろう。自分が眠っている間もずっと自分を保護してくれていた兄への恩返しなのだろう。その気持ちは分かるが睡眠不足は体に悪い。僕からも言っておこう。

片手でパンをかじりながら反対の手で資料をめくって眺めるエドガー様。彼は生まれながらの王様だ。食事中に他のことをしながらなど、そういう行儀の悪いことをする人ではない。だが最近は僕と二人きりの時はこういう油断した姿を見せてくれるようになった。きっとこれは部下や民の前では見せない、信頼するリンデンさんや幼なじみのライナスさんの前でだけ見せる姿なのだろう。僕もうそちらのカテゴリーに入れてもらっているという事実がなんだか嬉しい。

手元の資料の内容は難しくて僕にはよく分からなかった。けれどもそれを綴《つづ》るのは癖がなくて代わりに緊張がある幼い文字。バイス君の字なのだろう。

エドガー様による資料の確認や承認の仕事が一通り終わり、夕方の諸侯との会議の予定まで少し休める時間が出来たと彼は言う。

「では僕と一緒に少し休まれてはいかがですか？」

さっき深夜までバイス君の部屋に明かりが点いているとおっしゃっていた。つまりエドガー様自身もそれを確認できるくらい、いつも深夜まで起きて仕事をしているのだ。休める時に休んでもらわなければと思ってお昼寝を提案してみると、彼はゆっくりと頷いた。

「お前が、付き合ってくれるのか？」

「はい、僕でよろしければ」

エドガー様に快適にお昼寝をしてもらうべく、僕は一度厨房《ちゅうぼう》へ行っておやつを入手、さらに部屋に戻って手提げ籠《かご》を持ってきた。中身はさっきのおやつと金色のリボンのついたブラシ、そして香油だ。

いつも実家で飼い犬をブラッシングしてあげていたのだが、そうしているうちに愛犬はうつらうつらと眠そうにしていたのを思い出したのだ。まさに夢見心地といった様子で。きっと僕のブラッシングの腕前はまんざらでもないはず。エドガー様もブラッシングはお好きだし、これならゆっくりとリラックスしてもらえるだろう。外のお天気も穏やかで暖かい。まさにブラッシング日和《びより》だ。

「せっかくですし景色が良くて風の心地いい場所に行きましょうか」

「波際の庭か」

「ええ、静かでゆっくりできると思いますし。他の方はいらっしゃらないと聞いているので」

こうして僕らは秘密の地下道を通って波際の庭に到着。相変わらずそこは満開の花畑。天空にあるのに海の波打ち際のような色彩で揺れていて、密《ひそ》やかなプライベートビーチのようにも思えた。

屋外の日差しの中で眺める神狼の姿はいっそう輝いて見え、その凛々《りり》しさと逞《たくま》しさ、美しさが見事に獣の形になっているエドガー様につい見惚《みと》れてしまう。

僕の視線に気がついたエドガー様も静かに僕を見下ろす。そして呟く。

「黒い瞳《ひとみ》に木漏れ日が映って、まるで星空のようだ。美しいな……」

その言葉に思わず赤面し、あからさまに視線をそらすとエドガー様は少し笑った。

「エドガー様、たまに見かけを裏切ることをおっしゃいますよね。なんというか、予想外に直球を投げてこられるというか……」

「美しいと思ったものを正直にそう評したまでだが」

「だからそういう……！」

なんだかくすぐったい気持ちになりながら僕らは大樹の枝の陰に二人で座り、自然と肩を寄せ合った。そうしてしばらく雄大な景色を眺め、そして次はおやつにしようかと籠に手を伸ばして包みを広げる。中身はいつもの糖蜜《とうみつ》パイだ。今日はエドガー様に最高にゆっくりしてもらおうと思い、僕はパイを一つ取り上げて彼の口元に差し出してあげた。

「はい、あーんしてください」

白い狼《おおかみ》の顔は一瞬不思議そうな表情を浮かべたが、僕が食べさせてあげようとしているのにすぐに気がつき、どこか照れたような動揺を見せつつ、小さく口を開いた。

「午前中に焼いたんです。焼きたても美味《おい》しいですけれど、冷たくしても美味しいかと思って厨房の保冷庫で冷やしてもらったのですが、どうでしょう」

「ふむ……！　ここまで冷えたものは初めてだが、良いな……水菓子のようだ」

僕の故郷ではケーキ類を保冷するのは普通のことだが、冷蔵庫の存在しないこの世界では一般にパイを冷やすことはしない、というか出来ない。氷を利用した保冷庫という特別なものが置いてある城の厨房だからこそ出来たのだ。好物の新しい楽しみ方を見つけたらしいエドガー様は嬉しそうに眼を細めながら咀嚼《そしゃく》し、味わうように嚥下《えんか》する。

「お前も食べてみてくれ」

今度はエドガー様がパイを僕の口元へ差し出してくれて、思わずためらう。はい、あーん、やるのは平気だが、してもらうと照れくさい……！　そっと口を開けてひとかじり。

うん、冷やしても糖蜜が固まってしまわないように果汁を入れて調節したのだが、想像以上に上手《うま》くいっている。ジューシーさが残っていて美味しい。だがとろりとしたその果実のソースがこぼれて口の端についてしまう。拭《ふ》こうとしたのだが、それよりも早くエドガー様が顔を寄せ、ぺろりとその長い舌の先で僕の唇に近い場所を舐《な》める。

「え、エドガー様っ！」

「すまない。美味そうだったので、つい」

どこかわざとらしい台詞《せりふ》を言いながら、エドガー様は少し悪い顔をする。その大人の色気に僕は思わず胸を高鳴らせてしまう。再び差し出されるパイ、二口目をかじるがまた唇を舐められた。

「んっ⁉　今は、ソースは付いてなかったですよ⁉」

「いや、付いていたな。甘かった」

「へっ⁉」

驚いてうろたえている隙《すき》に抱き寄せられ、今度はしっかりと唇を重ねられてしまう。

「……甘いだろう？」

耳をなぞるような至近距離からの囁《ささや》きに、僕は頷くことしか出来なかった。そのキスの甘さはパイのせいだけではない。せっかく、せっかくブラッシングをしてあげようと思って来たのに。

それなのに目的は達せず、僕はその場で二度目三度目のキスを贈られながら衣服を着崩されてゆくのだった。

＊　＊　＊

それなりに忙しく、でも穏やかで健やかな日々。その日常に嬉しい一報が舞いこむ。最初に話を持ってきてくれたのはリコリスさんだった。

「そういえば御子様、まだ噂話《うわさばなし》なのですけれど」

普段、他人の噂を吹聴《ふいちょう》する人ではないリコリスさんにしては珍しい話だな、と思いながら僕は自分の予定帳から顔を上げる。

「護衛騎士のシモンを覚えていらっしゃいますか？」

「ええ、もちろん。茶色の耳の犬の獣人さんで、一緒に孤児院へ訪問した方ですよね」

「近々結婚するご予定らしいですよ」

「そうなんですか！　わあ、おめでたいですね！」

「お相手は騎士団の同期だそうで。同じ犬の獣人の男性ですよ」

自分だってエドガー様とは良い仲だと思っているし体の関係もある。ライナスさんとリアンさんも良い雰囲気だし、偏った男女比ゆえの同性カップルの存在は承知していたが、本当に同性同士でも結婚するのかと少し驚いた。

「入団当初から交際がずっと続いていて、片方が遠地へ配属されても密かに遠距離恋愛を続けていたそうなのですが、今年から任地が同じになりまして、ついにシモンの方から求婚をしたという噂です。お相手が代々騎士を務めるちょっと良いお家《うち》のご子息でしたので、ご両親が孤児院出身のシモンを気に入らず、ひと悶着《もんちゃく》あったそうですが……」

その後も馴《な》れ初《そ》めの話、二人を見守る同僚たちの話、デートの話、二人の休暇を揃《そろ》えて出かけた初めての外泊旅行の話、プロポーズのシチュエーションについて、とリコリスさんの語りがまるで一本の恋愛小説のように長々と続く。すごい。滅茶苦茶《めちゃくちゃ》詳しい。

「あ、申し訳ありません、私ったらつい話しすぎてしまって」

「いえいえ、なかなか興味深いお話で。でもちょっと意外でした。こういう風に言うのも失礼かもしれませんが、リコリスさんってそんなに他人の恋愛に興味があるタイプに見えなかったので」

「……自分でも少し意外です。興味は、最近まではなかったかもしれません」

そう返答するリコリスさんは、クールなメイドさんの顔の中にほころび始めた花のような可憐《かれん》さを覗《のぞ》かせていた。

そしてシモンさんの結婚の噂は本当だったようだ。それを伝えに来てくれたのは、なんと孤児院の子供たちの中の年長の子たち。

先日子供が三人で城の前にやってきて、門を守る騎士に「おおきなライオンのおじさん、赤いお花のおねえちゃん、灰色のおおかみのお耳のおじちゃん、オルガンのおにいちゃんはいますか？　シモンおにいちゃんのけっこんしきに来てほしくておねがいしに来ました。シモンおにいちゃんにはないしょです！」と告げたそうだ。

騎士はなんのことかよく分からなかったが、とりあえず上官に相談しに行くかと城内へ向かい、その途中でたまたまライナスさんとリアンさんとすれ違い、あ、と声を上げた。

「おおきなライオン」と「灰色のおおかみ」だと気づいたのだ。

その騎士がライナスさんに事の次第を話し、今度はライナスさんが子供たちに会いに行く。そして、教会でもある孤児院で身内だけでひっそりと式を挙げようとしていたシモンとその結婚相手なのだが、サプライズで「シモンのともだちのみんな」を招待してあげようと子供たちが計画していた、と発覚したのだ。

面白いことが大好きなライナスさんはこのサプライズに大変ノリ気で、俺が全員連れていくから楽しみにしてろ、と二つ返事で子供たちに約束をしたそうだ。

僕の部屋を訪れたリアンさんは頭を下げながらそんな話をしてくれた。

「そういうわけでして、二週間後なのですがコウキ様もご足労を願えますでしょうか？」

「もちろんです、もう今から楽しみですよ！　リコリスさんも一緒に来てくれると思います」

「すみません、ライナス殿が勝手に約束してしまって。エドガー様のご予定も無理やり空けさせると豪語していました。ご迷惑をおかけします」

リアンさんは帰り際にリコリスさんにも同じお願いをしながら頭を下げていたが、リコリスさんは嬉しそうに頷いていた。そしてリアンさんが帰ると、きらりと目を輝かせて採寸用のメジャーを取り出す。

「さっそく結婚式用の御子様の服を発注しないといけませんね、素材と意匠《デザイン》にもこだわって……可愛らしい方が良いでしょうか？　それとも少し大人っぽく？　エドガー様とお揃い、もしくは対になるデザインというのも良いかもしれませんね……！」

「あの、この世界の普通の礼服でいいですよ？　エドガー様とお揃いはちょっと……」

彼のあの堂々たる体軀《たいく》、神秘的な神狼の外見でこそ着こなせるような衣装を僕の貧相な体格でまとえばどうなるのかは火を見るよりも明らかだ。似合うはずがない。

「でしたらエドガー様の一等礼服と同じ生地で仕立てた衣装はどうでしょう？」

「あ、生地くらいならお揃いでもいいですね」

「金色ですがよろしいですか？」

「金色のスーツでよろしいとでも⁉」

「そうですよね。王室伝統の礼服なのですがエドガー様も嫌がられてお召しにならないのです。どんな式典でも必ず濃紺色の二等礼服でご出席されます」

「僕も紺色でお願いします」

「かしこまりました。では紺色のドレスをご用意させていただきます」

「はい、よろしくお願……ドレスっ⁉」

おっと気づかれたか、と言わんばかりのおちゃめな表情をするリコリスさん。

「くれぐれも普通の服で！　目立たない服でお願いします！」


かくしてあっという間に二週間後。結局エドガー様とほぼお揃いの礼服姿になった僕、いつものメイド服とシルエットは似ているが色は赤のシンプルなドレス姿のリコリスさん、同じく礼服姿のライナスさんとリアンさんが孤児院の教会に集合する。

僕らの到着を大変喜んでくれた管理人さんにチャペルの中へと案内されると、本来予定されていた両家親族と孤児院の子供たちだけでなく、新郎新婦……新郎と新郎（？）の友人たちと騎士団の仲間たち、大勢の人で席はほとんど埋まっていた。みんなシモンさんと結婚相手さんを祝うために内緒で集まったのだ。僕らもその席に並ぶが、国王、豊穣の御子、騎士団将軍まで現れたものだから両家の親族と参列者たちに対してもサプライズになってしまった。

そして新郎たちの入場。二人の門出とこの先の繁栄を祝う内容のこの世界の定番の結婚を祝う歌があるというので、聖歌隊のように子供たちにそれを歌ってもらい、僕が耳で覚えたばかりのその曲の伴奏をオルガンで担当する。練習時間があまりなくてほとんどぶっつけ本番だったがメロディは綺麗《きれい》に重なり、さらに参列者の拍手で飾られる。

扉の向こうから現れた二人は、腕を組んで窓から明るい日差しが注ぐバージンロードを歩みながらも参列者を見て驚いていたが、嬉しそうに眼を細めて前を向いた。

小さな結婚式はこうして無事に、大変良いムードでつつがなく終了し、僕らもシモンさんと伴侶《はんりょ》さんのこれからの幸せを祈りながら会場を後にしたわけだが、帰り際に男の子が一人僕のところに駆けてきた。

「おにいちゃん、オルガンひいてくれてありがとう！　ボク、お歌が苦手なんだけど、オルガンの音に合わせたらちゃんと歌えたよ！」

「それは良かったです。じゃあまた弾きに来てもいいですか？」

「え、いいの⁉　来て来て！　絶対だよ！　あ、これどうぞ！」

男の子が差し出してくれたのはお菓子らしきものが数個入った小さな包みだった。

「クッキー、みんなで焼いたの！　今日来てくれたお礼です！」

向こうでも他の子供たちが参列者たちに包みを配っている。経済状況はあまり良くなく、食事はともかくお菓子は普段そんなに食べることも出来ていない子供たちが作って配ってくれたのだ。そこに詰まった感謝の気持ちに胸が温かくなる。

「ありがとうございます。いただきますね」

「うん！　おにいちゃんはオルガンひいてくれたから特別！　ちょっと多く入れたから、みんなにはないしょだよ！」


そう、だから……これは全部僕の落ち度だ。他の包みより少し多く入れたということは、僕の包みだけ中身が少し違っていたということだ。それを伝えておけばリコリスさんはそれも加味して精査してくれていただろう。だが僕がそれを伝え忘れた。

僕は一番多く入っていたクッキーだけをリコリスさんに渡し、毒見をしてもらった。包みの中に隠れている別のモノに気づかずに……。

そして、僕はそれを食べてしまった。子供たちの気持ちだと思って全てを残さずに。

要するに僕は自覚が足りていなかったのだ。すでに豊穣の御子として市民にも国外の人にも顔を知られている。バルデュロイに、僕個人に対して敵意を持つ人間から命を狙《ねら》われる可能性がある立場だという自覚が。

結婚式の翌日、自室で口にしたのは銀色の紙に包まれていたクッキーの中に一つだけ紛れていた白い包みのチョコレートのようなお菓子。食べた時は何ともなかった。

だがそれから一時間が経《た》つ頃、僕は妙な寒気に襲われた。自室でこの世界の歴史についての勉強をしている最中だったのだが、ページをめくる指先がかたかたと震えているのに気がつく。寒い……いや、そんな季節じゃないのに、と思った途端に全身に悪寒が走った。あまりに妙な、尋常ではない感覚に鳥肌が立つ。

「何……っ」

椅子《いす》から立ち上がろうとして転倒する。杖を持つ手にも、健常な片脚にもまったく力が入らずそのまま床に崩れ落ち、驚いて起き上がろうとするも腕に力が入らない。寒い。僕の異様な様子に気がついたエスタス君が鋭い鳴き声を上げて駆け寄ってくる。

『ぴぎっ！　ぴぎっ！』

エスタス君、と声をかけようとして喉奥《のどおく》の妙な熱さと痛みに気がつく。じんとした痛みが喉を刺しながらせり上がる。吐いてしまうかと思ってとっさに手で口を覆うが、口の端からこぼれて指を生温かく濡《ぬ》らしながら床に落ちたのは吐瀉物《としゃぶつ》ではなく真っ赤な血だった。

その瞬間、目の前のエスタス君の瞳孔《どうこう》がぎゅんと収縮して獰猛《どうもう》な色に変わる。そして小さな体を反り返らせ、甲高い大声で叫ぶように鳴いた。

最初に駆けつけてきたのは僕の自室のすぐ近くにいたリコリスさんだった。そして僕の状態を見るや否や、至急医療班を呼びなさいと廊下の騎士さんに向かって叫ぶ。そして、僕を抱きかかえて気道を確保しながら鋭く問う。

「御子様！　意識はありますか⁉」

震えるように頷く。喉の奥が熱くて声は出ない。血まみれだが外傷はなく、吐血だと理解したリコリスさんはすぐに机の上に残っていた菓子の包みに気がつき、屑籠《くずかご》を覗いた。そこにあった白い包み紙を見て表情を歪《ゆが》める。

「これか……っ！」

そこへ大慌ての様子で白衣の医師と助手の皆さん、数人の騎士さんが駆け込んできた。御子様を医療室へ運べ、包み紙を検査に回せ、先日の結婚式の参列者全員のリストアップと居場所の特定を、と僕の頭上で飛び交う言葉がどこか遠く聞こえる。

僕の菓子に毒物が仕込まれていたとして、まさか、あの場に犯人がいたとは思えない。菓子を用意したのは子供たちと孤児院の管理人さんだろうし、彼らに恨まれるようなことはないはず……。

どうしてこんなことになったのだろう。胸の内にわいてくるのは、死んでしまうかもしれないという恐怖ではなく、僕を失うことであの人が再び闇《やみ》に囚《とら》われてしまうかもしれないという悲しみ。

死ねない。まだ死ぬわけにはいかない。自分のためにも、この世界のためにも。ようや

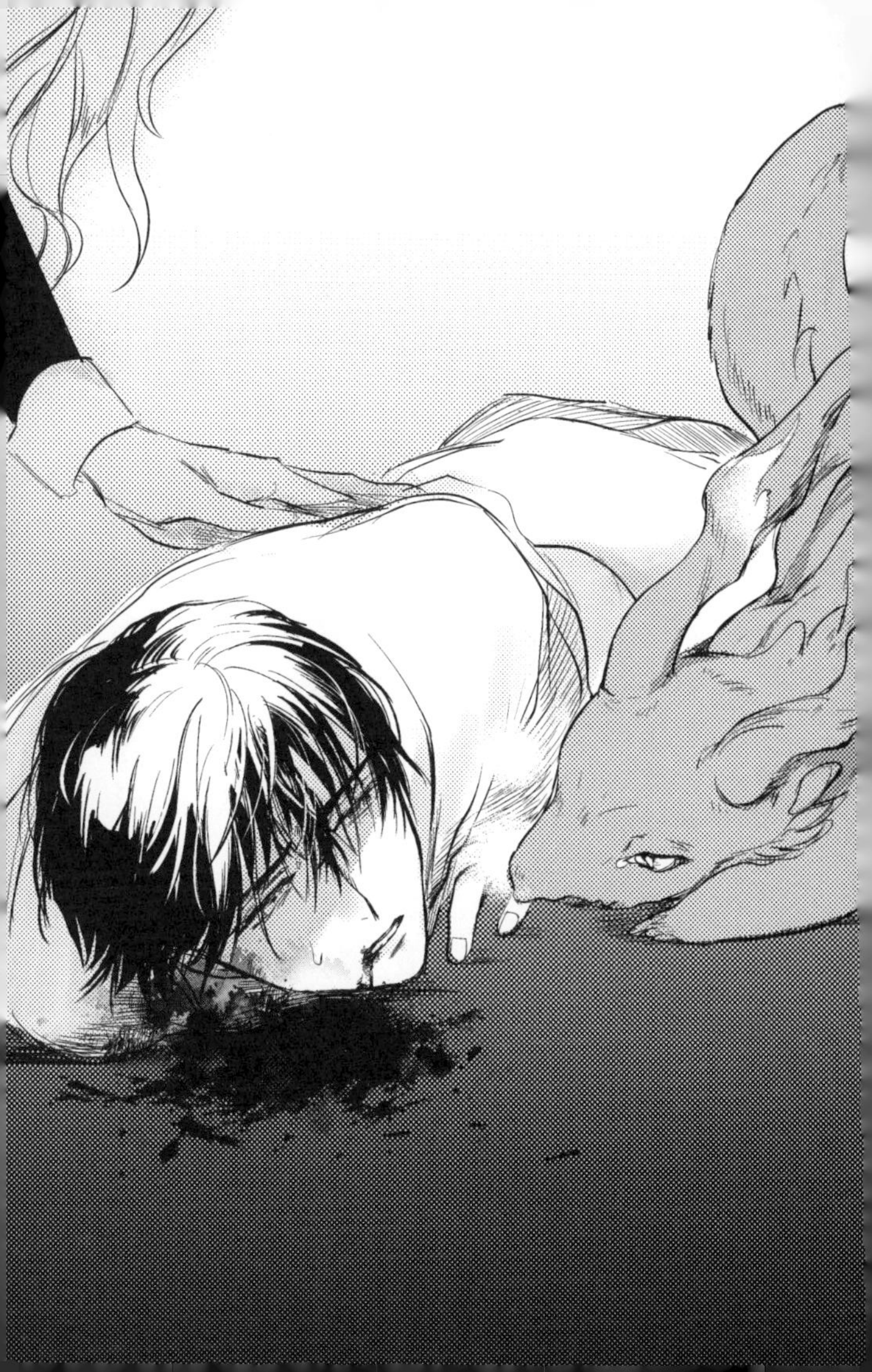

く孤独から抜け出した白銀の狼のためにも！　痛みを呑《の》み込むようにして耐えながら涙を落とす。

『ぴぎっ!!』

僕の横にずっとくっついていたエスタス君が再び声を上げ、血で汚れるのもためらわずに僕の体によじ登ってくる。

「エスタス様、駄目ですっ。今はどうか大人しくしていてください！」

『ぴぎゅあ!!』

リコリスさんの手を振り切って僕の胸の上に乗ったエスタス君は、そのまま僕の胸元に顔を寄せて口をはぐはぐと動かす。まるで何かを食べているように。何を、何をしているのだろう。そこで僕は思い出す。この小さな竜はかつて池の水に映る月光などという実体のない物を食べていたではないか。そして自然の中の瘴気《しょうき》を自分の体に取り込んで森を守ろうとしていたことを。

駄目、止めて、そう叫びたかったが声は出ないし体は麻痺《まひ》したように動かない。そして嫌な予想は的中する。エスタス君は僕の体内の毒や苦しみを食べて……！

『ぴ、ぎゅぅ……』

へたりと僕の上で崩れ落ちる小さな体。苦しげに顔を歪めながらもまだ咀嚼《そしゃく》を続けるエスタス君。それと同時に僕は自発的な呼吸を取り戻し、なんとか声を上げる。

「リコ、リス、さ……！」

「御子様！　駄目です、しゃべらないで！」

「エスタスく、んを、僕から、離して……はやく……っ！」

そこでリコリスさんも何が起こっているのか察したのだろう、神獣が自らの特性で御子を救おうとしているのだと。一瞬どうすべきか迷ったようだったが、リコリスさんはエスタス君を強引に抱き上げて僕から引き離した。……良かった。でもエスタス君は大丈夫だろうか。間に合ったのか。

解毒処置をと傍らで医師が言う。そして僕の意識は完全に沈む。


次に目を覚ましたのは夜だった。どれくらい意識を失っていたのだろう。

病室のベッドの上。僕はぼんやりと白いカーテンを眺めながら……視界の違和感に気がつく。なんだか左側が薄暗い。そっちには窓があるのに。右側より明るいはずなのに。

ゆっくりと左腕を上げてみる。筋肉痛のような妙な痛みを堪《こら》えながら。持ち上がったはずの左手はほとんど見えなかった。視界の左半分が薄暗く消えていた。……右手で、右目を覆う。何も見えなくなった。左目が完全に見えなくなっているのだと気がついた。

「…………痛っ……」

胸の奥がまだ痛む。けれど吐血はどうにか治まったのだろう、口内に鉄のにおいはない。きっとエスタス君のおかげだ。ああ、あの子は大丈夫だろうか……。それに、左目の失明は毒の後遺症なのだろうか。ショックはそれなりにあった。けれども妙に頭は冷静だった。

「でも、生きてるし、大丈夫……。死ねない、まだ全然、何も成し遂げてないんだから……」

自分で自分の心を落ち着かせるための独り言を呟き、体を起こす。全身が痛い。かろうじて伸ばした手の先にあるサイドテーブルの上に便箋《びんせん》を見つけた。

『傍《そば》にいてやれなくてすまない。必ず助ける』

一言だけの走り書き。誰の字かはすぐに分かり、思わずその手紙を抱きしめる。

「エドガー様……！」

僕の声が聞こえたのだろう、ノックの音と共に焦った様子の看護師さんが現れる。

「御子様⁉」

「あ、はい……」

「寝ていてください！　すぐに医師《せんせい》を呼びます！」

医師の検査を受け、そして告げられたのは、体中が毒の影響でボロボロだということ、やはり左目は毒が回ってしまったせいで完全に失明しているとのこと。

「リコリス殿の予想通り、やはりあの菓子に仕込まれていました」

「そんなはずは……あれは子供たちが」

「はい、あなた様が倒れられた直後からすぐに捜査が始まりました。あなたに菓子を手渡した子供も特定されています。ですが本人はあの白い包み紙の菓子は大人に渡されたと供述しておりまして」

「大人に……」

「あのおにいちゃんがオルガンを弾いてくれて良かったね。お礼にこれをあげたらどうかな、と大人が菓子を渡し、子供は受け取ったそれを自分たちが作った菓子の中に一緒に入れて包んでしまったそうです。その子供にも同じものが渡され、その場で食べて美味しかったので御子様に差し上げたかったのだと……。その人物ですが、子供は顔をよく覚えていないと言っています。式の参列者の中にはいないだろうということです」

なんという酷《むご》いことを。子供の純真さを利用して刺客に仕立て上げるだなんて。暗殺に利用されたなどと知ったらあの子が罪の意識を抱えてしまうではないか！

「まさか、子供に、ひどい尋問はしていませんよね？　あの子に罪は、ないっ」

咳《せ》き込《こ》む。言葉が途切れる。医師が僕の背中をさすりながら水を差し出してくれる。

「ご安心ください、質問をしただけです。あなた様が倒れたことも伏せてあります。こんな事態になってしまったとはいえ、子供には罪も責任もないことは皆分かっております」

医師は顔を伏せて表情を隠す。こんな事態？　何か起きているのか。何か……そうだ、どうして誰も来てくれないのだろう。僕が目を覚ましたと知ったらリコリスさんもエドガー様も来てくれるだろうと思うのだが。ふと気になったのは机の手紙、傍にいてやれなくてすまないというその言葉。

「あの、何か起きているんですか？」

「……あなた様はお気になさらず、体を休めていてください」

「何があったんですか⁉　エドガー様はどこへ行ったんですか！　教えてください！」

医師は首を振った。そして、ベッドの端でエスタス君が丸まっているのに気がついた。

「どうかベッドの上でお体を休めてください。今あなた様の体の中はボロボロの状態です。それに、我々医療班からは何も言えません。箝口令《かんこうれい》が布《し》かれております」

「どういうことですか……あの、エスタス君は」

「神獣の治療の知識がなく、我々には如何《いかん》ともしがたい状況です。あなた様の命を繋《つな》ぎ止めたのもこの神獣ですのでなんとかしてあげたいのですが……手を出せずにおります。自力で回復してくれると良いのですが」

丸まったままかすかに呼吸しているのだけが分かるエスタス君に触れると、いつもより少し温度が低い気がした。明らかに弱ってしまっている。暗殺用の毒だったのだ、当然致死量が盛られていたはず。それなのに僕が生き残ったのはこの子が僕とその毒を分かち合ってくれたからだ。

「ごめんねエスタス君……ありがとう……」

そして、医師と入れ替わるように現れたのはリンデンさんだった。その表情は少し硬く、医師には意識が戻ったと聞いたのでお見舞いに来たと言っているのが聞こえたが、僕の前に立つ彼の雰囲気はお見舞いという感じではなかった。

「コウキ様、このたびはあなたの身を守ることが出来ず、再び……いえ三度もこのような目に遭わせてしまい、本当に……本当にどうお詫《わ》びしたらいいのか」

「リンデンさん！　違います、僕が不用心だったんです、外の食べ物には注意しろとあれだけリコリスさんに教わっていたのに、僕が受け取った物をちゃんと伝えなかったから！」

互いに少しの沈黙に沈む。

「……どちらが悪いなどと言い合っている場合ではありませんね。実はコウキ様が倒れてからいろいろありまして。それについてエドガー様直々にコウキ様に対する箝口令が発せられているわけですが、私は無視します。全《すべ》てお話しすべきだと思いますので」

そう言ってリンデンさんは窓辺へと向かう。病室の白いカーテンは端っこがピンで壁に留められていて、開けられないようにしてあるのに今、気がついた。だがリンデンさんはそのピンを引き抜いてカーテンを開けた。

その向こうにはバルデュロイの王都、バレルナの街並みがある。曇天の下、街の何ヵ所からか空よりも黒い細い煙が上がっていた。わずかに炎の赤も見える。

「あれは……火事ですか？」

「はい。市街地での混乱に乗じて起きた火事です。エドガー様、ライナスと騎士団、リコリスまでもが駆り出されて、今は戦える者全員で民を守っています」

「一体、何が起こっているのですか！」

「コウキ様が毒に倒れた直後から、新種の魔獣と思《おぼ》しき生き物の大量発生が始まりました。発生源は生命の大樹です。その根元から次々にわいてくる魔獣は街へとなだれ込み人を襲い始めました。今は騎士団による市民誘導と魔獣駆除でなんとかしている状況です。エドガー様とライナスは現場の指揮、リコリスは魔獣狩り部隊の一員として出撃していますす」

「生命の大樹から……？　そんな、あれは、あの樹《き》は世界そのもので、世界を支えている樹で……花を咲かせて世界を再生させる力を取り戻そうとしていたじゃないですか！」

「ええ。そうです。ですが……大樹は今や全ての人類を敵と見なしている。大樹は人が御子を殺そうとしたのに気がついてしまった。ゆえに敵を駆逐するために自ら魔獣を創《つく》っていると私は考えています」

「嘘《うそ》……っ、僕の、せいで？」

「違います。あなたの弑逆《しいぎゃく》を謀《はか》った者のせいです。そしてこの現象はバルデュロイ国内だけではありません。ロマネーシャ管理区からも地面から腐りかけた樹の塊のようなものが生えてきて、そこから魔獣が溢《あふ》れ出《で》ているという連絡が届いています。自由都市同盟、ガルムンバ帝国からはまだ正確な情報は届いておりませんが、すでに兵の出陣と交戦は確認されています」

「世界全体が大樹に攻撃されている、ということですか⁉」

「恐らくは」

エドガー様の箝口令は僕に責任を感じさせないためか！　こんな事態を僕に隠し通そうだなんて、あの人は……‼　僕を甘やかすにもほどがある！

「僕はそんなこと望んでいません‼　何か手段はないんですか⁉　そっそうだ、大樹のもとへ行って僕が無事だということを伝えれば！」

「……左目を失明されたそうですね」

「えっ、はい、でも今はそんなことを気にしている場合では！」

「体内もかなり損傷を受けていると。そしてもとより片脚は動かない」

「それはそうですけれど！」

「こんな状態のあなたを、魔獣がひしめく大樹のもとへは連れていけません。間違いなく死なせてしまうだけ。現状を知ればコウキ様は自ら行くと言い出すだろうと分かっていたので、エドガー様は……」

「事態が収拾するまで全て隠し通すことにしたというんですか！　僕が全ての原因ではないですか！　それなのに僕を抜きに解決できると本当にお思いですか⁉」

リンデンさんはしばし黙り込む。僕の言い分ももっともだが、だからといって危険地帯に連れていける状態ではない。豊穣の御子を死なせたらそれこそ世界が終わる。何が正解なのかリンデンさんにも判断がつかないのだろう。

その時、部屋を強くノックする音があった。

「コウキ様！　コウキ様！」

「リアンさん！」

その聞き覚えのある声に僕が返事をするとドアが開け放たれる。そこには疲弊した様子のリアンさんが肩で息をしながら立っていた。土の色に汚れた軽装姿。その様子を見てリンデンさんが呟く。

「抜け出してきてしまいましたか……」

「どういうことですか！」

僕の問いにリアンさんは何か言おうとしたが口ごもる。そこにリンデンさんが告げる。

「すでに現状についてはお話ししました。もはや箝口令は意味を成しませんよ」

「そうでしたか。では二日前のことですが、市街が魔獣と騎士団の乱戦状態になって、私は怪我《けが》を負い、一度城に撤退して治療を受けたのです。しかしなぜかそこにライナス殿が来て、私を牢《ろう》に放り込んで施錠していってしまって……！」

そういうことか。ライナスさんはリアンさんの身を案じて安全な城に匿《かくま》おうとしたのだ。言葉では説得できないと分かっていたので、投獄という強引な方法で。

「ですので二日かけて床板を外して地面に穴を掘って脱出してきました！　そしてコウキ様が目を覚まされたという話を偶然耳にしましたので……、良かった、ご無事で……！」

「リアンさん、傷は」

「大したことはありません、今より戦線に復帰します！」

「待ってください！　どんどんわいてくる魔獣を倒してもきりがないんじゃないですか？」

「……ええ、斬《き》っても斬ってもわいて出る。ですが減らさねばどんどん増えます！　戦うしかありません」

「ですから、原因をなんとかするしかないと思うんです。僕のせいで暴走してしまっている大樹そのものをどうにかしないと！　リアンさん、危険を承知の上で頼みます、どうか僕を大樹の近くまで連れていってくれませんか？　僕一人では辿《たど》り着《つ》けそうもないんです、どうか手を貸してください、大樹に語りかけてみますから！　今までに何度か大樹の意思のようなものを感じ取ることはあったんです！　ですから！」

なるほど、でも、と逡巡《しゅんじゅん》するリアンさん。僕を危険に晒《さら》すわけにはいかないと彼も思っているのだろう。黙り込む僕ら三人、そこに城の侍女がやってきた。

「失礼いたします、蔵書室でウィロウ様がリンデン様をお待ちです。急ぎだとおっしゃっていました」

リンデンさんはその知らせに希望を見出《みいだ》したように顔を上げる。生命の大樹の暴走ともとれるこの事態について、元司書であるウィロウさんに過去の記録の調査を頼んでいたらしい。

二十三章

久しぶりに再会したウィロウさんはオリーブ色の髪を後ろで一つに束ねて結っていて小さな眼鏡をかけ、リンデンさんのものと似たローブを身に着けていた。枯れ木のごとき空気を漂わせていた隠居の病人は蔵書室の主《あるじ》としての姿を取り戻し、その肩には側頭部から柳のような細い若緑の葉が垂れていた。

再会の挨拶《あいさつ》や僕からの体調への問いかけもそこそこにウィロウさんは僕らに向かって語る。

「この事態の原因は生命の大樹の暴走ではない。正確には豊穣《ほうじょう》の御子《みこ》の命が脅かされたことにより大樹の防衛機構が正常に発動したままで。これほどの規模ではないが、過去にも豊穣の御子の危機に大樹が関与した記録が存在している。リンデンから概要は聞いているだろうが、我ら文明の徒は今や世界を支えるもの——いや、世界そのものから敵と見なされた」

「そんな⁉　僕は生きてますし、そんなことは望んでいません！」

「大樹が活力を取り戻しつつあったのが仇《あだ》となりましたな。これまでは御子に危機が及ぼうと、それを守るために力を振るう余裕がなかったので沈黙していたのでしょうな」

「……それで、僕がロマネーシャにいた頃……いろいろありましたが大樹は何もしなかったのですね」

「しなかったのではなく、出来なかっただけですな」

「それなら大樹の誤解を解かないと！　今僕は大樹の力を感じられません。ならば大樹のもとへと直接赴き、なんとか無事であることを伝えなければ……」

「今の御子殿の姿がとても無事であるとは思えませせぬが、その姿こそ愚かな人の罪の証《あかし》」

どこか達観した表情でウィロウさんは蕩々《とうとう》と語る。だけど、僕は諦《あきら》めることなんて出来なかった。

「少しでも可能性があればそれにかけたいんです。大樹は僕の想《おも》いを感じ取ってくれます。バイス君の時もエスタス君の時も……リコリスさんやリンデンさんの時も確かにそれを感じました。だからこそ、僕は行かなければならない……！」

表情が変わらないウィロウさんの手元では表紙が煤《すす》けた古書がめくられる。生命の大樹の記録が残っている書物なのだろうか。

「御子よ、行くならば中心へ行かれよ。生命の大樹の中心核は大樹の根元の真下、地下深くだ。数百年前に造った地下道と自然の洞窟が入り混じって形成された道がある。入り口は大樹の地下の森の中、普段は封鎖されている区域だ。恐らくそこも魔獣で満ちているでしょうな。リンデン、腕の立つ護衛を可能な限り用意してさしあげなさい」

「ウィロウ！　あなたは本気でコウキ様を行かせるつもりなのですか⁉」

「御子自身がそう望んでいる。ならばそれを叶《かな》える手助けをするのだ、我ら樹人はそういう存在だろう？　大樹の中心核であれば御子の祈りが届く可能性もある。いや、それ以外に打つ手はない。御子によって力を取り戻した大樹の力、今は花をつけるほどになっている。人間たちが抵抗したところで結果は変わらん」

「だからといって！」

「このまま大樹の意思で人類が滅ぼされて、それでどうなる。大樹の力を受け継ぐ御子と神狼《しんろう》は生き残るかもしれない。だが、その後全《すべ》てを失った孤独な大地で二人は生きてゆけるのか？」

　リンデンさんは苦み走った表情で口ごもる。そして最後には、護衛を付けます、と何かを決断したように呟《つぶや》いた。


　騎士の詰め所に戻り今一度装備を整えると言うリアンさんとは一度別れた。一人で自室へ戻った僕は侍女さんの手を借りて動きやすい服に着替え、エドガー様のお下がりの黒い外套《がいとう》を羽織る。

こうして着替えているだけでも全身がひび割れているかのような痛みが続いている。それに、貧血を起こしたかのように頭がくらくらする。

……右目はまだ大丈夫。……大丈夫なうちに行かなければ。

必要なのはどちらだろうと並ぶ二本の杖《つえ》を眺める。やはりこっちかと大樹の杖を手に取った。歩行の補助に使うには長くて扱いにくいが、それでもこれが必要になるという予感があった。大樹の一部のはずのこの杖だが、今のところ大きな変化は見られない。

そしてベッドの上からエスタス君がのそりと下りてきて僕の足元に体を摺《す》り寄《よ》せてきた。僕の中から食べることでその身が毒に侵され、もう体をよじ登って肩まで上がってくる力がないのだ。僕の癒《い》やしの力でどうにかならないかと思い試してもみたがこの体ではろくに力を発揮することも出来ず、エスタス君の容態が良くなることはなかった。

「エスタス君、危険なところへ行くんです。それに、僕を守ってエスタス君は苦しい思いをしています。どうか留守番をして、治療を受けていてください」

『ぴぎ……』

「すぐに戻りますから」

『ぎゅぅ……』

「必ず帰ってきますから」

『きゅるる……』

はむ、とその口が僕のズボンの裾《すそ》を噛《か》んだ。置いていくなと。仕方なくエスタス君を抱き上げて頬《ほお》と頬を寄せ合わせた。

「仕方ないですね……。わがままなのは僕も同じでした、一緒に行きましょう。でも絶対に僕から離れないでくださいね」

もくもくと再び口元が動く。

「あっ！　駄目ですっ、これ以上僕の中の悪いものを食べちゃ駄目だって言ったでしょう！　本当に死んじゃいます‼　そういうことをするなら置いていきますよ！」

『ぴっ、ぴぎゅ』

エスタス君は置いていくという言葉に驚いたのか慌てて口を閉じる。……優しい子なのだ、この小さな竜がその優しさが原因で死ぬようなことになるのだけは防がねばならない。僕はしゅんとしょげてしまったエスタス君を背負い鞄《かばん》にしまい込んで背中に担ぎ上げた。

そして迎えに来てくれたリアンさんに手を引かれながら城の入り口まで向かうと、そこには見知った顔が並んでいた。白銀の毛並みの神狼、日の光を浴びて輝く黄金の獅子《しし》、そして深紅の花をその身に宿す樹人。リンデンさんが選んでくれた護衛――それは、誰よりも頼れる仲間たちだった。

僕のもとへと歩み寄ってきたエドガー様へと手を伸ばす。背が高いエドガー様は少しだけ体勢を低くして無言のまま僕を抱きしめてくれた。

お互い、言いたいことはたくさんあった。エドガー様は僕を守れなかったことを悔やんでいるのだろうし、僕はあなたのせいではないと答えたかった。

けれど言葉はもう要らなかった。

体を包む腕の強さに思いは籠《こ》もる。そしてエドガー様は改めて僕の顔を真っ直《ま す》ぐに見つめる。それから、優しいキスをくれた。

「バレルナは……いえ、バルデュロイは大丈夫ですか？」

「ああ。王都だけでなく地方へも戦力は向けてある。あとの現場の指揮は優秀な部下に任せた。問題ない」

「謝らないでくださいね。僕は今とても嬉《うれ》しいんです」

「本当はお前の傍《そば》をひと時も離れたくはなかったのだが……」

「当然です。この国を守る王として、守るべき人たちを守りに行ったのですよね。僕は僕の神狼であるあなたが誇らしいです」

「コウキ……」

隣ではリコリスさんが僕らの再会を微笑《ほほえ》んで見守ってくれている。その向こうではライナスさんがリアンさんに険しい視線を向けていた。

「城で大人しくしてろっつったろうが!!」

「嫌です。今戦わなかったら私はなんのために剣を取ったのか分からない」

「くそ、もう何を言っても退《ひ》く気はねえんだろ！　ああもう分かった、俺が守ればいいんだろう！　お前もコウキも！」

「いいえ、あなたはコウキ様と陛下を守ることに注力してください。この世界のためにも失えぬお二人です。私がお二人を守るあなたを守りますから」

　その冷然としたリアンさんの言葉にライナスさんはぽかんと鳩《はと》が豆鉄砲を食ったような顔をした。きっとライナスさんは言われたことがなかったのだろう「あなたを守る」などと。獅子という戦闘力に秀でた種族、大剣を振るう大きく逞《たくま》しい恵まれた体に覇気に満ちた瞳《ひとみ》、将軍という立場。この『豪嵐の荒獅子』に向かって「守る」だなどと言葉にしたのはリアンさんが初めてなのかもしれない。

　そしてライナスさんは困ったような照れたような表情をわずかに覗《のぞ》かせ、でもそれでもやはりお前らは俺が守る、と気を引き締め直したように声を上げる。

「リアン、お前の気持ちはありがたく受け取っておく。なんだろうな、正直すげえ嬉しかった。お前の気持ちもよく分かった、だけどな今回は別の役目を頼むわ。お前はコウキの脚になってやってくれねえか？」

「我からも頼む。戦いになることは確実、だからこそ我の背にコウキを乗せていくわけにはいかないのだ」

二人からの強い意志を持った言葉にリアンさんは少し思案したが頷《うなず》いた。

先頭を駆けるのはライナスさん、そのすぐ後ろにエドガー様。中央に灰色の狼《おおかみ》の姿で僕を背に乗せたリアンさん。最後尾をリコリスさんが警戒しながら城の敷地を出て森へと向かう。茂みをくぐって迅速に封鎖区域を目指す。

だが、大樹の意思は何者も逃す気はないらしい。僕たちの目の前に現れたそれは黒ずんだ樹木の根が絡み合って出来た魔獣のように見えた。とても大きい。四肢を地につけたフォルムは犬に似ているがその顔は人か猿のようであまりに不気味だった。これを生命の大樹が生み出しているのかと僕は身をすくませる。

ライナスさんが先鋒《せんぽう》として斬《き》りかかり、大剣の一撃で敵を頭上から叩《たた》き伏《ふ》せた。だがあちこちの茂みから同じ魔獣がぞろりぞろりと現れる。

「ちっ、こんなもん相手にするだけ無駄だっ、正面突破で突っ切る！　いくぞエドガー！」

「ああ！　我らが道を開く！　後に続け、リアン！」

エドガー様の号令に対してリアンさんは低い唸《うな》り声で応《こた》えた。

同じ狼でもエドガー様とリアンさんの乗り心地は随分と違う。そもそもの狼としてのサイズがエドガー様は規格外だから当たり前ではあるのだけど……。毛皮もその下の筋肉も分厚く、どっしりとした質感のエドガー様が車だとすれば、リアンさんはバイクに近いのだろう。細身で骨格が感じられる肉の薄さ、そして身幅も狭い。安定性が悪いのはリアンさん自身も分かっているのだろう、僕を振り落とさないように器用に重心を保ちながら滑らかに走ってくれる。それが心苦しくて申し訳ない。

前方ではライナスさんが跳びかかってきた魔獣を空中で叩き斬り、横から飛び出してきた魔獣はエドガー様が長剣で一瞬にして薙《な》ぎ払《はら》った。絶命した魔獣はその場で腐り落ちるように崩れる。血も流さず、後には腐葉土のようなものだけが残った。

こっちだ、とライナスさんが進路を切り開く。地下への入り口は鬱蒼《うっそう》と茂る森の中に隠された鍾乳洞《しょうにゅうどう》のような洞窟《どうくつ》、巨大な岩の扉で厳重に閉ざされていた。だがエドガー様がその扉に触れると、岩戸は重たい音を立てながら自ら左右に開いて僕らを招き入れる。王族もしくは神狼だけが入れるように細工されていたのだろうか。

その先は真っ暗な闇《やみ》。だが中に入ると僕らの周りがぼんやりと光り、周囲が見渡せるようになる。何が光っているのだ、光源は何なのだと疑問に思うが、すぐに周囲の壁、鉱石自体が淡く光を放っているのだと気がついた。

地下道を造ろうとした痕跡《こんせき》なのか、ところどころにレンガを積んだ壁やそれを支える石柱、足場などの人工物が点在している。それに交じって天然の岩壁と木の根が景色を作り、中は想像以上に広い。まるで洞窟探検のような状態で僕らは進む。

そしてすぐ再び魔獣に遭遇。またあの黒い根っこで出来たような奴《やつ》だ。だが今度の相手はさっきの犬型より脚が短く太く、磨いた岩のように硬質な輝きを放つ背中はドーム状にふくらんでいる。ヒグマほどの大きさの巨大なリクガメのように見えるが今度は頭がない。胴から四肢だけが生えている。こんな摂理に反した生物を生み出してしまう大樹の怒りが少しだけ恐ろしいと感じてしまう。

そして魔獣は突然に猛突進、あの硬そうな体で敵を押しつぶす気なのか。突進を真正面で受け止めようと剣を構えるエドガー様、駄目だと僕は硬直して声を上げそうになる。あの巨体を受けたら剣は折れてしまうだろうし、エドガー様自身も無事には済まない！　だが僕の心配をよそにエドガー様はその突進を紙一重で回避。すれ違いざまに長剣を振りぬいた。

甲羅の魔獣はそのまま転げて岩壁に激突し、動かなくなる。一瞬の早業。甲羅の隙間《すきま》から内部を抜いて急所を切り裂いたのだろうか。

洞窟の奥からはまた新たに甲羅の魔獣が姿を現すが、そっちは出てきたと同時にライナスさんに甲羅を叩き割られ、背後からは蛇のように身をくねらせて地を這《は》うトカゲのような魔獣が迫っていたが、敵が跳びかかるよりも遥《はる》かに速く敵に迫ったリコリスさんの短剣がまるで敵を三枚おろしにでもするようにその背を削《そ》いで仕留めていく。

　その音のない先手必勝の一閃《いっせん》に、魔獣たちは自分がなぜ死ぬのかも分からぬような顔のまま腐り落ちてゆく。いや、死ぬという表現は正しくないのかもしれない。この創《つく》られた魔獣に命というものが宿っているとはとても思えないからだ……。大樹が生み出した、命も意思も持たぬ哀れな魔獣……。だけど、それも僕を守ろうとして……。

　いや、今はただ前を向くしかない、僕を守るためにここでこうして戦ってくれている大切な人たちのためにも。

　それからの道にも魔獣たちは際限なく現れ続ける。だけれども、強い。長剣を持ち、動きすら見えないエドガー様も、その豪腕に握った大剣で魔獣をまとめて叩き斬るライナスさんも、舞うように短剣を扱うリコリスさんも、そして彼らが逃した小さな魔獣を引き裂くリアンさんも。

　このまま行けばあっという間に最深部だ、と僕は内心胸を撫でおろす。

　駆ける。駆ける。地の底へ。闇の奥へ。視界がだんだん暗くなってきた。周囲に光る岩が減ってきたのだろうかと思ったが、誰も明るさのことを指摘しない。暗くなってきたから注意しろなどとは誰も言わない。

そこでようやく気づく。僕だけなのだ……。これは僕に残された右目の視力が駄目になり始めている証なのだと。いよいよ両目を失明してしまうという恐怖に直面し、身震いする。

その動揺をすぐにリアンさんに悟られた。

『コウキ様、いかがなさいましたか？』

「いえ、なんでもないです。大丈夫です」

『お体は』

「平気です。早く行きましょう」

聡《さと》いリアンさんのことだ。焦った僕の声から平気ではない、もはや余裕はないと見抜いたのだろう。だが今この場で出来ることはないと互いに理解しているのだ。リアンさんは何も言わなかった。代わりに、僕を必ず大樹の中心へと連れていくと奮起したように眼光を鋭く細めた。

その後も奇妙な生き物たちが次々と襲い掛かってきたが、木の根で出来た魔獣たちは僕の仲間に即座に片づけられてゆく。全員まだ負傷こそしてはいないが、それでももうそれぞれがすでに三桁《けた》に上るのではという数の魔獣を倒していて、さすがにその呼吸や仕草に疲労の色がうっすら見えてきている。道はまだ続いている。延々と、底へ底へと。

行くぞ、と額に汗を浮かべるライナスさんが自らを奮い立たせるように叫ぶ。

それからも戦いは続いたが言葉を掛け合い、足を止めることなく奥へと進む。僕以外の全員からにじむ疲労が濃くなった頃にとうとう最深部へと僕たちは辿《たど》り着《つ》いた。

その地底の果ては薄く水が張った異様に広い空間だった。水深数センチほどの足元の水面《みなも》はまるで鏡張りのようにさかさまの僕らを映す。

静まり返ったその広間の奥、濁った色の水晶のようなもので出来た玉座に『それ』はいた。

今までに倒してきた魔獣たちとは完全に別の生き物。

それは黒い毛並みをしていた。

三角の耳もすらりと伸びたマズルも獣の形。

力強く隆起した肩から伸びる腕も、引き締まった胴体も全てが毛皮で覆われている『それ』はゆっくりと玉座から立ち上がる。

黒い尾が揺れる。

それは二本の足で立っていた。

獣の姿で。狼の姿で。真っ黒な、僕の愛する狼の姿で！

「黒い、エドガー様……⁉」

僕の言葉に反応したかのようにばちんと見開かれるその双眸《そうぼう》さえ、漆黒。

僕らは全員で目の前の『それ』を凝視する。エドガー様にあまりによく似た黒い神狼を。張り詰めた空気の中で微動だに出来ぬまま。

「嘘《うそ》だろ……エドガーと同じ姿の奴が……、そんなもんがなんで存在してんだよ……！」

ライナスさんの言葉は疲労に掠《かす》れ、あまりに信じがたい目の前の事態に引きつってい
る。

「……リアン様」

リコリスさんがそっと囁《ささや》いて後方に視線を送る。あれは危険だ、退避しろと伝えるように。リアンさんも瞬時にその意を汲《く》んで後方に下がろうとするも、黒い神狼はその腕を持ち上げる。

尖《とが》った黒い爪《つめ》が背後を指さすと同時に、後方へと続く道は一瞬にしてふさがれる。木の根のようなものが幾重にもひしめき合って壁と化してしまった。

黒い樹《き》の根を己の意思で操っている。まさか生命の大樹が豊穣の御子のために創り出した『防衛機構』の本体がこの黒い神狼だというのか。

『逃がさん、誰一人な』

その声に再び僕らは皆驚愕《きょうがく》する。声までもが同じだった。少しだけ、人間ではない異質さは持つものの獣化したエドガー様とまったく同じ声なのだ！

全員の動揺を鎮めようとしたのだろう、白い神狼、エドガー様が自ら前に出る。

「貴様は、何だ」

その問いに黒い神狼はかすかに笑む。

『そう身構えるな。大したものではない。我はただの守護者――豊穣の御子を守る生命の大樹の意思であり、それを成す者』

「守護……まさか貴様は」

『豊穣の御子を人間から守るため、つい先日生まれたばかりなのでな。我は世の中のことはよく分からん。ただもう何も要らんということは分かる。豊穣の御子を殺そうとした世界だ。要らん。御子以外はもう何もかも』

ぱしゃんと水を踏む音。守護者と名乗った黒い神狼が腕を掲げる、そこに現れるのは長剣。それすらエドガー様が持つモノと同じ。ひどく嫌な予感がした。

だが僕などよりも武人であるエドガー様たちの方がもっと早くその殺気を感じ取っていたのだろう、全員がとっさに後方へと飛《と》び退《すさ》る。それと同時に守護者が剣を横薙《よこな》ぎに振るう。豪快にして粗雑なその攻撃はまともな剣術ではなく、ただ力任せに剣を振っただけに見えた。

その瞬間、打ち抜かれたのは空間そのもの。見えない力で薙ぎ払われる。防御しようとしたリコリスさんがいとも容易《たやす》く宙を舞うのが見えた。小柄なリコリスさんだけではない、ライナスさんすら飛ばされる！　僕はリアンさんがとっさに地面に伏せさせて上に覆いかぶさってくれたおかげで守られたが、リアンさんは背中から衝撃波を受けたのだろう、うめき声、爆《は》ぜる水面、上から殴られたような衝撃が僕にまで伝わってくる。

「う、リアンさんっ！　みんな……っ！」

「コウキ様、伏せてっ、顔を出さないで‼」

リアンさんは全身で地に張り付いて腹の下に僕を庇《かば》ったまま動かない。僕のために、僕を守るために彼は敵の攻撃を避《よ》ける気がないのだ。

そのリアンさんを守ろうと、吹っ飛ばされて地面に叩きつけられたライナスさんが起き上がって大剣を構える。リコリスさんも濡《ぬ》れた髪から雫《しずく》を滴らせ、よろめきながらも冷徹な目で守護者を睨《にら》み、短剣を逆手に持つ。エドガー様は衝撃波を相殺するように剣を叩きつけなんとかその場に踏みとどまったが、全身の毛を怒りに逆立たせ、鼻に深い皺《しわ》を作りながら威嚇するように唸る。

だが守護者はエドガー様たちを無視して僕を見つめて薄く微笑んだ。

『安心するがいい我が御子よ、すぐに済む。目の前の羽虫どもも外の害虫もすみやかに消してくれよう。お前を傷つけるものは全て無に帰す。我はお前に平穏と安寧を捧《ささ》げよう』

「何を、言って……」

この会話を隙と捕らえたのか、エドガー様が問答無用に斬りかかる。それと同時にライナスさんが併せて突撃し、左右からの同時攻撃、交差する二本の剣が守護者の首へと迫る。

だが守護者はエドガー様の剣を片手で真横から打って払い、ライナスさんの剣を片腕で掲げた剣で迎撃した。そのあり得ない膂力《りょりょく》はそのままエドガー様とライナスさんを押し切り、死角を突いて背後から斬り込んできたリコリスさんにすら見事に対処した。

短剣を突き出す手首を摑《つか》んだかと思うと、そのまま技巧も何もなくただ馬鹿力《ばかぢから》だけでリコリスさんをぶん投げた。細い体は真上の天井の岩壁に激しく叩きつけられ、そして地面に落ちて激しい水飛沫《みずしぶき》があがる。

「リコリスさんっ‼」

リコリスさんはすぐに体を起こす。信じがたいことにあの状況からかろうじて受け身を取ったのだろうが、その額や手足からは血が流れ落ちていた。それと同時に洞窟を震わせるほどのライナスさんの咆哮《ほうこう》が響き、全力を込めた大剣の一撃を繰り出すが再び止められる。

ぶつかり合う黒鉄の大剣と闇夜をそのまま削り取ったかのような漆黒の長剣。だが鍔迫《つばぜ》り合いはほんの数秒も持たず崩され、ライナスさんはその圧倒的な力にフルスイングされるように吹っ飛ばされた。後頭部から岩壁に打ちつけられ、息が詰まるような苦悶《くもん》の声を短く上げた。

「ああっ‼　ライナスさんっ」

剣技や戦い方は完全にエドガー様たちの方が卓越している。だが相手が悪い。向こうは生き物として持っている力の次元がまるで違う。いや、そもそもあれは生き物ですらない。

「やめて!! もうやめてください。僕を守ってくれるというのなら、あなたが大樹の一部なのであればどうか僕の声を願いを聞いてください! 僕はこんなことを望んでない!」

守護者はきょとんとした様子でわずかに首を傾《かし》げる。

『では何を望む』

「何も、何もしなくていいんです! 僕は大丈夫です。だから、エドガー様を……皆を、誰も傷つけないで!」

叫ぶ勢いで涙がこぼれる。もう見えていない左目からも、夜の訪れのように暗くなり始めた右目からも熱い雫が浮いては落ちる。

『……御子よ。泣いているではないか。悲しいのか? それとも体が蝕《むしば》まれ苦しいのか? この世界の者たちのせいで泣いているのか? そうか、人は御子の生命だけでなく心までをも蝕むのか。やはりもう必要のない存在なのだな』

「嫌だ!!! 違う!!」

『大丈夫だ、全て我に任せておけばいい』

僕の懇願も僕の絶叫も、その耳には届いてないのだろうか……。

黒き守護者はどこまでも優しく微笑むのだ。エドガー様と同じその顔で。

再び振りぬかれる剣、あたりに広がる衝撃波。それが攻撃なら防御できるのだろうが、空間そのものを使ってくる衝撃など防ぎようもない。それでも僕だけは傷つけないようにという意思はあるのだろう、僕と僕に密着しているリアンさんだけが被害を免れ、残る三人は再び吹っ飛ばされて岩壁に打ちつけられる。

それでも三人はもはやここでこの守護者を討つしかないと覚悟を決めたのか、闘志を失わずに剣を構えて斬りかかり、また当然のように吹っ飛ばされる。リコリスさんの俊敏さもライナスさんの豪腕もまるで通用しない。

エドガー様も彼らと同じく何度も攻撃を受けている。最初に赤に染まったのはその側頭部、乱れた毛並みの合間からにじむ色、滴る血の雫。やがてそれは首を染め衣服に染みる。だがその瞳は刃と同じく鋭く輝き、敵だけを射殺すように睨む。

一瞬の隙をも見逃さぬ獣の反応。水を蹴《け》る音が聞こえたかと思うと僕が目で追うよりも速く守護者の後方へと飛び込んだ！　守護者も当然のように白い狼の影を追って黒い剣を振り落とすが、エドガー様の方が速い。一撃目をかいくぐってかわし、次いで飛んでくる二撃目を剣の中ほどで受けた。

そのまま勢いを乗せて搦《から》めとって振り払う、その流麗な剣技に守護者は一瞬体勢を崩す。

「うおおっっ!!」

咆哮、そこから一瞬で天を突くように返した刃を振り上げる！　その力強い燕返しの一振りは守護者の胸部から肩を切り裂き、黒い影がほつれるように弾《はじ》ける。だが守護者はその場で踏みとどまって反撃を繰り出す、それに対してエドガー様も即座に構え直して迎撃。姿だけでなくそのフォームまでもが鏡映し。互いの長剣がまったく同じ軌道で吸い込まれるようにぶつかり合う。激突、そしてぎりぎりと嫌な音を立てて押し合う。歯を食いしばるエドガー様の横顔に僕は身震いする。

だが敵は笑った。剣が互角なら不可視の衝撃波を撃てる己が上だと誇示するように。鍔《つば》迫《ぜ》り合いのまま黒い守護者の片脚が地を蹴る。その瞬間、地面と水面に衝撃が走った。守護者はエドガー様の足場を崩して切り返すつもりだったのだろう。だがエドガー様はとっさの判断で剣を引いて跳んだ。全身の毛並みが激しく波打つが体勢は崩れない、それは無意識に直感だけで動いたようにすら見えた。月下に跳ねる兎《うさぎ》のように高く跳ぶ、その手に長剣がない。その時もうすでに長剣は腰の鞘《さや》に納められていた。

そして空中からの一閃、身をひねって抜き放つ居合。

『ぐうっ⁉』

守護者はその予想外の攻撃を苦し紛れに受け止めた。だが片膝《かたひざ》をつき、このままでは押し切られる、それを察してか突如剣技で戦うのをやめた。洞窟中を震わせるとんでもない咆哮を上げたかと思うと周囲の全てを殴りつけて叩き伏せるような、これまでにない威力の衝撃波を全身から放った。

　これにはさすがのエドガー様もなすすべがなく、吹き飛ばされるしかなかった。くぐもったうめき声と血の雨を残して。

　単純に衝撃波に突き飛ばされているだけ、それ自体は致命傷にはならない。だが吹っ飛ばされて叩きつけられるたびに鋭い岩で衣服ごと体が裂け、血飛沫が迸《ほとばし》る。骨も内臓もただですむはずがない、起き上がる彼らは苦悶の声を噛み殺すがその顔には深い苦痛がにじんでいる！　死んでしまう、このままではみんな……！

　自分が庇わなくとも僕が狙《ねら》われることはないと察したリアンさんは獣の姿のまま少し身を浮かせ、地面にぎちりと爪を立てながら伏せて構える。飛び掛かる気だと気づいて僕はとっさにリアンさんの前脚にすがりつく。

「駄目です！　あなたまでやられてしまう！」

　僕のとっさの制止をかき消すのは奥から飛んできたライナスさんの怒声。

「動くなリアンっ!!　お前がやられたらコウキを連れて離脱できる奴がいなくなる!!」

　その言葉に射すくめられてリアンさんはその場で硬直し、同時にライナスさんは大剣を構える。そこに一瞬で滑り込んでくる黒い影、守護者が直接斬りかかってきた。

　その動きは剣技としてあまりに整っている。最初は大雑把な超威力攻撃を衝撃波として飛ばしてきただけだったが、今の動きはまるで剣の熟練者。「生まれたばかり」だった守護者は持って生まれた力を振り回すことしか知らなかったのだろう、だが今この場で見てしまった、三人の武人の剣術を見て覚えてしまった。

人類とはレベルの違う暴力が正しい太刀筋で振るわれる。構えは間に合ったというのにその圧倒的な力に弾き飛ばされる大剣、一瞬の無防備を晒すライナスさん。

そこに一瞬で滑り込んでくる黒い影、初めて守護者が直接斬りかかってきた。だが百戦錬磨の将軍は武器を取り落とした程度ではひるみもしない、一瞬のうちに巨大な獅子の姿に変じ、金のたてがみを振り乱して黒い守護者の肩口に喰《く》らい付く。

やったかとその場の全員が一瞬の希望を抱く。だが完全に息の根を止めるまで容赦はしないとばかりに横から滑り込んだリコリスさんが短剣で守護者の脇腹《わきばら》を深く切り裂き、同時にエドガー様が背後から胸部を貫く。

どれもが致命傷だった。通常の人間なら三回死んでいる。だが相手は生命の大樹の『防衛機構』。枝を折られたところで樹が枯れはしないように、多少壊された程度、どうということもないとばかりに黒い横顔がにやりと笑う。

「駄目、逃げて!!!」

僕とリアンさんがそう叫んだ時にはすでに手遅れだった。守護者が振るう黒い剣で一瞬にして薙ぎ払われたライナスさんとリコリスさんが血の雨を降らせながら突き飛ばされたように倒れる。背後のエドガー様だけが間一髪で致命傷を避けた。だがその胸が真一文字に切り裂かれて衣服が一気に真っ赤に染まる。そのまま膝をつき、長剣を取り落とす。金属が水を打つ音があたりに響き渡り、訪れたのは静寂。

皆が……、ライナスさんがやられたことでリアンさんはもう己を止められなかったのだろう。怒りに打ち震える唸りを上げると、放たれた矢のように飛び出した。黒い守護者はそれをつまらなそうに一瞥《いちべつ》して長剣を振るう。リアンさんはその黒い軌跡を弾かれたように回避してぐぐり守護者の腕に喰らいついた。

だが灰色の狼の顎《あご》はその腕一本をも食いちぎることは出来ず、そのまま腕ごと地面に打ち下ろされる。頭から岩に叩きつけられたリアンさんはその肢体をぐらりとふらつかせ、なんとか踏みとどまろうとするも、守護者に横っ腹を蹴り抜かれて横倒しにされた。蹴りの一撃で腹の中を損傷したのだろうか、その口の端、牙《きば》の合間から鮮血がこぼれる。

皆、僕の大切な人たちが皆やられてしまった。死んで……しまった？　まだ死んでいなくても、このままでは死んでしまう。

黒き守護者は剣を手放し、こちらへと歩み寄ってくる。

ぱちゃ、ぱしゃ、と水を踏む音がこちらへ近づき、徐々に大きくなる。

そして、差し出される手。

『コウキ』

やめろ。

あの人と同じ顔で僕を見るな。

同じ声で僕の名を呼ぶな。

恐怖で体が凍る、怒りで胸の中が燃える。

熱い。背中が。掌《てのひら》が。エスタス君を背負う背中が、大樹の杖を握る手の中が焼けるように熱い！　そして、爆ぜる心のままに僕は絶叫した。

「なんでだ、なんでっ!!　どうしてやめろと言っているのが分からない!!　傷つけるな！　僕の愛する人を、僕の大切な人たちを。彼らが生きるこの世界を傷つけるな!!　辛《つら》い目に遭っても、傷ついても、泣いてもどんな目に遭っても!!　僕はっ、僕の心はこの世界を愛した!!　愛そうと決めた!!　だから、だから、もうやめろと言っているんだっ!!」

僕の絶叫は広い空間を揺らす。僕の大声なんて大したことはないはずなのにこの地下空間を形作る大樹が小さな振動を始める。

どうか届いてほしい。この願いがこの祈《いの》りが、僕があの人とこの世界で生きていくと決めたこの決意が。そして、僕がこの世界を愛おしいと思えるきっかけを作ってくれた数多《あまた》の人々がいることを。

この世界は決して悪意だけに満ちたものではないことをどうか、どうか信じてほしい。

僕の背中では小さな神獣が僕の想いを受け取ったかのように小さく鳴いた。

＊　＊　＊

同時刻、大陸北東部、旧神聖王国ロマネーシャ。

突如大地を裂いて現れたとぐろを巻く不気味な木の根の塊、見上げるほどに巨大なその異物の中からぞろぞろと這い出してくるのは、これまた赤黒い植物の根が絡み合って出来たかのような奇怪な生物。整列しているかのように一列に並んで出てくるその姿はただただ不気味。何がきっかけか分からない、それでも途端に理性なく暴れだす魔獣たちには決まった形はないが、それぞれが何かの自然物に似ていた。蜘蛛《くも》のような八本脚のもの、ぐにゅりと地を這う蛭《ひる》のようなもの。

どれもが不気味に蠢《うごめ》き、目につく物を破壊し始める。

ロマネーシャ市街に残されていた市民は恐怖に逃げまどい、ロマネーシャ再興の準備を始めていたバルデュロイの騎士たちは驚きながらも統制を保ち、魔獣に対しては剣を持って対抗し、力なき民たちを迅速に避難させた。

だが魔獣はどこからともなく現れ、民を逃がした先にも魔獣が回り込み、もはや散り散りになって逃げるしかない状況に追い込まれる。

だがその窮地の中でロマネーシャの男たちがそれぞれスコップや角材、つるはしなどを手に隊列を組んで魔獣に対抗し始めた。それは、元ロマネーシャ国軍の生き残りたちだった。祖国と家族を守れと叫んで魔獣に突撃を開始する。

　それを見たバルデュロイ騎士団も即座に足並みを合わせて共に攻勢に出る。戦時中は敵味方に分かれ殺し合っていたバルデュロイの騎士とロマネーシャの兵が肩を並べて戦う、その光景を見て難民の女たちは諦めかけていた己を叱咤《しった》して立ち上がる。

　この国の未来を、子供たちを守れと声を上げ、座りこんで泣き出していた子供たちを担ぎ上げると、騎士団の指示に従って再び避難を開始する。


「おじょうちゃん！　あんたも来な！」

　背中に赤子を背負う恰幅《かっぷく》の良い女が一人恐怖に震えていた少女に手を差し伸べる。少女には親がいなかった。先の戦争で共に亡《い》くなっていた。そしてこの国に破滅の運命をもたらした救国の聖女を憎んだ。だがその聖女に傷を癒やされ、生きろと言われてしまった。

　少女はもう全てが分からなくなったまま、ぼんやりと生き延びていた。憎しみという生きる糧を失い、早く両親がいる天国へ行きたいとすら思っていた。だが襲いくる不気味な魔獣たちを前にして、現実的な死を目の前にして、死にたくないと本能がわななないた。

　死にたくない。私は、まだ生きていたい！　少女は心からの言葉を叫ぶ。

「あ、あ……たすけてっ!!」

「ああ！　一緒においで！　行くよっ！」

少女は差し出された手を摑み、走り始めた。自らの意思で、涙を振り切って。そして心の底から思い知る。それは決して人に向かって使ってはいけない言葉だった。胸の中で何度も叫ぶ。

ごめんなさい、ごめんなさい。『死んじゃえ』なんて言ってごめんなさい、と。

状況は絶望的だった。皆がどれだけ必死になったところで、溢《あふ》れかえり続ける魔獣を倒しきることも、魔獣から逃げ切ることも出来そうにないほどに敵の数は圧倒的だった。

だが裸足《はだし》のまま駆ける少女に迷いはない。

そして、その耳には祈りが聞こえていた。

遠い遠い、願いの声が。

＊　＊　＊

同時刻、大陸南東部、ガルムンバ帝国。

帝国の西には見渡す限り桃色の丘が広がる。だがその華やかな絶景は地平線を埋めるほどの数の魔獣に踏み荒らされている。ずんずんと迫るその黒い津波のような暴威に向かって、帝国の城壁に並べられた砲門が一斉に火を噴く。雷鳴《らいめい》のような音と共に発射された砲弾が放物線を描いて着弾、炸裂《さくれつ》。舞い上がる花が燃え、魔獣の群れを薙ぎ払ってゆく。だが焼け落ちて散らばる魔獣の屍《しかばね》を踏み越えて、丘の向こうからどんどんと新たな魔獣が現れ続ける。迫る。迫る。ガルムンバ帝国を目指して。

その光景を眺めて城壁の上で巨軀《きょく》の鬼人が笑う。

「まったくもってとんでもないな！　この敵の数、どう見ても砲弾が底を突くのが先だ！　これは世界の終わりか？　終末とはこうも唐突なものか!?　ふははっ、しかし俺たちはただでは終わらんぞ！」

大剣を抜いて白刃を天にかざすのはガルムンバ帝国皇帝、ゼン。赤い戦衣が風にたなびき、翻る。

「我らガルムンバの武人、最後の一兵となろうとも敵に喰らいつこうぞ！　守るはこの城壁、そして我らが民。ここが最終防衛線だ！　愛すべき者のため、守るべき者のため、身を賭《と》せ、命を賭せ!!　我が一番槍《いちばんやり》となろう!!」

皇帝のその言葉に兵たちは一斉に鬨《とき》の声を上げ、地を震わせた。

帝国東北部、軍港には市民が押しかけ詰めかけていた。乗せられるだけ乗せて船は次々に出航する。皇帝の命令により戦えぬ者は海路を使い国外脱出させることとなっていた。

しかし海原に出たとして、船はどこへ向かえばいい。突如現れた世界を滅ぼす勢いの魔獣たち。この世界に安全な場所など残っているのだろうか。先行きは見えない。希望などどこにあるのか分からない。だが今は海上へ逃げるしかないとばかりにガルムンバの海兵たちは子供や老人を船に押し込めてゆく。

戦える者たちは出航の時間を稼ぐべく、捨て石として城壁に並んだ。その最前線にゼンは立っていた。勇を持って捨て石の最初の一つとなる。それがこの国の皇帝の役割であった。

「よいしょっと」

城壁をよじ登り、ゼン皇帝の横に一人の青年が現れる。いつもはウェイターとして元気に働く青年だが、今日はエプロンを脱ぎ捨て、代わりに背中に曲刀を背負っている。

「お前……！　逃げろと言ったろう！」

「は？　これでも第六十四回大武芸大会準優勝者なんですけど？　なめないでくれる？」

「それは知っているが、だが」

「愛人だからって特別扱いしないでよ。俺にだって守りたいものがあるんだよ。皇帝様のお気に入りのご飯屋さんとかね。ただでさえ壁がないんだから屋根と柱まで壊されたら堪《たま》んないよ。ここで食い止めなきゃね！」

はあ、とゼンは諦めたようにため息をつく。そして腹をくくって顔を上げる。

「死ぬなよ!!」

「うん、一緒に頑張ろ！」

地を埋め尽くし迫りくる黒い魔獣の群れ。これを前に生き残れる可能性は万に一つもないだろう。だが無謀な戦いに直面するガルムンバの兵士にも、それを率いる鬼人にも、その横に立つ青年にも絶望の色はない。

今、全ての抗《あらが》う者たちの心にはどこからか祈りが響いていた。

愛する者のために奮い立とうとする願いがあった。

＊　＊　＊

同時刻、大陸西部、バルデュロイ国内。

郊外より王都バレルルナに押し寄せた避難民、それを誘導する騎士たち。城の中では宰相リンデンが必死に王都防衛のための指示を飛ばしていた。だが彼はあくまでも宰相。文化や政治、地理に長《た》けていて戦史にも詳しくとも、刻一刻と変化する戦場をリアルタイムで指揮する軍師ではない。

次の指示を、こちらの事態はどうする、向こうでも問題が、と矢継ぎ早に飛んでくる部下の報告を前に焦りが募る。

その宰相の横に佇《たたず》む、まだ幼さすら残す容貌《ようぼう》の若き狼がリンデンを見上げる。青年の白い指先が地図の上を走る。

「リンデン、第一陣の部隊を今のうちに被害の少ない西に回そう。少し休ませないともう持たない。代わりに城内警護の部隊を前線に出して東端まで展開。背後の兵站《へいたん》は義勇兵たちに任せる。これでしばらく持《も》ち堪《こた》えると思うのですが」

「おっしゃる通りに。バイス様の指示をそのまま伝達兵へ」

王弟バイスは兄エドガーや将軍ライナスのように己が最前線に立ち、部下を鼓舞できる武人ではない。そして、リンデンのような論理と策略を駆使する政治家でもない。

だが、直感型の軍師としての資質は今この刻《とき》に花開く。

「それぞれの部隊の兵の数を教えてください、それに合わせて調整をかけて指示を出します」

バイスの要求に従いリンデンは部隊名と人数、各部隊の装備を順に諳《そら》んじてゆく。頭の中の情報量ではバイスはリンデンの足元にも及ばない。

知識のリンデンと予覚のバイス。二人の天才による指揮が王都を堅く守っていた。

だがいつまでも持ち堪えていられるというわけではない。敵は無尽蔵、こちらの騎士団の人数と体力は有限。いずれ押し切られる。以前のリンデンであれば、大樹の意に添って生きる樹人として、この滅びもまた運命と達観して受け入れていたのかもしれない。

だが、今は毛頭その気はなかった。何としても、御子と神狼――いや、大切な友人であり家族、そしてその二人を守っている者たちの帰る場所を守るのだという切望が胸に溢れていた。

かつてないほどの黒き災禍。気を抜けばたちまち恐怖に呑《の》み込まれてしまいそうだった。だが決して絶望に屈したりはしないとリンデンは己に誓う。

今、その心を支えている祈りがあった。

愛に満ちた祈りの声がはっきりと届いていた。

＊　＊　＊

ある山の稜線《りょうせん》、その崖下《がけした》にある木造の小屋。

一つだけある窓を開け、とても真昼とは思えない不穏な色に淀む天を睨む老婆の姿が、そこにはあった。

皺《しわ》だらけの乾いた手には一通の礼状が握られている。

老婆は目を閉じて祈る。

地の底から世界へと響く切なる祈りに、己の静謐《せいひつ》な祈りをもって返した。

二十四章

気がつけば怒りに満《み》ち溢《あふ》れ、荒れ狂っていた心が嘘《うそ》のように落ち着きを取り戻していた。

そして、地の底で僕は告げる。眼前に立つ黒き守護者へと。

「僕を守ると、そう言いましたよね」

『そのために我がいる。そのために我は生まれた。御子《みこ》よ、もういいのだ。もう人の世で苦しまなくていい。もうすぐ世界も静かになろう。大樹の懐で共に永遠に眠ろう』

「違うんです。そんなことを僕は望んでいません。守られているだけでは何も出来ないんです。生きて傷つくことはそんなにいけないことですか⁉ 生きていれば辛《つら》いことなんてたくさんあります。だけど乗り越えていけばいいんです。一人で無理なら誰かと手を取り合って！ 大樹よ、あなたは乗り越えた先にあるものを知らないだけだ！ 何度でも僕はあなたに伝えたい。僕はこの世界を愛している！ たくさんの人が、そしてエドガー様が僕を愛してくれた！ だから僕は苦しみの向こうを見ることが出来る！ この世界の人たちを信じることが出来るんだ！」

守護者は直立不動のままわずかに口を開く。

『…………御子、御子、御子は何を言っている』

「僕はあなたに守られる必要などないと言っているんです」

『御子』

僕は立ち尽くす守護者を無視して、その後ろで倒れたままのエドガー様のもとへ這うようにして歩み寄る。傍らに座り、水に濡《ぬ》れた頰《ほお》の毛並みを撫《な》でる。青い眼は閉ざされ、白銀の毛並みが血で汚れていた。

「僕に必要なのは、あなたではありません。僕が望むのは彼と生きる世界の平穏だけ。彼と僕が愛したたくさんの人たちが、皆、笑顔で生きる世界。それが僕の望み」

守護者はついに無言となり、影のように僕を見下ろす。

「この世界に来て、祈れと何度も言われました。それが出来なくて、分からなくて、苦しかった。それでも、愛した人と過ごす中で僕は祈りの意味を知りました。だけど、今は祈らなくても勝手に溢れるんです。愛する人との未来を願う想《おも》いが!!」

その瞬間、守護者の中で何かが壊れたように感じた。御子である僕から否定されることで、黒い神狼《しんろう》は己の役割を見失い、存在意義を喪失してしまったのかもしれない。その果てに待っていたのは暴走。御子を守るとそのために生まれてきたと言った守護者は再びその手に長剣を紡ぎあげ、高く掲げた。

僕へと振り下ろすために。

だがその瞬間、僕の背中を誰かが鋭く蹴《け》った。

『ぴぎいっ!!』

飛び出す熱の塊。ずっと背負っていたエスタス君が背負い鞄《かばん》から飛び出し、迫る刃《やいば》の前にその姿を晒《さら》す。

僕の短い悲鳴と同時に無慈悲に振り下ろされる剣。

だがエスタス君が切り裂かれることはなかった。彼は大きく口を開けて剣に嚙《か》みつき、ばくんと剣をかじり取ってしまう！

「え、ええっ⁉」

いとも容易《たやす》く折れる闇色《やみいろ》の凶器。そこでようやく気づいた。この黒い神狼はそもそも生物ではない。

具現化しているだけの大樹の防衛機構であり、概念的存在。

そして神獣エスタスは形のないものを喰《く》らって生きる存在。

食いちぎった剣を飲み込み、さらにエスタス君は守護者の手首へとそのまま嚙みつき、食いちぎる。守護者の右の拳《こぶし》が音を立ててぽとりと落ちた。

『…………!!』

　エドガー様たちの攻撃を平然と受けていた守護者が、初めて見せた動揺。

だが、すぐに守護者は表情を変えず、エスタス君を思い切り振り払った。この小さな竜は己の天敵だと気がついたのだ。しかし天敵とはいえエスタス君はまだ生まれたばかりの小さな神獣。その体は吹っ飛び、地面で水飛沫《みずしぶき》を上げながら二度バウンドして岩陰に転がり、『ぴぎゅう』と悲痛な声を上げて動かなくなった。

　その姿にどくん、と胸の奥で何かがうずく。倒れたままの大切な人たち、意識のないエドガー様、そしてエスタス君。僕のために戦ってくれた皆。

　この絶望の淵にありながら僕はうつむきはしなかった。

　願いは、想いは未《いま》だに溢れ続ける。

　祈りは花開き、生まれ続ける。

　そして同時に僕の中に流れ込むたくさんの、たくさんのたくさんの、抱えきれない膨大な祈りと願いがある。

　僕は大樹の杖《つえ》を握り直す。

　聞こえる。この愛《いと》しい世界を守りたいと祈る己の心の音。

　それに反響するあらゆる音階が鼓膜と肌を震わせる。

　降り注ぐ豪雨の音の中に聞き覚えのある人の声がある。思い出されるいくつもの出会いと面影。そして知らない人々の声も押し寄せる。顔や名を知らなくても、言葉を交わしたことがなくても、同じ大地に立ち、同じ世界で生き、同じものを愛した人たちの声だ。

この世界に生きることを愛した全《すべ》ての生命の叫びだ！

僕が聞いているものを今、大樹という存在で繋《つな》がる黒き守護者も聞いているのだろう。その不動の構えがわずかに揺らぐ。

僕はこの想いを紡ぐことが出来ると確信する。

希望を。光を。僕が奏でた一筋の祈りに、誰かの願いが重なり、また誰かの希望が絡まり、誰かの夢想が寄り添い、誰かの渇望が響き合う。

一つに繋がってゆくそれはまるでオーケストラの様相を呈し、光となって地の底に溢れ、降り注ぐ。まばゆく荘厳に。

熱い風が逆巻き、羽織る外套《がいとう》が躍る。その極光の中で立ち上がった蒼穹《そうきゅう》の色が瞬《まばた》く。

光に満ちた世界に二人きり、僕らは互いに見つめ合う。

「エドガー様」

舞い踊る光の奔流にかき乱されるエドガー様の純白の毛並みは光そのもののように輝き、深い傷痕《きずあと》も血の色も何もかも浄化されるように消えていった。

「コウキ……、お前は……」

僕はその鼻先におはようのキスをそっと贈る。まばゆく輝く神話の獣と化した彼は燃え上がるように身を起こし、立ち上がった。そして光にかき消されそうになっている黒い守護者をしばし見つめ、その手を伸ばす。

光り輝く指先が守護者の頰に触れる。

守護者は動かない、動けないでいる。それはまるで道を見失った迷子の諦念《ていねん》。向かい合う同じ顔。

白く輝き、黒く淀む獣の横顔。

あれは、そうか、と僕は声に出さずに思う。エドガー様も同じ考えに至ったのか、青い双眸《そうぼう》に滾《たぎ》っていた敵意と闘志が鎮まる。

「黒き神狼。お前は、我の姿を映した虚像ではないのだな」

返答はない。言葉の代わりにわずかにうつむく。

「お前もまた我だ。我の中の狂狼……同じ大樹から生み出され、同じ御子を守るための存在でありながら、ぬくもりを抱くことを知らぬ孤独に堕《お》ちた先の我なのだろう。……そもそも剣を向けたのが過ちだった、お前は討ち果たすべき存在ではなかったのだな。………どうか鎮まってくれ、我が憤怒《ふんぬ》の心よ」

その一言を受けた黒い守護者は、ゆっくりと目を閉じ、何かに納得したような顔を見せた。その眼前でいっそうの光に包まれエドガー様の姿が溶け消える。そして光の束を紡ぎあげて形作られたのは巨大な狼《おおかみ》。生きた白日と化した彼は海を行く鯨のように悠然とその体軀《たいく》をしならせ、熱く眩《まぶ》しく輝く。

『お前にコウキを渡してやることは出来ぬ。だが、共に守ろう。我の中に還《かえ》るがいい』

黒い影の前で光の顎《あぎと》が開かれる。守護者はそのまま抵抗することもなく、何も言い残さず光の中にほどけるようにして消えていった。

大地に水が染み込むように、あるべき場所に還るかのように光の獣に呑《の》み込まれたのだった。

二十五章

守護者が消え、静まり返った地下の大空洞。巨大な光の神狼《しんろう》となったエドガー様も、やがて輝きを失ってゆき、その輪郭を崩してゆく。そしてそこには白銀の狼《おおかみ》が残った。傷一つない体で。

そしてエドガー様を光の神狼へと変えた祈りの力を同時に浴びたのだろう、最初にリコリスさんがゆっくりと体を起こした。メイド服は引き裂かれて赤く染まりひどい状態だったが、リコリスさん自身に外傷は見受けられない。きょとんとこちらを見る翡翠《ひすい》色の瞳《ひとみ》。何がどうなったのかは分からないといった様子だったが、無事でいる僕らを見てリコリスさんはかすかに目じりに涙を浮かばせた。

続いて獅子《しし》の姿のままのライナスさんが目を覚まし、即座に周囲の敵の様子をうかがう仕草を見せたが、僕とエドガー様を見てぽつりと呟《つぶや》く。

『……終わったのか』

エドガー様がそれに静かに頷《うなず》くと、ライナスさんは自分が気絶している間に全《すべ》て片づいていたという事実に少しだけ顔をしかめる。そして、すぐにリアンさんを捜し始めた。ライナスさんとは反対側に倒れていた灰色の毛並みを見つけ、それに駆け寄って狼の鼻先に己の頬《ほお》を擦《こす》り付ける。するとリアンさんもうっすらと目を開く。

『無事か』

『……………敵、は』

『もう終わった。安心しろ。全員生きてる』

『すみません、私……あなたに動くなと言われたのに』

『それはいい、お前が無事ならそれでいいんだ。怪我《けが》はないか』

『……あったはずですが、痛くないです』

『俺もだ』

ははは、とライナスさんは獅子の顔のまま器用に笑った……のだろう。僕にはもうその光景はほとんど見えなかった。高ぶっていた精神が落ち着くにつれて、眼の奥がじくじくと痛んだ。急速に右目の視界が暗くなってゆくのがありありと分かる。気が緩んだ途端に毒の影響を受けたままの体が震え出す。ひどく寒い。

「……エドガー様、エスタス君が無事か見てきていただけますか?」

そう頼むと彼はすぐに気がついた。僕はもう自分で小さな竜を捜すことが出来ない状態なのだと。

「コウキ！　まさか、見えていないのか⁉」

「……そうですね、治癒の力は僕自身には効かないみたいなので」

エドガー様の低い唸り声《うなごえ》が聞こえた。悔しさと怒りがにじむ音を立てる喉《のど》へと手を伸ばし、その荒れた毛並みを撫《な》でる。

「僕は大丈夫です。覚悟はしていました。だからエスタス君をお願いします」

エドガー様は僕の言葉に立ち上がろうとしたようだが、エスタス君はすでにリコリスさんが保護していたようだ。頭上から小さな鳴き声と優しい声が聞こえる。

『ぴぎぃ……』

「御子《みこ》様、エスタス様もご無事でいらっしゃいます。少しお疲れのご様子ですがお怪我もありません」

良かった、と胸を撫でおろす。そして僕は最後の仕事に取り掛かる。黒き守護者はエドガー様に取り込まれたが、それでも大樹に僕の想《おも》いを今一度伝えなければならないだろう。

黒き守護者と共に地上の魔獣たちも消えていればいいが、どうせここまで来てしまったのだ。念には念をということもある。

エドガー様に抱きかかえられ、恐らくあれだと案内してくれるリコリスさんに導かれ、僕は黒い守護者が座っていた水晶のようなもので出来た玉座へと向かう。

触れてみると指先に返った感触は意外なものだった。冷たく硬質なのだろうと思っていたそれだが、実際には木のぬくもりが感じられる。これは鉱物ではなく大樹の一部であり、植物なのだと悟る。

どうすればいいのかは不思議と分かった。エドガー様に座ってもらい、大樹の杖《つえ》を持ってもらう。僕も共にその杖を握れば、僕は生命の大樹と確かに繋《つな》がった。

途端に溢《あふ》れる春の日差しのような暖かさ。僕にはもうなんとなくの明暗しか見えないが、きっと玉座は光り輝き、淀みは浄化されて澄んだ色を取り戻したのだろう。

「これで大丈夫だろう。為すべきことは為した、もはや長居は無用。早急に城へ帰還し、コウキを休ませ、治療するぞ！」

エドガー様の声に皆が頷く気配がした。だが僕自身なんとなく分かる、これはもう駄目だ。巡る毒、エスタス君のおかげで命が繋がっただけでも幸運だったと言うしかない。それでも彼らは、出来る治療はないかと探してくれるのだろう。

ありがたかったが、同時に申し訳なかった。

僕を抱き上げるエドガー様のぬくもりと、封じられた出入り口をライナスさんが豪快に破壊する音。暗闇《くらやみ》の中を僕はそのまま運ばれる。

「コウキ、今から地上に出る。もう少しだけ辛抱してくれ」

エドガー様に僕は頷き、地下の大空洞を後にしようとしたその背に奇妙な声がかかる。

『待って』

皆の足が止まる。この中の誰のものでもない幼い声が四方の岩壁で反響した。

『少しだけ待ってくれるかな……神狼、そして豊穣《ほうじょう》の御子』

「誰だ！　どこにいやがる！」

ライナスさんの太い声に反応するように、また声が響く。

『ここにいるよ』

ざわりと全員が警戒する気配があった。リコリスさんが僕の耳元で囁《ささや》く。

「御子様、大樹の中心核、透明の玉座から光の玉が浮き出ました。恐らく声の主です」

「え⁉」

あの中に光る何か、意思のあるものが宿っていたのだろうか。エドガー様は鋭く問う。

「何者だ」

『……どうだろう。わたしはわたしを何と呼べばいいのだろう。ひとはぼくを何と呼ぶのだろう』

光の玉は床の上で形を変え、まるで人間のような頭と四肢のシルエットを作ったとリコリスさんが教えてくれる。

『ああそうだ、神、と名乗るべきなのかな』

全員が息を呑《の》むのが分かる。その異様な存在を警戒したのか、ライナスさんとリアンさんは僕らを守るように前へ出ようとしたようだ。二人の足音は突如同時に静止した。

二人の動揺が息遣いとなって聞こえる。

『そこから先へは入れないよ。確か神域というのだったかな。この世界の生き物は、この世界の理《ことわり》に縛られる。この世界で生まれた君たちはわたしの傍《そば》に来てはならない。ぼくに近づけるのはそう君だけ……来てくれるかな、豊穣の御子。わたしは君と話がしたい』

突然の指名に少し驚くが、行かなければと思った。自称神様に皆が近づけないというのはライナスさんたちの反応からも本当なのだろう。

大樹の底にいた謎《なぞ》の存在、このまま無視して去るわけにはいかない。

「エドガー様、下ろしていただけますか?」

「駄目だ、危険がないとは言い切れない。不用意に妙なものに近づくな、コウキ」

「……大丈夫だと思います」

「何を根拠に！」

「根拠はないんです。だけど、分かるんです。悪いものではないってことが不思議と」

この地下に降りてきて、これまでに起きた奇跡のような出来事の数々。それがあったからか、エドガー様は渋々といった様子で僕を送り出してくれた。

何かあればすぐに声を出せ、近寄れなくても必ず助けると耳元で囁き、もう一度強く僕を抱きしめて。

大樹の杖を支えに一人で声の方に向かってなんとか進む。エドガー様はぎりぎりまで付き添ってくれたのだが、やはり誰も僕についてはこられなかった。

『来てくれたね、ありがとう』

妙に下から響く声。きっと相手の背丈はこちらのお腹《なか》あたりまでしかないのだ。

「神様……と名乗られましたよね。もしかしてあなたが生命の大樹そのものなんですか？」

『違うよ。ぼくはこの世界そのものと、この世界を維持させる機構の一つとして大樹を作っただけの存在だよ。何千年も前にね』

その言葉のあまりのスケールに現実味がわかず、僕はただその言葉を受け止める。

『まずは、感謝と謝罪を。豊穣の御子よ。大樹を、世界を守ってくれてありがとう。そして、すまなかったね。大樹の暴走に直接わたしが介入することは、理に反してしまう。黒き守護者《あれ》はぼくの創《つく》り出したものの一部ではあるけど、わたしの思った以上に、大樹の御子に対する庇護《ひご》システムが過剰だったみたいだね。いや、あれは神狼のありように強く影響を受ける。今代の神狼の御子への想いが強すぎたせいなのかもしれないけれど』

「正直どう答えていいのか分かりません。まったく現実味がないというか、僕は何も知らないし分かっていない。僕がどうして豊穣の御子なのかすら分からないんです」

『それでも。ありがとう。この世界で今を生きるものが滅びなかったのは君のおかげだ。ああそうか、ぼくはそこから君に話さなければならないんだね。わたしの介入ではなく君はこの世界に招かれてしまったから。それでも、彼の言葉を信じて良かった。ぼくの選択は間違ってはいなかった』

　神様のしゃべり方はひどく独特で理解が難しい。語りかけられているかのような、自分自身へ問いかけているかのような不思議な感覚。それでも引っかかった言葉があった。

『彼』とは、と僕が尋ねると神様はある名前を返してきた。それは故郷で共に生きた人、僕が初めて恋をした人、亡き親友の名前だった。

「……どうしてその名を。一体彼が何を……どういう意味なのですか？」

　僕の動揺をよそに、神様は淡々と語る。

　神は世界を作り、その世界の行く末を永遠に見守る存在。けれども未熟な神が作ったこの未熟な世界は何もかもが不安定で、ともすれば崩れてしまう危うい世界。現に何度も滅びかけたことがあるという。

　だが、神という存在は自分が生み出した全てのものを愛している。だからこそ、このままでは自分の愛する世界に先がないと判断した神は、他の世界の神に助けを求めた。

　ここよりずっと安定した、成熟した世界から少しだけエネルギーと世界を形作る強い命

を分けてもらおうとしたのだ。その頼る先として選ばれたのが僕がいた地球という世界。

地球との繋がり、地球という成熟した地で生まれ育った魂をこの地へ呼び寄せ「豊穣の御子」と成し、御子を依《よ》り代《しろ》として呼び込んだ力を世界に循環させる役目を持つのが生命の大樹。御子と大樹の存在により、この世界は豊穣と安定を得ることとなる。

ただ、よその世界から一方的に分けてもらうのだから当然相手側の承諾が必要となる。

その条件こそが御子の幸福。御子がこの世界で幸せになり、この世界を愛し、この世界で生きていきたいと認めた時にだけ力の譲渡は成立する。

ゆえに、御子を守り、御子を幸福にするための存在として神狼が造られた。

『わたしが創造主だとするならば、神狼は産土神《うぶすながみ》。御子は豊穣神。ああ、勘違いしてはいけないよ。神狼は確かに御子を幸せにするための存在だけどそれは守護をするという意味。狂狼という概念も庇護すべき相手を見つけられず、己の存在意義を見出すことの出来なかった者の末路。愛という複雑な感情をぼくの力で神狼に持たせることは出来ない。今、君が心配したことは的外れだ』

その言葉に詰まっていた息が自然と漏れる。神狼であるエドガー様が御子である僕を愛してくれているその気持ちが作られたものなのかと疑ってしまった。でも、そうではなかった。エドガー様はエドガー様の意思で僕を愛してくれている。

『そうはいっても守護者と御子。自然と結ばれることは多かった。わたしが知る限り、守護者と御子でありながら別の伴侶《はんりょ》を持った例もないわけではないけれど。それでも、神狼と御子は共に手を取り合い、過去何度もこの世界を救い支えた。けれどもよそから借りた力はこの世界の本当の力ではないからね。時と共に薄れてしまうんだ。そしてまた世界は滅びへと傾く。新たな御子が再び力でこの地へ導いて安定を取り戻す。しかしまた力は薄れ……そんなことをずっとずっと繰り返してきたんだよ、この世界は。ひとえにぼくの未熟さのせいだ。だけどわたしはそんな世界を愛しているからその不毛なループを繰り返すしかなかった』

詫《わ》びるでもなく、媚《こ》びるでもなく、淡々とだが柔らかな口調で神は言葉を続ける。

『地球で亡くなった人の魂をこちらに呼ぶと、御子として肉体を得て再臨するんだ。もちろん魂はぼくがふさわしいと思うものを選ばせてもらっているよ。わたしが声をかけたのは彼。不幸にも若くして亡くなった彼。彼には『御子』になる十分な素養があった。だけど、彼はぼくからの申し出を断ったんだ』

ふわりと、くすぐったいような温かさが僕の手を撫でる。神様が僕に触れたのだと分かった。その途端、頭の中に流れ込んでくる声があった。一つはこの神様の声。もう一つはあまりに懐かしく切ない声。まぎれもない『彼』の肉声。

「御子、か。知らない世界を救うための」

『うん。亡き君よ、再び生きてみてくれないかな。まだ見ぬ世界の人々のためにも』

「まあどうせ俺はもう死んでるんだし、行ってみてもいいかとは思うが……、そっちで俺はどういう扱いを受けることになるんだ」

『それは、もちろん降臨を歓迎され、大切に扱われる。『御子』としてきっと皆が君を愛してくれる』

「世界救済のため、言うならば保身のために皆で足並み揃《そろ》えて神輿《みこし》を担いで俺のご機嫌取りをしてくれる、と」

『そういうわけじゃないよ、多分、そう……上手《うま》く言えないけれど。だってその方法では御子の機嫌は良くなるだろうけど、世界そのものを愛してはくれないだろうからね。肉体を捨て生まれ変わっても自然と世界を愛し、世界に愛される魂を選んでいるつもりだよ』

「随分と買いかぶってくれるじゃないか。そう言われると悪い気はしないが」

『うん。きっと幸せになれるとわたしは思う。今までの子もそうだったから』

「そうか。もう一つ聞きたい。俺は病死だったが、生まれ変わったらどうなるんだ？　完全に健康体か？」

『魂はそのままだけど肉体はぼくの世界の人間に生まれ変わるんだから、もちろんそうだよ』

「じゃあ別の奴《やつ》を推薦する。森村光樹《もりむらこうき》って名前で今はまだ生きてる。そいつが天寿を全《まっと》うしたら御子になってくれないかと交渉してみてくれないか？　あいつは俺なんかよりいい奴だし、優しいし……強いしな。きっと上手くやってくれる。それともあいつの寿命を待ってたら間に合わないか？」

『それは大丈夫。そもそも時の流れの概念がこちらとそちらでは違うんだ。それに干渉するぐらいならわたしにも出来る。君でもその子でも今代の神狼と同じ時代に生まれてくることになる。だけど、……今までの御子候補たちの中には受け入れてくれる人も拒否した人もいたけれど、他の人間を推薦なんてしてきたのは君が初めてだよ』

「俺が愛したのは遺《のこ》してきてしまった妻と娘だけ。先に死んじまった俺が別の世界で神狼って奴と相思相愛になる可能性が高いっていうのも申し訳ないしな」

『そのことなら心配はいらないよ。君が遺してきた子たちは、それを乗り越えて幸せになる道が用意されている』

「本当か？」

『わたしは神だよ。よその世界に直接干渉は出来ないけどそれくらい分かる。どうだい？気持ちは変わったかな』

「ああ、心残りはなくなって最高の気分だ。けどな、それでも光樹を推薦させてくれ」

『よく分からないな。ぼくはそれでも構わないけど君はどうしてそこまで』

「もう俺があいつにしてやれることがこれくらいしかないんだ。一番大事な親友だった。俺のせいで人生を台無しにしてしまったあいつ。それなのに俺はあいつの気持ちに応《こた》えてやれなかった。それを知っていながら俺は別の大切なものを作ってしまったんだ。そんな親友にもう一度、幸せな人生を……。俺なんかよりあいつを幸せにしてくれる奴が……」

そこで音声は霞《かすみ》がかったように消える。真贋《しんがん》など疑いようもない。神様が聞かせてくれた会話はまぎれもなくあいつの言葉だった。僕はこみ上げる思いを噛《か》みしめながら尋ねた。

「それで僕が御子になったのですか?」

『本当なら寿命を全うしてから君の承諾を得て、生まれ直すはずだったんだ。けれども御子になる予定の君がまだ生きているというのにロマネーシャの神官たちが現在《いま》という時間軸に君を強引に召喚してしまった。わたしが君にこの世界との繋がりのマーキングをしていたのがいけなかった。そこからは全てが想定外だった。……大樹も君を取り戻したかったのだけれどすでに弱り切ってしまって何も出来ず力を取り戻せば暴走してしまった。そして、御子を得ることが出来なかった神狼も狂いかけていた……本当に苦労をかけたね。君を推薦した彼は怒っているかもしれないね』

「確かにあいつは優しい奴でしたから……。いえ、そうですね。辛《つら》いことはたくさんありました。でもそれが、今日に、この瞬間に繋がっているんです。だから僕は……嬉《うれ》しいです。この世界を創ってくれた神様、あなたにも、ずっと『親友』でいてくれたあいつにも、この世界で僕を待っていてくれた皆にも、そして僕を本当に幸せにしてくれた神狼《エドガー様》にも、ありがとうと言いたいです」

『…………ありがとう、こちらこそ。満たされたよ、この世界は十分に満たされた。わたしは、ぼくはこの瞬間をずっと夢見てきた。君はこの世界に地球のエネルギーを送ってくれただけじゃなく、この世界のぼくの、わたしの子供たちの心に明かりを灯《とも》してくれた。きっとこの世界はもう自ら世界を維持するための熱量を生んでいける。他の世界に頼らなくてもぼくの、わたしの世界は廻《まわ》りつづけていける！』

「そう、なのですか」

『ああ、ありがとう。ありがとう！　御子よ、森村光樹よ！　ぼくとわたしから君にささやかなる贈り物をしたい。時を巻き戻してあげよう、何もかも。その見えなくなった両目も、随分前に壊れてしまった脚も、何もかも！』

「……そんなことが、出来るんですか」

『うん。いつも御子を呼んでいた方法と逆のことをするだけ。遡《さかのぼ》るんだ時を、君の体の刻《とき》を巻き戻して魂となった君を地球に送り返す。体は地球に戻ったら再構築されるから君は故郷に健康な状態で戻ることが出来る』

「故郷、地球に」

『そう、地球だ』

「……え、僕はこの世界を去るということですか⁉」

『うん。この世界をこんなに愛してくれた君だ、きっと本当の故郷はもっと愛せるよ。健康な体になって。大丈夫、こっちでの記憶も巻き戻されて消えるからね。君を推薦した彼のことはどうしようもないけど、こちらとの別れは悲しくないよ』

とっさに首を振る。それは、それは無理だ。望郷の思いがないとは言わない、でも僕はもう！

「帰りませんっ!!」

『あれ、帰らないの？　どうして。このままここに残るの？　君の体を治してあげたいけど君はこの世界の者じゃない。だから直接ぼくが干渉することは出来ないんだよ？　地球に戻すという制約の中だから君の体を巻き戻せるんだ』

「っいいです、……それでいいです！　このままで……このまま、ここにいさせてください」

『君がいる限り豊穣の力はよりいっそう栄え続けるから、わたしとしてはありがたいけれど。本当にいいの？』

「暗闇は……怖くないと言えば嘘《うそ》になります。ですけど、これは祈りの色です。それに見えなくたって分かります、あの人が今どんな顔をしてるか、どんな仕草をしているか……。今の僕はあの人と離れることの方がよっぽど怖いんです」

『……ふふ。そうか。今代の神狼は幸せものだ。ここまで御子に愛された神狼は初めてかもしれないよ。それなら君の選択を尊重しよう。そして、君たちに祝福を。じゃあこれからもよろしくね。森村光樹』

その言葉を最後に温かい気配は消えた。

皆が口々に僕の名を呼びながら駆け寄ってくる。神様がこの場から立ち去り、神域というものがなくなったのだろう。エドガー様は僕を抱き寄せ、心配そうに尋ねてくる。

「コウキ！　大丈夫だったか」

「はい、思った通り悪いものではありませんでしたよ。ですがすみません、長々と話し込んでお待たせしてしまって」

「いや……お前とあれが向かい合っていたのはほんの数秒だが？」

そんなはずは。まさか神様を中心におおよそ数メートル、神域の中と外は時間の流れ方が違うのだろうか。

「会話の内容は聞こえましたか」

「何も聞こえなかった。お前たちの存在は感じられたのだがなんというか存在感が希薄になっていたというか……会話をしていたのか？」

神との会話について、この世界の人は知らない方がいいこともあるだろう。何を話して何を話さないか、よく考えて伝えていかなければ。

「ええ……大樹と御子の話を随分と詳しく……それと、僕の全てを元通りにして故郷に帰らないかと持ち掛けられました」

「は、何、それは、お前がいた元の世界に、という意味か⁉」

「そうですね」

「帰る……、のか？」

「いえ、お断りしました」

その言葉にエドガー様が息を呑んだのが分かった。

「どうして断った‼　全てを元通りにということはその目も脚もということなのだろう⁉　今を逃したらもう機会はないかもしれんのだぞ！」

「それでも帰りたくないです。理由は、……言わなくても分かってほしいです」

じっとあなたを見つめてあげたかったのに、僕はもうどこを見つめていいか分からない。僕たちの視線が交わることはもうないのだろうけれど、寂しくもないし怖くもない。繋がっている。心と心で。そう思っているのは僕だけではないと信じているから。

「コウキ……ありがとう……」

震える声で名を呼ばれ、苦しいくらいに抱きしめられた。


そうして僕らが地の底の底、生命の大樹の奥底から太陽のもとへと帰還すると、地上の空気は一変していた。馥郁《ふくいく》たるとはこのことか。視界に入る全ての草花が季節を裏切って一斉に狂い咲き、世界を七色に彩っていた。見上げれば、空高く流れる天の川のごとく、風に交じった無数の花弁が舞い遊んでいる。

　頭上の生命の大樹も白い花を満開に咲かせ、僕が握る大樹の杖もいつの間にかつぼみを一つ付けていた。僕ら五人と一匹はこの幻想の楽園のような光景を前に呆然《ぼうぜん》とする。これはまさか、僕がこの地で生きることを決めてしまったがゆえの豊穣の力の発露なのか。

　世界が祝福してくれているのだろうか、僕が自分で選んで歩き始めた道を。

「すごい……綺麗《きれい》ですね」

「コウキ⁉　見えているのか？」

　そう指摘された瞬間に、世界は薄暗い黒に塗りつぶされる。だが、見た。ほんの一瞬だったけれども確かに僕は色彩に満たされた世界を見た。握っている大樹の杖の中で何かに呼応するように力が巡るのを感じる。もしかすると大樹が一瞬だけの奇跡をくれたのかもしれない。この杖を通して、世界の新たなる姿を僕に伝えてくれたのかも。

　僕が静かに首を振ると、エドガー様はゆっくりと語り始めた。今、目の前にある世界がどれほど美しいのか、詩的でもなければ飾り気もない素直な言葉で僕に教えてくれようとする。彼のその優しい言葉を聞きながら、僕は何度も頷いた。

二十六章

押し寄せた魔獣の群れとの戦いで、バルデュロイ郊外やその周辺の土地はかなり荒れてしまったようだが、今は迅速にその後始末が始まっているそうだ。

魔獣は数を増やすばかり、この戦いに終わりはあるのか、我々人が死に絶えるまで終わらないのではないかと皆が絶望しかけたその時、急に全《すべ》ての魔獣がぴたりと動きを止め、一体残らずその場でぐしゃりと崩れて土に変わってしまった。

そして今度はあちこちの植物が一気につぼみを膨らませて花を開いたかと思うと、さっきまで魔獣だった土からも双葉が無数に芽を出し始め、草花が芽吹き、最終的にあちこちに花畑が出来てしまったらしい。

各地の施設や設備、民家などが破壊される結果になったが、それでも人的被害は最小限に抑えられたし、復興にさほど時間はかからない予定であるらしい。

僕がそんな話を聞いたのは、帰還した二日後、医務室のベッドの上でのことだった。

毒に蝕《むしば》まれ疲労は蓄積し、ついに体力の限界を越えた僕はあの後からずっと意識は朦朧《もうろう》とした状態、ぼんやりと意識を浮上させて周囲の音を遠く聞いては、また眠りに落ちるのを繰り返していた。その間にも城の医師たちがあらゆる治療を試してくれたらしい。おかげで骨が軋《きし》むような体の痛みは随分と治まった。失明に関してはやはりどうにもならなかった。今も真っ暗な中、差し込む日光の温かさだけで昼間なのだと判断している。

二日が経《た》ってやっと意識をはっきりと取り戻した僕は、リコリスさんに体を拭《ふ》いてもらい、食事の介助をしてもらった。いずれ自分で出来るように練習しようと思いもするが、脚を悪くした時も同じだった、次第に体は順応していく。それを焦っても仕方がない。

それにしても何をやらせてもそつなくこなすリコリスさんの手際の良さに目が見えなくなってから改めて感動する。もし興味を持ってくれるようなら、いつかピアノを教えてあげたいな、とふと思った。

まずは僕が、目が見えない状態でピアノを弾けるようにならないとだが。

そして今回の件について報告に来てくれたリンデンさんから先の話を聞かされた。

「ただでさえ緑豊かな国なのにさらに植物まみれですよ、困ってしまいます」

言葉とは裏腹にリンデンさんはどこか楽しそうにそう言う。

「本当に良かったです。被害が深刻ではなくて」

「ふふ、うちの騎士団は優秀なのですよ。他国からもつい先ほど連絡がありました。ロマネーシャ、自由都市同盟、ガルムンバ帝国、その他の小規模自治区、どこもこちらと同じように侵攻を受けたのですが、どこも同じ時刻に同じように魔獣が自壊したそうです。皆、各地で必死に抵抗したのでしょう、損害は案外少ないそうですよ」

「自壊……、恐らくエドガー様が黒の守護者を制した時だと思います」

「なるほど、ライナスたちから報告は受けています、例の守護者と名乗る黒い神狼《しんろう》ですね」

「ええ、とても不思議な存在でした。ですが、今はエドガー様と一つになっていますから……」

「一安心といったところでしょうか。私も各方面への対処やら何やらで疲れましたが、コウキ様たちの苦労と比べたら……一人安全な場所でのうのうと……戦えぬ己が不甲斐《ふがい》ないです」

「いえ、エドガー様やライナスさんが僕と一緒にあそこまで行くことが出来たのは、リンデンさんたちが国を守ってくれていたからですよ。リンデンさんも僕らと一緒に戦ってくれたも同然じゃないですか」

「コウキ様……この身に余るお言葉、光栄です」

「リンデンさんもちゃんと休んでくださいね？」

「やっと復興予算と人員の調整と割り振りが終わったので少し休めそうです、今日はもう自室でゆっくりしようかと……」

彼がそう言いかけた時、病室をノックする音と共にリンデンさんの部下らしき人の声が扉の向こうから響いた。その凛《りん》と張り詰めた若々しい声はなんとなくどこかで聞き覚えがある気がする。

「リンデン様！　こちらにいらっしゃると聞きましたが」

休めると思ったところにまた仕事が来てしまったのか、「はい、いますよ。どうぞ」とリンデンさんはかすかに見えなくとも分かる苦笑交じりの返答をした。

「ご報告です。御子《みこ》様が毒を盛られたあの一件ですが、片がつきました」

「本当ですか！　特定から逮捕にまで至ったのですか、これほど早く。さすがですね」

「我らバルデュロイの特別 諜 報隊《ちょうほうたい》、決して国家の敵を逃がしはしません！　犯人はやはりロマネーシャ国教、教会の幹部共でした。関与していたのは計六名、執務室に各人の名簿と詳細をまとめた資料を置かせていただいております。奴《やつ》ら、次なる『救国の聖女』を召喚するために、まずは偽物の聖女を消さねばならぬ、などとほざいておりました」

「なるほど。では全員三百回ほど極刑に処しましょう」

「リンデンさん⁉　庇《かば》うつもりはありませんけど落ち着いて⁉」

「リンデン様、それについては残念な知らせが」

「処刑台が千八百機もない件ですか？　今から発注します」

「リンデンさん⁉　血税の無駄遣いは良くないと思うんです！」

「い、いえ、そうではなく。ロマネーシャの地下墓地に隠れていた犯人たちは全員、発見時すでに灰色の病が末期まで進行した状態で息も絶え絶えであり、我らが確保して取り調べをし始める頃には次々に息を引き取ってゆきました。すでに全員死亡しております」

その言葉に僕とリンデンさんは同時にしばし絶句した。

「……子供に菓子を渡した者がいましたよね？　死の淵《ふち》まで追い詰められた病人に、ロマネーシャからバルデュロイまで、隠密《おんみつ》行動での長距離移動が出来るとは思えませんが」

「我々もその点について問いただしましたが、その時はまだ病に罹《かか》ってはいなかったと本人が供述を」

「たった数日で無症状から末期状態になったというのですか。あり得ません。通常数年はかかる変化です」

「諜報隊の中でも魔術や呪術《じゅじゅつ》に長《た》けた者が検死に立ち会った上で申しております。恐らくこやつらは大樹の怒りに触れたのだろうと、そのせいで一夜にして枯死の病に殺された、と言っていましたね」

時期から見てもその人たちが亡くなったのは僕たちが大樹の御子に対する防衛反応を鎮めたあとのはず。人への怒りは鎮めても、実行犯が許されることはなかったということなのだろう……。これればかりは僕も哀れむつもりはない。

そうして一通り報告を終えると、諜報隊と名乗っていた人はすみやかに立ち去った。僕はそこで疑問を口にする。

「あの、リンデンさん。今のは僕に毒を盛った人たちの最期《さいご》についての話でしたよね」

「ええ。今来ていたのは騎士団の中でも捜査に特化した部隊である諜報隊の隊長です。さすがの迅速な捜査でしたね。彼も自分の結婚式が原因で起きた事件だと深く責任を感じていたようでしたし、寝る間を惜しんで動いていたのでしょう」

「結婚式……あ！　今の！　聞き覚えのある声だと思ったら！」

「ええ。シモンの伴侶《はんりょ》ですよ」

「そうか……顔が見えないから気づかなかった……！　すみませんがまた会った時にでも、僕の件に関してあなたが責任を感じる必要は一切ないですとお伝え願えますか」

はい、とリンデンさんは頷《うなず》く。とにかく犯人が見つかったのには安心した。その末期を知れば、さすがにこれ以上ロマネーシャの旧支配階級たちが僕に何かしようとすることもないだろう。……ないと信じたい。

ではそろそろお暇《いとま》をとリンデンさんが自室に戻ろうとしたが、再び来訪者が出現。今度は騎士さんのようだ。

「リンデン様！　速達です、受け取りの署名をお願いいたします」

「はいはい、えっと……」

ペンを走らせる音、そして配達してくれた騎士さんが走り去るとリンデンさんはさっそくの開封、厚紙の箱か何かが開けられる音がする。その中身は分厚い紙袋だったのか、がさりと乾いた音。紙袋の中から出てきたのは一冊の古書だと言うリンデンさんの呟《つぶや》き。革の表紙もページも黒ずんでいて、かなりの年代物に見えるそうだ。リンデンさんがそのページをそっとめくってゆく音が静かに繰り返される。

「私も見たことのない本……アメリア様からです」

「あの占星術師のおばあさままでですよね。リンデンさんが読んだことがない本があるなんて驚きですが、内容を教えてもらっても？」

「生命の大樹と御子の……過去の記録と、衰退と繁栄の歴史、それと大樹にまつわる口伝の神話を編纂《へんさん》した記述、それらを照らし合わせた考察……これは……大樹の未発見の力を……ふむ……」

リンデンさんは本の中の世界に落ちたように、僕のベッド横の椅子《いす》に音を立てて座り、読書にどっぷりと集中し始めてしまった。相当興味深い内容なのだろう。僕の存在など忘れてしまったかのようにぶつぶつと何かを呟きながら読み進めているのが分かる。

そうして随分と時間が経ってしまい、僕はベッドでうとうとしていたのだが、

「コウキ様！」

突然の威勢のいい声に目を覚ます。

「あっ、はい！」

「果物はお好きですか⁉」

「え？　何でも、割と好きですけれど」

「良かったです。ぜひ召し上がっていただきたいですね……！」

「あの、何をですか？」

「先日から大樹に花が咲いているでしょう。実は花弁が散ったあとに結実しているのが観察されているのですが、あれは熟れると食べられるそうです。食べる資格のある二人が樹《き》に触れると、一つだけ落ちてくるという話がここに載っています」

リンデンさん曰《いわ》く、このページには、肩を寄せ合う二人の獣人が大樹の幹に触れている絵、二人の前に大きなたんぽぽの綿毛のようなふわふわしたものが落ちてきている挿絵があるらしい。

「表面の綿毛を取り、中の殻を割って果実を……ふむふむ」

「へえ、大樹の実ってふわっと落ちてくるんですか、面白いですね。どんな味がするのか食べてみたいです。でも資格のある二人とはなんでしょう？」

「愛し合う二人ですね」

「え、ええ？」

「互いを真に思い合う二人が大樹に与えられた実を食べ、愛をもって交わることで子宝を授かる、という記録があります！　コウキ様、体調が回復しましたらさっそくエドガー様と共に収穫に……！」

「ちょっと待ってください。子だからって、え、男女の話ですよね？」

「いえ、性別は関係ないとありますね」

「ないってことはないでしょう⁉」

「恐らく世界が衰退してバランスが崩れ、生態系への影響が顕在化、世の中の男女比が大きく狂ってしまった場合の人口維持を促進するための大樹の調整機能なのでしょうね。ゆえに性別は不問、と」

「ええ……大樹にはそういう架空の伝説がある、という話ではなく？」

「いえ、この部分は実際の記録として書かれています」

　本気なのか。本気でそんなシステムがあり得るのか。あの神様、力がないとか言ってたけどとんでもないもの創《つく》ってるな……。そしてそんな効果がある実だなどとはつゆ知らず、食べてみたいと堂々と発言してしまったのが急に恥ずかしくなる。それは、エドガー様と僕の間に……ということだから、僕ははっきりと顔が熱くなるのを感じた。

夜が来るのを、その空の色ではなく空気の温度で察する。僕の肌の上から陽《ひ》が沈む。そして夜がひんやりと背中側にやってくる。

＊　＊　＊

体調はかなり良くなった。両目は相変わらずだが体の痛みは消え、すでに医務室を出て自室に戻っているし、今まで通り杖《つえ》を使えば歩くことも出来る。なんなら少し体を動かしたい気分にすらなっている。

散歩に行きたいとお願いすればいつでもリコリスさんは付き合ってくれるし、言わなくてもお散歩はいかがですかと尋ねてくれる。階段はさすがに怖かったのでリコリスさんにほとんど支えられるような状態だったが、廊下はなんとか杖を使って歩けるようになったし、外の空気を感じながらの中庭の散歩も楽しめるようになった。

いろいろと不自由だけれど僕は元気だ。そう、実際に元気になったのだけれどもこうなって以来、エドガー様は僕を抱かなくなってしまった。

毎晩、僕を迎えに来てくれて寝室に招いてくれるが、ベッドの中では抱き合うだけ、そっとキスをするだけでそれ以上踏み込んでこない。

そして背後から抱きしめられたまま一晩を過ごす。それはそれで温かくて、愛する人の力強い腕に包まれて幸せではあるのだが、同時に焦《じ》らされる切なさもあった。求められない寂しさもあった。

今日もそうだ。彼の懐で熱を共有し合いながら静かに眠る。髪を優しく何度も撫《な》でられ、愛していると囁《ささや》かれて。

「エドガー様……あの、しないんですか、今日も」

無言。だが抱きしめる力が強くなった。

「僕の体のことなら大丈夫ですよ。本当に、もう毒の痛みとか苦しいのとかは全部治ったんです。だから今まで通りしてもらっても……」

「……駄目だ、今はまだ」

「駄目なのですか？　今は、というのはどういう意味でしょう。僕は……」

恥ずかしかったが、勇気を出して言葉にする。募る寂しさが僕の背を押した。

「僕は抱いてほしい、です」

真剣にそう伝えたつもりだったが、エドガー様は返事をしてくれなかった。今まではちゃんと答えてほしいとその瞳《ひとみ》を覗《のぞ》きこんで仕草で要求できたが、もうそれも出来ない。

僕は少し悲しくなりながら頭の中で理由を探す。

今はまだ国王としての仕事が忙しい時期なのだろう。バルデュロイ国内だってまだ完全に日常が戻ったわけではないし、同時にロマネーシャ復興の面倒も見ないといけないし、今回の騒動が広大な西の森に与えた影響の調査みたいなこともしているらしいし、他国との報告会やら何やらもあるみたいで来客対応も頻繁だし……。リンデンさんとバイス君の手伝いがあるにしろ、この人は激務の渦中にいる。疲れてその気になれないのかもしれない。きっとそうだ。

「ごめんなさい」

「コウキ？　なぜ謝る」

「お疲れでしたよね。甘えてしまってすみません」

「なんの話だ、お前が謝ることなど何もない」

「お仕事で疲れているのに、抱いて欲しいとか、そういうわがままを言ってしまって」

「違う！　確かに忙しくはあるが王とはいつもこんなものだ、だからお前の要求が迷惑だなどということはない、絶対に。むしろお前と共にいられるこの時間のおかげで我は毎日を王としてやっていけているのだ！　さっきの言葉も嬉《うれ》しかった！　本当に、我は……………うう、もはや隠してはおけんか……っ」

「隠して……？」

「実はな、我はこれが初めてなのだ……。自分でも己が何をしでかすか分からぬゆえに、お前を抱くことを避けていた」

真剣に強張《こわば》った言葉に僕は小さく首を傾《かし》げる。

「大樹の地下で我は巨大な光の獣の姿になっただろう……あれ以来か、夜ごと本能が騒ぐ。……発情期が来ている」

　その単語の意味が一瞬理解できずに僕は固まる。発情期？　春先に大きな声を上げる猫のように、獣人にも繁殖のために盛る時期というものがあるのか。本能に根ざす強い性衝動。エドガー様はそれがこの前からずっと来ていて……、それで僕を抱かなかった？

「獣人の皆さんには必ずあるものなのですか？　発情期って」

「皆ではない。だが、我やライナスのような大型種には……」

「あるものなんですね。それが今初めてエドガー様に起こっていると」

「普通であれば青年期に始まる数日で収まるもののはずなのだ。それからはある程度の周期で……。だが、我のこれは随分と長い。普通の発情期ではないのかもしれぬ」

　獣人にとっての発情期がどんなものなのかまでは理解できない。ただ、青年期にそれを迎えられなかったのはエドガー様が特殊な状況下にあったからだろうことは、推測がついた。

「本当はお前を抱きたい、今すぐ貪《むさぼ》り付《つ》きたい！　毎夜、お前がいない寂しさが耐えられずにお前を迎えに行った。だが連れてきたら来たで、ベッドに満ちるお前の匂《にお》いでいっそう腹の奥が燃え上がった。その肌に牙《きば》を立ててしまわぬように耐えるので頭がおかしくなりそうだった！　コウキ、我は我が恐ろしいのだ。こんな状態でお前を抱いたら何をしてしまうか分からぬ！　また爪《つめ》を立ててしまうかもしれぬ！　牙を突き立ててしまうかもしれぬ！　お前を食らい尽くしてしまうかもしれぬのだ！」

「エドガー様、それは」

「無理をして平静を保っていた！　必死で、お前の背後でずっと歯を食いしばっていた、すまないコウキ、我ももうどうしていいか分からぬのだ！　発情期はいずれ終わろう、だからそうしたら、また抱き合いたいと望んでいる……！　それを許してくれるか？」

　ぶわりと彼の毛並みが興奮に逆立つのを肌で感じる。その奥にある熱い体温も、脈打つ鼓動も伝わってくる。僕はその毛並みに頰《ほお》を寄せ、彼に届けと願いながら囁く。

「……嫌です」

「コウ、キ」

「いずれまた、は嫌です。今がいい。こんなにも僕を抱きたいと思ってくれているあなたに抱かれたい。傷ついてもいいです、あなたが刻む想《おも》いの証《あかし》ならいくつだって受け取りたい。あなたはあなたが怖いのかもしれませんが、僕はエドガー様が怖くはないです」

　僕は自らエドガー様に抱き着く。その首筋に深く顔を埋《うず》める。ベッドの上で脚を絡ませて全身で僕は全てを受け入れたいのだと伝える。

「やめるんだ！　コウキ、駄目だ、本当に歯止めが利かなくなる！」

「好き。大好きです。抱いてほしい、あなたで満たされたいんです！　エドガー様！」

「お前は見えていないから、我が今どれほど醜悪な顔をしているのか分からないからそう思えるだけだ！　……一人暗闇《くらやみ》にいるお前をこれ以上傷つけたくないっ……分かってくれ、コウキ！」

「分かってないのはエドガー様です、僕は一人じゃないです。今ここに、こんなに近くにあなたがいる。あなたがどんな顔をしているのかだって分かっています！　僕の大好きなエドガー様の顔です。それとも、見えなくても心は繋《つな》がっていると思っていたのは僕だけなのでしょうか」

エドガー様が動揺したように息を呑《の》むのが体を通して伝わる。

「そうですね、見えないのは……本当は少し怖いです。だから一人にしないでください……。傍《そば》にいてほしい。どうかもっと近くにエドガー様を感じさせてください。僕の体の奥でエドガー様のことを……」

もう取り繕うことをやめた僕の叫びが届いたのか。エドガー様は両腕で僕の背と後頭部を抱え込むと、逃がさないと言わんばかりに荒々しく唇を重ねてきた。触れ合う熱が暗闇に灯《とも》る。何度も何度も繰り返されるキスの合間に獣の唸《うな》り声《ごえ》が絡む。

寝室用の薄い衣服を文字通りにはぎとられる。ボタンが千切れ飛ぶ音。これほど手荒に扱われても僕の心に恐怖はなかった。むしろ期待にぞくぞくと震えている。僕の方こそ今どんな顔をしているのだろう。

「コウキ……っ‼」

喉《のど》の下から胸元を這《は》う手。いつも最初はゆっくりと優しく撫でられるのに、今夜は余裕も加減もなく、僕の体の全てを手に入れたいとばかりに激しい動きで翻弄《ほんろう》してくる。僕には彼の動きが見えない。予期せぬところに急に襲い掛かってくる愛撫《あいぶ》はスリルにも似た未知の快感があった。鎖骨を撫で、二の腕を伝って手首へ、そして絡む互いの指先。性感帯でもない場所を撫でられただけであからさまに全身が反応してしまう。びくん、と小さく痙攣《けいれん》するたびに覆いかぶさるエドガー様も嬉しそうに僕に全身を擦《こす》り付《つ》けてくる。

次はどこに触れてくるのだろうか。分からない。その不安は興奮と表裏一体。今度は首筋を舐《な》められた。

「ああっ！」

熱く這う濡《ぬ》れた触感に思わず声を上げる。興奮に上ずった彼の吐息の熱も混じって、まるで焼けつくよう。一瞬だけ牙が肌に押し当てられる。その硬質な凶器に僕は心のどこかで何かを期待した。舌はそのまま僕の耳元へと移動してゆく。そして、耳朶《じだ》を優しく舐められ食《は》まれる。

「ん、あ……あう……それ……っ、くすぐったい、エドガー様っ」

「コウキ、コウキ……愛している、お前の全てが、何もかも愛《いと》おしい……！」

胸元を這っていた掌《てのひら》がその先端を捕らえる。全てが不意打ちだ、指先で撫で上げられただけでまた僕は嬌声《きょうせい》を上げた。

「お前の体のぬくもり、肌の柔らかさ、その下の肉の感触、皮膚を透ける血の色、甘い匂い、お前はどうして我を狂わせるものばかりで出来ている……！」

耳への愛撫と共に囁かれる告白、どこか狂気の混じったそれが僕は嬉しくて、目の奥が熱くなる。

「夜の色の髪、見えていなくても瞳も深く美しいままだ」

瞼《まぶた》の上から眼《め》を舐められ、同時に始まる乳首への責めで堪《たま》らず僕は背を反らす。すでに感じ方を教え込まれているそこをつままれ、何度も先端を撫でられて。

「ふあ、あっ、ああっ」

片方をいじられたまま、もう片方を舐めあげられる。その刺激に無意識に体は逃げようとしてしまうが、彼の下に完全に組み敷かれた体はまったく動けない。逃げ場なくびりびりと快感が胸の先から背筋まで響く。

そしてエドガー様の片手がゆっくりと腹を撫でて下の方へ。そのまま下生えを掻《か》き分けるようにして僕のそこを探る。動きこそ緩慢だったが有無を言わせない強さで。完全に頭を持ち上げてしまっている僕のそれにわずかにかすめるように撫でるだけで通り過ぎる。

彼の指が探すのはもっと奥に秘められた場所。

「心臓の鼓動の音も。普段の穏やかな声も、夜の溶けた声も。この細い指で奏でるピアノ

の音色も。全て、全てが愛おしい！　コウキ、ああ、こんなに愛しているのに！　お前が

我を愛していると言ってくれるのに！　今、腕の中にいるのにどうして我は満足が出来ないのだ！」

「エドガー、さま」

硬い指先が後孔を捕らえる。そのままぬるりと指を埋められ一瞬驚く。自分がはしたなく垂らしている先走りの雫《しずく》で濡れていたのだと気づいて恥ずかしさにいっそう体が熱くなる。だが彼はこちらの意に介することはなく指を進めた。入ってくる。何度経験しても慣れないその感覚に細い声を漏らしながら身もだえし、腰を揺らす。

「コウキ、本当は城の奥に閉じ込めてしまいたい、誰にもお前を見せたくないし触らせたくない！　我だけがお前を知っていればいい、全て我だけのものにしてしまいたい！　お前と共にいるとこんなにも満たされるのに、同時に底無しに腹が減るようなのだ！　求める思いが止まらない！」

エドガー様の声が、体が打ち震えていた。これが、この貪欲《どんよく》な独占欲が獣人の発情期というものなのか。それともこれが彼の本性で本音なのか。

僕は、嬉しかった。

叫ぶ衝動のままに痛いほどの力で脚を摑《つか》まれ、強引に広げられても。はしたなく晒《さら》されたそこに、彼の脈打つものをいきなり押しつけられても恐怖はなかった。触れ合う粘膜同

士の奇妙な熱さ。ほとんど慣らされぬままの挿入！

「あ、ああっ!!」

押し入ってくる先端、体の奥をこじ開けてくる重み。彼のものも濡れていた。ずるりと深まる繋がりに僕は呼吸を忘れて喘《あえ》ぐ。彼が何度もすがるように僕の名を呼ぶ。響く声は懇願するようなのに、腹を貫くものはむしろ傍若無人に奥へ奥へと突き進む。そしてついに打ちつけられる腰、ずんと重たく最奥を暴かれる激しい衝撃。

もう声も出なかった。必死にその毛並みにすがりつく。足がつま先から痙攣する。その途端に彼が大きく脈打ち、体の奥底が一気に熱く溶けた。中に出された。一瞬だけ緩む全身の緊張と硬直、僕はその隙《すき》になんとか息継ぎをする。

だがそれは終わりではなく始まり。一度出したところで彼のものは萎《な》えもせず、硬く張り詰めたまま僕に突き刺さったまま。今度はがっしりと両手で腰を摑まれ、固定され、嫌な予感に震える。

「あ、ああ、う、もう、だめ……っ」

揺さぶられる体、繋がった場所からごぷりと溢《あふ》れてこぼれる体液の感触。エドガー様は何度目なのだろう。僕はもう分からなくなった。

あれからずっと中を抉《えぐ》り回され揺さぶられ続け、奥の変な感じがする場所も、腹側のぞくぞくと感じてしまう場所も、妙に敏感で彼のものが出入りするたびにびりびりと甘く痺《しび》れる浅い場所も、全部全部、余すところなく責め立てられ続けて何度も達した。

数度目の薄い射精のあとはもう出る物もなくなったのか、すでに僕のモノは力なく垂れたまま。それなのに体の中から快感だけがひたすらに送られてくるものだから、中だけでイキ続けている。さっきから、ずっと、ずっと。

ひくひくと痙攣し続ける体。前もほとんど触られないままに中だけでイきっぱなしになって、もう僕の中の男としての矜持《きょうじ》はとっくに折れていた。もはや発情の熱をぶつけ続けてくる獣の前でなんの抵抗も出来ない獲物でしかない。

甘く愛情深く、激しく容赦はなく。天国であり、地獄。どこか不覚へと沈んでいくような感覚。己が深みに嵌《は》まったのが分かった。

自分はエドガー様のものだ。永遠に。

そして同時に重たく絡みつくような情念が沼の底からわく。エドガー様もまた僕のものだ、と。

「ふ、ふふ、あは……」

掠《かす》れた笑いが喉奥からこぼれ落ちた。

「コウキ、……コウキ?」

彼の声も低く掠れ、荒れている。大樹の実の話を思い出した。バランスの崩れた世界の人口の維持をサポートするためのシステム。……そうだろうか。いや。否。あれは……、あれはきっと豊穣《ほうじょう》の御子の望みに大樹が応《こた》えたのだ。

間違いない、過去にも僕と同じ夢想をした御子がいたのだ。神狼と性別を超えた愛を育《はぐく》み、子を授かりたいと……。

そして今この時にエドガー様に発情期が来た理由も同じだと思っていいのだろうか。

「エドガー様……明日が来たら、一緒に大樹のもとへ行きましょう？」

そう囁いたのだが、大樹の実の話をまだ知らないエドガー様はその意味を理解できなかったのだろう。どういう意図かは分からぬまま、それでも僕のために頷いてくれる。胸に残る傷痕《きずあと》にキスを落としながら。

「お前の望むままに」

「……あなたにも、一緒に望んでほしい、です。共に未来を、紡ぎましょう」

両腕を開く。そこに頭を寄せてくれる僕の愛しい神狼。この長い夜も、そしてきっと訪れる朝も。何もかもが愛おしい。あなたが傍にいてくれれば、僕の世界は暗闇などではない。

頬を伝って落ちてゆく熱い雫《しずく》。僕は嬉しくて、嬉しくて涙が溢れてはこぼれた。

かたん、とエドガー様が窓を開けた音。そして吹き込んでくる暖かな風が部屋の空気を洗い、朝が来たのを悟る。

　まだベッドの中に頭まで入り込んで丸まったままの僕は覚醒《かくせい》したばかりの頭でぼんやりと昨日の出来事を思い返す。ぎしりとベッドが鳴った。横に座るエドガー様がシーツ越しの僕の頭を慈しむように撫でる。その心地《ここち》好さで再び眠りに落ちそうになってしまう。

「コウキ……体は」

「だいじょ、ぶ、です」

　嗄《か》れた声。それもそのはず、ほとんど一晩中鳴いていたのだから。それからしばしエドガー様は無言で僕の頭を撫で続ける。

「夢を見たのだ」

「ゆめ……」

「早朝、浅い眠りの中で我はあの黒い神狼と会った。奴は終始穏やかな様子で、自分にはもう必要がないので御子に譲ると」

「僕に？　何を……」

　エドガー様はゆっくりとシーツをめくる。朝日に白く輝く世界。僕は眩《まぶ》しさに目を細める。

　……え、眩しい⁉

　その衝撃に一気に意識が目覚める。端から端まで、完全に広がる世界の真ん中に白銀の狼《おおかみ》がいた。

朝日よりも白い毛並み、きらきらと輝く白銀の狼が空よりも青い瞳で僕を見ていた。

「おはよう、コウキ」

その青い瞳に涙が浮く。濡れた青は水面《みなも》のよう。エドガー様は僕を見つめて涙ぐみながら頷く。

背後では白いカーテンが風に揺れ、その向こうには新緑の色の大樹が変わらぬ姿でそびえている。

鳥が空を渡る。

黄色い花弁のひとひら、風に運ばれて窓枠に落ちる。

「嘘《うそ》、僕……見えて……！」

エドガー様の中に眠る黒い守護者。僕と同じ黒い瞳をしていた彼。僕が譲られたのはその視界だった。

これまでの人生で一番輝く朝が僕を待っていたのだ。

二十七章

僕が死の淵《ふち》に瀕《ひん》したせいで大樹の防衛機構が世界を襲った、あの激動の数日。あれから四ヵ月が経《た》っていた。各国では復興も終わり、ここバルデュロイにも他の国にもこれまで通りの日常が返ってきた。いや、滅びに向かうのではなく、繁栄へと向かう希望に満ちた日々が訪れているはずだ。世界中の民たちは今日も忙しく働いたり休暇を楽しんだり、泣いたり笑ったり、平穏に暮らしている。

目に見えて変わったことといえば、体が灰色に枯れてゆくあの病が発生しなくなったこと、今までより大地に恵みの力が満ちたのか、あちこちの農地で作物が明らかに強く元気にすくすく育つようになったこと。健康な体で働く人も増えて畑も元気。このまま行けばこの世界の食糧危機も数年のうちには解決、貧しさに飢えて死ぬ者などいなくなるでしょう、そうするのが私たち国の中枢にいる人間の役割ですとリンデンさんも嬉《うれ》しそうだった。

滅びかけていた世界は平穏と安寧を手に入れ始めている。太陽は今日も眩《まぶ》しく、大樹は今日も変わらず泰然とそこにある。

僕は今日もバルデュロイの王城で豊穣《ほうじょう》の御子《みこ》としてのお役目を果たす。白いピアノが置かれている屋上の聖堂、そこで緑色の御子の衣装を身にまとい、一つのつぼみと二枚の葉をつけた大樹の杖《つえ》を持って立つ。隣に控えるリコリスさんが手元の資料を見て地区の名前を読み上げ、足元に広げられている巨大な世界地図の一ヵ所を棒で指し示す。

「本日はこちらになります。自由都市同盟カロダ山稜《さんりょう》区東域、ドニア州の……」

その住所を聞きながら僕は杖に意識を集中。深呼吸。すぐ背後にそびえる生命の大樹と意識を繋《つな》げて、全力で浄化の力を練り上げる。青く舞い上がる風の中、杖を振り下ろす。僕が紡いだ力は大樹を通して大地を駆け巡り、遥《はる》か遠くの土地へと流れてゆく。

僕は眼《め》を閉じながら深く息を吐く。数十秒の沈黙。そして眼を開く。

「…………よしっ、目視での確認、問題なしです。届きました」

「お見事です！　さすがは御子様、何度見ても神の御業《みわざ》でございます……っ」

一部始終を見守ってくれたリコリスさんが僕よりも嬉しそうに笑う。僕も額の汗をぬぐいながら笑みを返す。疲労感がどっと押し寄せてくるが、その疲れにさえ充実を感じて嬉しい。

一度失った両眼の視力。それを与えてくれたのは大樹の防衛機構が具現化した存在である黒い守護者だった。エドガー様の中に溶け込む形となった彼がエドガー様を通して僕にその眼を譲ってくれたのだ。すでにこの眼は人間の眼ではない。それゆえか今の僕には目前にあるものだけでなく、その気になればほんの刹那《せつな》、世界中が見える。

世界を支える大樹の一部として。

それを利用して、離れた場所へも大樹の力を直接届けられるようになった。現地では届いた豊穣の力が放出され、地に草花がぶわりと芽吹くと共に輝く花吹雪が舞い、豊穣の祈りと浄化、治癒の力が周囲に満ちる。大樹のサポートがあってこそ成功していることではあるが、こんなことまで出来てしまえるとは、我ながら驚いている。

最後に現地に集められた病人が回復することを祈り、今日の御子としての仕事を一つ終える。

新たに大樹由来の病気が発生することはなくなったとはいえ、すでに罹患《りかん》している人はまだまだいるのだ。出来る限りたくさん救ってあげたい。そう、何月何日にここに病人を集めるので治癒をお願いします、という手紙が世界中からバルデュロイ王城宛《あ》てに来るようになったので、それに応《こた》えるのが今の僕のメイン業務となっているのだ。

一仕事を終えて部屋に戻ると自室の壁には銀色の糸で精緻《せいち》な刺繍《ししゅう》が入った白い礼服がハンガーにかかった状態で吊《つ》るされている。一週間前からここにある服だが、何度見ても気恥ずかしいやら照れてしまうやら。これは明日、僕が結婚式で着る服だ。

僕とエドガー様は明日、正式にお互いを伴侶《はんりょ》として認め、結婚の式典を行うと同時に、それをそのまま世界中に発表する手筈《てはず》になっている。

あの人の伴侶になるということは、今後は王妃という扱いになってしまうのかと最初は焦った。さすがに僕はそんな器ではない。だが今後も神狼《しんろう》と御子という自然な関係のままでいいとエドガー様もリンデンさんも言ってくれたので一安心だった。とはいえ緊張は高まるばかり。それにあわせて幸せも、高まるばかり。

式当日はかつてないほどの人が王都バレルナに押しかけていた。白い礼服に着替え、最近少し伸びてきてしまっていた髪も綺麗《きれい》に整えてもらい、ティアラの代わりにと花飾りをつけてもらって装いは完璧《かんぺき》なのだが、その恰好《かっこう》のまま僕は控え室でがちがちに固まっていた。

自分のための結婚式が行われる日が来るなど、故郷にいた頃は想像もしていなかったのに、それが国を挙げての式を行うこととなろうとは……。もう心臓が早鐘のように鳴りすぎて壊れてしまいそうだ。

いつも使っているエドガー様からの贈り物の杖も、今日はたくさんの花で飾られてまるでブーケのようなのだが、握る僕の手が震えるせいでカタカタと変な音を立てている。

「御子様、大丈夫ですよ。肩の力を抜いて、どうか楽になさってくださいませ」

『ぴぎぃ』

介添えとして付いてくれているリコリスさんも僕の地蔵のような固まりっぷりに苦笑し、それに同意するかのようにエスタス君も小さく声を上げる。リコリスさんも今日はシスター服のような儀礼用のドレスを着て髪をまとめ上げている。言うまでもないがとても美しい。その横では、エスタス君も首に小さな白いリボンを付けられてささやかなおしゃれをしている。準備は万端だ。

するとそこにバイス君がやってきた。彼も今日の参列者で、王族としての凛々《りり》しい正装だ。目覚めたばかりの頃とは別人のような溌溂《はつらつ》とした表情、もう身体機能もほとんど正常だとか。歩く時に杖は要らなくなったが、兄エドガー様から贈られた杖は宝物として部屋に飾っているらしい。

「コウキさん、素敵ですよ。兄もきっと驚きます」

「ババババババイスくん、ほほ、本日は、おおお日柄も良く僕らの結婚式にご足労いただきアリガトウゴザイマス……！」

「緊張しすぎですよ⁉　それにご足労と言いますか、私の家もここですので外出はしていませんね」

彼がくすくすと笑うと、つられたようにリコリスさんも口角を上げる。二人の笑顔のおかげで僕も少し心が落ち着いた。

そこに続いてやってきたのは来賓として招待に応じてくださったガルムンバ帝国のゼン皇帝だった。深紅の鎧《よろい》や装束がよく似合っていた彼は礼装も赤。鬼人の伝統衣装だというそれは僕の知る羽織袴《はおりはかま》にちょっと似ているが多少露出度が高い。胸元がぱっくりと開いてはちきれんばかりの胸筋が主張されるデザインなのはなんでだろう。

そんなゼン皇帝の横にはあのご飯屋さんでウェイターをしていた青年もいた。恰好はゼン皇帝とお揃《そろ》いだ。僕が深々と頭を下げて二人に来訪のお礼を言うと、がははと笑いとばされた。

「そうかしこまるな！　晴れの席に呼んでもらえて俺も嬉しい！　しかしあの神狼殿がついに所帯を持つとは感慨深いものだな。数年前までは血染めの狼王などと呼ばれておったが、今後は御子大好きの幸せ狼王とでも呼んでやらんとな！」

その場の全員が吹き出した。それはさすがにひどすぎる。そしてウェイター君は何やら大きな箱を取り出して渡してくれる。

「御子様、ご結婚おめでとうっ、お祝いだよ！」

箱の中には白い布。ゆっくりと持ち上げてみると、それはさざ波のような細やかなデザインレースで出来たウエディングベールだった。糸の一本一本が真珠色に輝き、全体として白いのに、まろやかな七色を淡く浮かばせながら向こう側の景色を透かして輝いている。

「すごい、綺麗ですね……こんな布、初めて見ました」

「ガルムンバ特産の珊瑚《さんご》からとれる糸で出来た特注のベールだよ！　結婚が決まった直後にそっちの宰相さんがうちに発注してくれたんだけど、結婚祝いってことでお代はいただきません」

えへんと自慢げに特産品をアピールするウェイター君に地元愛を感じて微笑《ほほえ》ましくなったが、リコリスさんが僕にそっと教えてくれた内容に思わずびびる。

「そのコーラルレースの布地は一枚で屋敷が一つ買えるくらいの大変貴重なお品なのですよ」

「……え？」

「その糸を紡げる職人が世界に一人しかいないそうです。布というよりは芸術品ですので。御子様のお式にぴったりですね！」

「えええ！　何かの間違いで汚したり破ったりしてしまったらどうしましょう⁉　持っているのが怖くなってきたのですが！」

けれどもウェイター君は気楽に笑う。

「大丈夫大丈夫！　見た目より滅茶苦茶《めちゃくちゃ》頑丈だし普通に洗濯も出来るし、もし破っちゃってもうちのおばーちゃんが直してくれるから！」

ウェイター君のおばあちゃん、世界唯一の職人だったの⁉

「あ、それと同じ生地で出来たカワイイ下着も一緒に入れておいたから、夜にでも旦那様《だんなさま》に見せてあげてね！」

ベールと同じ布ということは完全にスケスケである。案の定、箱の底からは大変透けているキャミソールのような可憐《かれん》な下着が出てきた。世界に一人しかいない職人の芸術的生地でえっちな下着を……おばあちゃん、あなたは何を思ってこれを作ったのですか……？

これを着《つ》ける予定なのが平々凡々な男だと知って作ったというのですか……？

それによく考えたらベールはウエディングドレスとセットであるべき物なのでは。男の僕がこれを頭につけていくのかとリコリスさんに問うと、当然のように頷《うなず》かれてしまった。

「王の伴侶になられる方は皆、そうしてお式を執り行いました。コウキ様もきっとお似合いになりますよ！」

まぁ顔が隠れるという意味では、ある意味似合うというのも間違いではないかもしれないけれど……。

そんなことを考えていると、ではまた後ほど、とみんなは参列者の控え室へと去ってゆく。僕は頭にウエディングベールをつけてもらい、間近に迫った式の始まりを待つ。

最後に控え室に来てくれたのはライナスさんとリアンさんだった。

ライナスさんは騎士団の第一礼装姿、普段のワイルドさとは違った凜々しさを引き出すぴしりとした衣装と品良くセットされた金の髪、まるでおとぎ話の中の貴族のようでこれには誰でも見惚《みと》れてしまう。

その隣のリアンさんもよく似たデザインの服を着ていたが、ライナスさんの物よりは少しゆったりとしたシルエットの長い上着をまとっていて優雅な印象だ。そしてその腕の中には桜色のおくるみで包まれた先日生まれたばかりの小さな命。

そう、ライナスさんとリアンさんは「命を授ける大樹の実」の話をリンデンさんから聞かされた後、さっそく収穫に行ってみて、なんとその日のうちに食べてしまったらしい。アメリア様の古書に記されていた大樹の奇跡の被験者一号となった二人の間にはこうして新たな命が生まれ、古書の記述は真実だったのだと証明する形となった。

おくるみの中からちょこんと出ている赤ちゃんの頭、まだ薄い産毛《うぶげ》があるだけの丸い頭部には小さな獣の耳がついている。この耳が丸い形に育てばライナスさんと同じ獅子《しし》の獣人、三角形に育てばリアンさんと同じ狼《おおかみ》の獣人。生まれたばかりではまだ分からないそうだ。目をつむってすやすやと眠る白い頬《ほお》。きっとどちらに似ても元気な子になるに違いない。

僕とエドガー様もすでに実の収穫は終えている。けれどまだその実は大切にしまってあって……きっと今夜、共に口にすることになるのだろう。

「リアンさん、赤ちゃんのお世話でお疲れのところを本当にありがとうございます」

「いえ、コウキ様が皆からこうして祝福され、幸せになられる日に立ち会えたことが嬉しくて、私は……」

わずかに涙ぐむリアンさん、その横でライナスさんが小さく頷きながら、赤ちゃんをその腕から受け取って抱っこしなおす。

「思えば長い旅路でした、コウキ様の身に幾度となく降りかかった試練はあまりに過酷で……それでも前を向いて今日まで歩いてこられたのです。どうかこれからはたくさんたくさん幸せになってください……！」

「はい！　ですがそれはリアンさんも同じだと思います。いえ、僕より遥かに辛《つら》い目に遭ってきたはずです。それなのに、この世界であなたが最初に僕を救ってくれた。僕の命を今日という日まで繋げてくれたのはあなたです。ありがとうございます。これからも、どうか良き友であってください。リアンさん……！」

深く頷くリアンさん、僕がその体を抱きしめるとリアンさんも抱きしめ返してくれた。

「コウキ」

ぽん、と僕の頭に掌《てのひら》を置くライナスさん。その飄々《ひょうひょう》とした風貌《ふうぼう》の中にどこか父親らしい落ち着きを備えた彼は、珍しく切なげな顔をしている。

「エドガーのことよろしく頼む。ちっちぇえ頃からずっと見てきたが、あいつは……あいつがこういう風に幸せになれるとは俺も思ってなかった。コウキ、お前さんが来てくれて、この世界とあいつを選んでくれたからだ。俺のせいで大変な目にも遭わせちまったがあいつの幼なじみとして礼を言う。ありがとうな」

「はい。エドガー様にはこれまでたくさんの幸せをもらってきました。きっとこれからも両手に抱えきれないくらいにいただけると思うんです。だから僕もそれに負けないくらいあの人を幸せにします！　ライナスさん、僕をエドガー様のもとに連れてきてくれてありがとうございます。どうかこれからも見守っていてください！」

ライナスさんは白い牙《きば》を覗《のぞ》かせて笑い、どんと背を押してくれた。

「よっしゃあ！　そんじゃあいつが待ってるからな。行ってこい、コウキ‼」

鐘が鳴る。式の始まりを告げる荘厳な音が城中に、国中に鳴り響く。


伴侶の契りを結ぶ二人の証人となる司祭として、リンデンさんが僕を迎えに来る。行きましょうという言葉に僕は強く頷き、ベールを翻して部屋を出た。進む廊下では見知った騎士さんたちが整列して見送ってくれる。その中にはシモンさんと伴侶さんの姿もある。列の最後にはウィロウさん、そしてその横に隠れるようにアメリア様の姿もあった。

先にリンデンさんが式典の広間へと入り、結婚式の始まりを告げる。

僕はリコリスさんとエスタス君に付き添われて開かれた扉をくぐる。その向こうには喝《かっ》采《さい》の声、高らかに響くラッパの音。そして紙吹雪《かみふぶき》の向こうにバイス君に付き添われたあの人がいた。僕と同じ白い礼服を着た獣。白銀の毛並みは新雪のようにまばゆい。

エドガー様。この世界であなたに会えて良かったと、今一度想《おも》う。

「今ここにいることがまだ夢のようだ。コウキ、我の愛《いと》しい御子よ」

「僕も同じ気持ちです。僕の愛する神狼様《エドガー》」

差し出される手。僕も同じく手を伸ばす。絡まる指先、一つになる掌《てのひら》。

そして僕らは並んで歩くはずだったのだが、強く手を引かれたかと思うともう我慢できないとばかりにエドガー様は僕を抱き寄せ、そのまま抱え上げた。

杖がからんと音を立てて足元に落ちる。

いっそう激しくなる喝采の中で抱っこをされたまま視線を交わらせる。

「今ここに誓おう」

「はい。誓いましょう」

「『共に永遠にあることを』」

時が止まったかのようにその瞳《ひとみ》だけを見つめ、めくり上げられるベール。そして僕らは惹《ひ》かれあうままにキスをした。

終章

背後の闇《やみ》を覆う大きな月。白い月光がそれよりも白いピアノを照らしている。王城の聖堂に満ちる密《ひそ》やかな夜。夜風も静まり無音で、まるでこの世界に二人きりで時間が止まったようだった。

ひんやりとした鍵盤《けんばん》の上で僕の手と大きなエドガー様の手が重なる。

それはあの日、ここで愛を見つけた時と同じ。

その毛並みの滑らかな感触と互いのほのかな熱に、僕は微笑《ほほえ》みながら眼を閉じる。

そして緩慢な指運びで奏でられてゆくのは彼に初めて弾いてみせたのと同じ曲。

ゆっくりと、ゆっくりと。柔らかな音が一つずつ連なって形を成してゆく。たどたどしく細く紡がれ始めたメロディがさざ波のように広がりどこまでも続く。

数奇な運命で出会った僕らが共に歩んできた道の出来事のひとつひとつが今に繋《つな》がっているように。

たくさんの思いに支えられてきた。生まれてから今日まで出会ってきた人たちの、優しさを、慈しみを、情を、想《おも》いを掬《すく》い上《あ》げるように鍵盤をなぞる。

一人ではなく、今ここで寄り添ってくれている白銀の狼《おおかみ》と共に、今日まで描き続けてきた譜面を明日へと繋げる。

全《すべ》てに届けと願う。

この安らかなる幸福が世界を包むことを夢見る。

旋律は夜を渡り、風と遊びながら生命の大樹を歓喜に震わせ、どこまでも流れていった。

ずっと、ずっと、遥《はる》か彼方《かなた》へとその旋律は響き続けていた。

あとがき

こんにちは、そしてはじめまして茶柱一号《ちゃばしらいちごう》です。

まずは、「異世界で僕は愛を知る」に続き「神狼と僕は永遠を誓う」とここまでお付き合いくださった読者の皆様、本当にありがとうございます。

商業デビューして十冊目（と十一冊目）にあたるこの二冊ではあるのですが、これまでの作品と違う完全に別の世界のお話を書くのは初めてのことでして、執筆中は試行錯誤の連続でした。

私の作品となると他社様の作品で恐縮ですが「愛を与える獣達」シリーズから入ってくださった方が多いのではないかと思います。そんな、拙作を愛してくださっている読者さんが求めておられるであろう茶柱感を残しつつ、どんな新たな世界を構築していくのか……、それを悩み抜いた末に生まれたのがこの物語です。

内容についてはここでは多くは語りません。ただ、コウキとエドガーのお話は一旦《いったん》ここでエンディングを迎えましたが、ライナスとリアン、リコリスにバイス、ゼンやリンデン、そしてエスタツオことエスタタス君。自ら生み出したサブキャラたちですが、私自身彼らのことをとても愛《いと》しく思っておりまして、まだまだ書きたいことは山積みです。

もし、読んでみたいと思われる方がいらっしゃれば、ぜひ編集部の方へそのお声を届けてくだされば幸いです。

また、この作品ができあがるまでに多くの力添えをしてくれた二人の友人、同じ物書きであるマナセさんと友人であるHさんにはこの場を借りて最大級の謝辞を贈らせていただきます。あなたたちがいなければこの作品は生み出すことができなかったかもしれません。心から感謝しております。

最後に、素敵な表紙とイラスト、魅力的なキャラクターを描き出してくださった古藤《ことう》嗣《し》己《き》先生、この作品ができあがるまでにかかわってくださった担当編集様をはじめとした皆様、本当にありがとうございます。

また次回作で皆様にお会いできることを願っております。

令和四年　七月

茶柱一号

『白銀《はくぎん》の王と黒き御子《みこ》　神狼と僕は永遠を誓う』、いかがでしたか？

茶柱一号《ちゃばしらいちごう》先生、イラストの古藤嗣己《ことうしき》先生への、みなさまのお便りをお待ちしております。

茶柱一号先生のファンレターのあて先

〒112-8001　東京都文京区音羽2-12-21　講談社　講談社文庫出版部「茶柱一号先生」係

古藤嗣己先生のファンレターのあて先

〒112-8001　東京都文京区音羽2-12-21　講談社　講談社文庫出版部「古藤嗣己先生」係

N.D.C.913　399p　15cm

茶柱一号（ちゃばしらいちごう）
山口県出身・在住。5月8日生まれ。
昼間は白衣を着る仕事をしながら夜な夜な小説を書く生活。
趣味は愛犬（ゴールデンレトリバーの♀）を吸うこと。
代表作は『愛を与える獣達』『恋に焦がれる獣達』シリーズ。
Twitter : @Gachitan

講談社X文庫
KODANSHA

white heart

白銀《はくぎん》の王《おう》と黒《くろ》き御子《みこ》
神狼《しんろう》と僕《ぼく》は永遠《えいえん》を誓《ちか》う

茶柱一号《ちゃばしらいちごう》

●

2022年8月2日　第1刷発行

定価はカバーに表示してあります。

発行者——鈴木章一
発行所——株式会社　講談社
東京都文京区音羽2-12-21 〒112-8001
電話　編集　03-5395-3510
販売　03-5395-5817
業務　03-5395-3615
本文印刷ー株式会社ＫＰＳプロダクツ
製本———株式会社国宝社
カバー印刷ー半七写真印刷工業株式会社
本文データ制作ー講談社デジタル製作
デザインー山口　馨

ISBN978-4-06-528564-0